出神状态

陈楸帆 / 著

New Power
Of
Chinese Literature Series

——

中国文学新力量丛书

何平 / 主编

作家出版社

中国文学新力量丛书
编委会

出版前言

选择四十五岁作为"中国文学新力量丛书"青年作家的年龄上限，不仅因为约定俗成的生理和心理年龄，也是因为精神的年轮——往上追溯，四十五岁的青年作家们正好生于改革开放初期。今天谈论这些青年作家，可能分属七〇后、八〇后、九〇后、〇〇后不同的文学代际，但他们同属"生于改革开放时代"这个大的精神代际。改革开放时代的中国式现代化实践和社会主义经验，是这些青年作家生命成长的背景和个人精神事件，也是造就他们个人"一时代文学"之"时代"。因新的世界想象、教育背景、文学资源，甚至日常生活，不同于前代人、前代作家，而孕生新时代的新兴审美可能。值得注意的是，生于改革开放时代的青年作家们，虽然从事文学创作的时间不同，但他们的文学自觉大都发生在新时代，其中更年轻的写作者的文学起步则始于新时代。因此，他们的新兴审美可能和文学探索都可以视作新时代文学的新地和实绩。这需要中国当代文学批评和研究去更充分地检视、命名和赋义。这也正是我们编辑"中国文学新力量丛书"的初衷和起点。

如果将整个青年写作放到百余年的中国新文学史观察，某种意义上，我们可以说，中国新文学史也是新青年文学史。回到中国新文学起点，五四新文学运动和文学革命的倡议者、实践者正是一群生于十九世纪末的七〇后、八〇后和九〇后们。以文学而论，他们当中的年长者鲁迅，在四十五岁之前就出版了他一生中重要的两部小说集《呐喊》和《彷徨》。不仅是鲁迅，做一张现代作家年龄和发表作品时间的对照表，几乎所有的五四新文学作家在四十五岁之前都写出了他们在中国现代文学史最重要的和有代表性的个人作品——有的是一部，有的是多部，甚至有的是全部。及至二十世纪四十年代延安解放区文学和一九四九年之后的新中国文学，也大致罗列一下，像《小二黑结婚》《暴风骤雨》《创业史》《红旗谱》《青春之歌》等作为方向和重要文学收获的经典之作，也大多数是作家四十五岁之前完成并发表和出版的。同样地，改革开放时代，大家耳熟能详的五〇后和六〇后作家，他们在四十五岁之前的个人代表作几乎也是个人创作高峰。

因此，也许不算过分地说，中国现代文学每一个阶段性的文学革命和新兴审美，都是由青年们推动并完成的。我们当然可以就这种文学现象讨论中国作家如何中年写作的问题，但首先的事实，应该是，人到中年（四十五岁），一个有文学理想的写作者，应该有具备共识度和辨识度的个人代表作。这种个人代表作说到底是潜在的和未被确认的母语文学经典的备选。因此，哪些青年作家、哪些作品被选中？新陈代谢，本身就是汉语文学经典化代际转换的必经过程。"中国文学新力量丛书"，期待能够自觉地参与到这个过程。

事实上，作家协会、文学期刊和出版机构以及文学批评聚力合力培育青年文学和新兴审美，是已经被证实行之有效的社会主义文学经验。具有代表性的是由中国作家协会、中华文学基金会发起的"21世纪文学之星丛书"。该丛书自一九九四年启动，以年卷的形式，为从未出版过个人文学专集的四十岁以下作家、批评家出版第一本书，至今已经三十年。除了"21世纪文学之星丛书"，二十世纪八十年代至新世纪，其他的青年文学丛书和书系也一直在助推和彰显着文学新力量，像"萌芽丛书"（上海文艺出版社、重庆出版社）、"希望文学丛书"（北京十月文艺出版社）、"青年文学丛书"（中国青年出版社）、"文学新星丛书"（作家出版社）、"跨世纪文丛"（长江文艺出版社，除汪曾祺等个别作家，都是当时最具影响力的青年作家）、"当代著名青年作家系列"（湖南文艺出版社）、"先锋长篇小说丛书"（花城出版社）、"新生代小说系列"（中国华侨出版社）、"新生代长篇小说文库"（长春出版社）、"新活力作家文丛"（山东文艺出版社）等。其中，作家出版社的"文学新星丛书"自一九八五年阿城的《棋王》开始，前后持续十年之久。当下文学出版版图，中信出版社的"大方"和"春潮"、译林出版社的"现场文丛"、江苏凤凰文艺出版社的"新青年"、北京十月文艺出版社的"未来文学家"以及艺文志、后浪、单读和理想国等出版机构，均致力青年文学出版，但无论是专业视野、出版规模、持续时间，还是作家组成的整体艺术水准，都有拓展的空间，亟待关心和关注青年文学的各种力量共同努力。"中国文学新力量丛书"的启动，既是培养青年文学和新兴审美的聚力合力，也是致敬并光大以"21世纪文学之星丛书"和"文学新星丛书"等为代表的青年文学丛书出版传统。而且，与助推青年写作者第一本书的"21世纪文学之星丛书"和"文学新星丛书"不同的是，"中国文学新力量丛书"的重点将放在检阅和总结生于改革开放时代的青年作家们新时代新的文学表达和新的审美经验。

青年作家是文学事业的生力军，培养中国文学新力量，是新时代文学事业的信心所在，是建设社会主义文学强国的力量所在。中国作家协会和作家出版社推出这套"中国文学新力量丛书"，就是希望以专业的审美尺度测量生于改革开放时代青年作家们的个人代表作和最新创作；希望遴选出新时代中国文学版图最有活力、最有创造性的部分，描绘新时代文学图景，萃取新时代文学精神；希望这些青年作家是新星，更是未来的文学新力量。

何平

2024年9月

目 录

出神状态

有一些事烦扰着你，像是阻止人类历史翻过新的篇章，你知道那一页后面空空荡荡，正如这一夜，地球最后的夜晚。你决定完成那一件事，给整个文明画上一个完美的句号。

你决定步行去上海图书馆还书。

所以图书馆还在吗？你听到的最后消息是，一群来自五角场的狂野之徒闯进了馆藏室，不，他们并没有抢走任何珍品善本或者一把火烧了，只是被那种巨大陵墓般的知识等级制度压抑得太久。他们吃了那些书，字面意思。你想象不出《儒门经济长短经》在唾液中咀嚼起来的口感，正如你无法理解为什么会有人热爱所有榴莲味的食物。

至少，自动还书机还在吧。希望那些人没有把它当作零食贩卖机砸了。

你离开蜗居已久的小窝，食物和水都很充裕，人们开始还抢一抢，后来发现已经没有任何意义。没有时间，一切都是虚无。猫咪从睡梦中迷糊惊醒，乱叫一声，看着你，须发间带着不解。

你羡慕所有未曾产生自我意识的生物，也许并不包括眼前这只猫，尽管它对于镜中的自己视若无睹，却清楚知道你通过光的反射朝它招手。也许它只是过于骄傲。

弄堂和街道似乎没什么变化，除了堆积如山的垃圾没有人清理，但你并没有闻到预料之中的臭气，或许嗅觉系统也正在崩溃，就像逐格被抹除的记忆。它们都是大脑的一部分，科学家还没来得及研究出两者之间究竟是如何联动的，玛德琳的蛋糕、开洋葱油拌面，都不重要了。

你从没搞清楚自己是个什么样的人、想过什么样的生活，就像其他所有人类一样。

不重要了。

巨大的轰鸣如闪电从你身边倏忽穿过，带起漫天纷飞的垃圾，如格林威治终点盛放的纸花，那是宁可死于肾上腺素击穿心脏的钢铁骑士。

所有的秩序维持者都消失了，或者说，自我瓦解了。

因为威胁并非来自外部，像那些科幻电影里演的，外星人、陨石、黑洞、地轴颠倒、突如其来的冰川期、瘟疫、灭霸什么的。

不是那样的。最致命的威胁往往来自内部，是组成你的一部分，是你曾经深以为自豪的某种东西，理性、情感、爱、人性什么的。

就像一座冰山，开始融化的往往是海面下的部分，等到空气中开始传出崩裂声时，已经太晚了。

你穿过 iapm 的一层，你不知道自己为什么要这么做，也许那些闪光的门面和品牌曾经如此撩拨你的消费欲望，也许你只是想看一眼 Moncler 门口海报上，刘勃麟伪装成一座冰山，而极地已经不存在了。

一座巨型的物质主义展览馆，处处透露出人类的自以为是，你踩在玻璃碎片上，望向宇宙飞船般空旷的六层中厅空间，如黑洞般深邃地回望你，那些记忆中回旋反复的店铺背景音乐鬼魅交织，像是有人在呼唤你的名字。

可你已记不得自己的名字。

你终于又感觉到手里的重力，你看到了那本书，你艰难辨认着封面的字——《脑熵：一种神经认知学理论》。你甚至不知道自己为什么会借这样一本书，是为了搞清楚究竟这个世界怎么了吗？还是为了搞清楚自己怎么了？

你从来没有读完它。就像没有读完上一本关于上海的小说《钻石年代》一样，你总以为是手机和网络的错。

现在你知道不是。

手机和网络已经成了历史，它们永远不能再像过去那样剥夺你的注意力，而你的注意力就像奶黄包里的馅料，它流流流流流流流流。

你迫不及待地打开随便一页，你需要证明自己，证明自己还没有完全失去一个人类的尊严。

自组织临界现象指的是一个复杂的系统如何通过正常的能量输入而被迫摆脱平衡，一旦到达系统秩序和混乱两个极端之间的一个相对狭窄的过渡地带的临界点，就开始呈现有趣的属性：（1）最大数量的"亚稳态"或瞬态稳定状态，（2）对扰动的最大敏感度，以及（3）倾向于在整个系统中传播的级联进程，称为"雪崩"。

你读完了最后一个字，感觉满足，这些符号在你的大脑中无法激起任何有意义的反应，它们像是一只又一只黑色鸟儿，随机地出现，彼此之间毫无关联，只是撞在一起，跌落一地羽毛。

人类大脑就是这样一个复杂系统。

你从黑色羽毛中抬起头，似乎抓住了点什么。你想起了自己要去的地方。

你离开iapm，夜空中红色电子广告牌闪烁，暧昧莫名，你的视线被吸引，它们被设计成红色是有意义的。它们闪烁的频率似乎与周围环境的声音同步，你听见了，定时自动广播、风穿过写字楼墙面破洞、梧桐落叶水分蒸发、管道破裂水漫出地面、无家可归的儿童哭闹声、所来无处的电流静噪……它们落在各自的节拍上，配合得天衣无缝，组成一首无调的乐曲，你毛骨悚然。

它让你毫无抵抗地深陷其中，一秒或是一万年，你已经无法分辨。

你想逃离，你看到了人群。或者是你认为像人群的什么东西。

他们或者它们在襄阳公园开放的步道上，每一个人都像穿错了衣服，别别扭扭地向你走来。这些曾经是退休老阿姨、外卖小哥、健身卡推销员、交通协管大叔、孪生混血儿、写字楼女白领的人形生物，此刻脸上挂着步调一致的笑，那笑仿佛来自四点二二光年外的半人马座α星，充满了无可抵挡的逃避主义魅力。它们朝你伸出手，并不整齐，却比整齐更恐怖，像是同一具巨大而透明躯体上的不同器官，神经冲动从老阿姨传给了外卖小哥，又隔空牵扯了女白领和孪生混血儿，每个人都在前一个人的动作基础上交织延展，如同Giacomo Balla的未来主义作品，夜色中孔雀开屏般舞出一道视觉暂留的叠影。

你慌乱地躲避着它们舞动的触手。在它们身体的缝隙与断裂处，你仿佛穿越了沪上开埠一百八十年的时光，老洋房与新大厦，酷面孔与旧口号，快速旋转、拼贴、碰撞、融为一体。

你明白了，它们正在发出邀约。可你不想被纳入。

你还有路要赶，在这人类纪的最后一天。

有什么东西在吸附你的意识，像是冰箱里的活性炭包，透过细密而不可见的孔洞，你残存的自我被削弱，挤压成细长的意大利面条，在霓虹光下颤抖扭动，流入某具透明的躯体，它掌管着公园里的所有人，也许还有这座城市。它不想放弃你。

你感到虚弱并且畏惧，如被蛛丝黏困的飞虫，竭力扑打膜质的薄翼，撕扯出更大的伤口，而你曾经珍视的为人的一切，便从这伤口中化为齑粉。

你的口中卷起一阵旋涡，那些被锚定于生命中特定瞬间的味道，逐一从你舌尖浮起，而后消失。摔倒在煤渣跑道上的血锈味、灌入气管的浊绿海水、夏日午后耳后的黏腻汗液、慌乱的初吻、浓缩了无数动植物尸体精华的褐色药汤、刚出锅的卤牛腱，它们之间细腻的差异渐渐退去，最后变成了一种味道，金属的涩，然后就连这一点涩味也不见了。

世界抖动得更加厉害，像光试图挣脱黑洞，你知道那只是徒劳。

什么东西塞进了你手里。小小的。像颗纽扣。

吞下去。一把声音说。

你照做了，世界的光平静了下来，那些面条被斩断了。

二十毫克荪诺，相当于十倍利他林，可以支撑个把小时，也许。

你点点头，就像是理解了词句里的含义。你终于看清了声音的来源，一件过分宽大的黑色帽衫，包裹着小小的身体。你们对峙着，一动不动。

帽衫的阴影中露出一张脸，你辨认出那属于同类，另一种性别，五官比例看起来尚未完全成年。

所以你要去哪里？

你思考着该如何回答。

这药救了我，为了考试，我天天嗑，大概有两个月。似乎不需要答案，那把声音继续迫切表达。也许是害了我也说不定。

那张脸扭曲，露出某种表情，你已经丧失了读解的能力。你的思绪还悬停在那个词上，考试，你本该从中得到更多的信息，可你不能。

我能看看吗？

你花了好一会儿才意识到对方指的是你手里的书。你犹豫了一会儿，还是递了过去，说，我要去还。

还？给谁？那个人翻到了藏书章和标签。哦，上图，以前我常在那儿自习。

自习。又一个让你陷入沉思的词语。

你为什么要去还？一切都结束了，认知雪崩，各国重启大脑计划都失败了，也许它们才是触发原因，你知道的吧，噢，也许你不知道。

你长久沉默，路对面开放式健身房里一群赤身裸体的男女机械操练着，你分不清那是真实存在的还是幻觉。

这个路口分往六个方向，交通灯按照既定的程序变红变绿，尽管没有什么能够阻止你前进，可那些灯似乎还是影响了你的行为。就像还书，一种内化的文明遗产，斯金纳的盒子，反抗或者顺从是镜子的两面，你需要这种幻觉。

我明白的，每个人都有自己要做的事情，每颗鸡蛋打碎后都会溅成不同的形状。像它们，就选择把自我交给更大的意识。黑帽衫指了指公园里的人群，它们在追逐着一条流浪狗。也许今夜之后，它们就代表了新的方向。

你摇摇头，感觉有点迷失，那颗纽扣似乎正在失去魔力。你仔细辨认每一个路口，你以为你能记得住，应该把路画在身上的，你有些懊恼。

那条路一直走。

黑帽衫似乎看出你的想法，这是一种了不起的技能，也许今夜之后，这个人会成为新世界的神，只要纽扣还够用，只要纽扣还有用。

也许你是我最后一个能够说话的人了。黑帽衫耸耸肩，脸以另一种方式扭曲了一下。别那么看着我，我不会跟你去的，我有我自己的事情要干。我不知道还能保持清醒多久，在药用完之前，我要完成它。

你看见了那棵树，它那么显眼，而你竟然一直忽视它的存在。巨大的分权上，挂满了一张张纸，每张纸上都有彩色的图案，你仔细辨认，似乎每一幅图案都想要把你吸进去，让你变得小小的，而那些线条和色块生长出无数的细节，像一个个铺天盖地的自成一体的世界。你可以无休止地看下去，似乎找到了打通不同纸片的角度。于是每张纸都变成了一个窗户，而世界是相通的。

哇。你发出了一个音节，并不知道该如何形容这种感觉。

是，我知道。黑帽衫点点头，似乎对你的反应感到满意。有时候我觉得它们早在人类诞生之前就已经存在，只是借助我的手画了出来。也许在人类之后，还会有其他的，我不知道，生灵？能够看懂。它们能够比我活得更久。

你也点点头，那些好看的纸片几乎要让你忘记了自己原本的目的地。你迫使自己离开了树，离开了黑帽衫，穿过亮着红灯的路口。

城市仍然会活下去。没了人的人工智能也许会更智能。算法需要时间变异，在几兆亿个世代里进化出与自然相匹配的模式。也许地球选择了重启自己，代价便是先关闭一些冗余的程序。

你绕过淮海中路上堆成屏障的损毁车辆，粉红色的泡沫液体漫过路面，一群人跪在周围舔舐着，像非洲草原上依傍水源形成的生物群落。

一名长相甜美的女子模仿着自动导航仪，向右前方然后向右前方，她重复说道，双脚却没有丝毫移动。

你几乎可以穿过楼宇间隔看见燃烧的延安高架，像一根导火索划破夜空。你只是觉得很美。

纽扣已经完全失效了，你感觉自己飘浮在身体上方三尺，似乎随便来一阵风，你的灵和肉便会分离。你只有努力回想那些绑缚于肉体之中的记忆，快乐总是肤浅，疼痛的羁绊才最深最牢靠。你游历着痛感博物馆，一名女子的身影幽灵般投射在你经过的每一件展品上，如过分聒噪的导游。你随着她往更幽暗的展厅行进，那里收藏着你幼年时对肉体折磨不同程度的探索。你站在走廊尽头紧闭的猩红大门前，女子飘身入内，而你却被拒之门外。你伸手抚摸光滑无孔的门板，手掌却陷入其中，温热黏稠，带着阵阵不安的收缩和战栗，你抽回手，血从门上喷涌而出，席卷你整个身体。

现在你终于知道那个女子是谁了。

某个瞬间你看到了千百年后的上海街头，倾颓的大厦蔓生着巨型蛇状植物，海水漫过你的耻骨，而水底有无数细密黑影如高速公路涌动，你清楚知道那些并不是鱼。

你发现自己依然站在街头，世界变得更加陌生了。你依稀记得自己要前往的地方，那座白色建筑，如共享圣殿般立在马路的对面。

你不知道那是一步之遥还是直到世界尽头。

也许是一回事。

你身旁那尊著名的铜像开始对你开口说话。

它说：

> 游戏极度发烫，并没有任何神秘、宗教、并不携带的人，甚至慷慨地变成彼此，是世界传递的一块，足以改变个体病毒凝固的美感。*

你问，什么？

它唱了起来：

> 体验无限远是近乎奇妙。当然，你连自我应该是一

个遗憾。都是为了毫无悬念的光临来。你感到梦魇，没有她什么叫自己，只是想为何，这便是现实数学的力量转起，很难丧失后来，改变未来的网站，并能借助仪式的地表，假装藏在那里，只能面对人群。

真正的一个瘤子。*

你放弃了理解，也放弃了追问。如果这是你即将走向分崩离析的自我意识在客观世界的映射，那么你理应期待所有的东西都会开始跟你对话——含意深刻、充满洞见、无法理喻的对话。而事实是，并非所有的事物都会开口。你试图找出规律，但感到力不从心，你也许曾想过要拯救世界，此刻却只剩下悲哀。

很快连悲哀都不会有了。

你一步步走向终点，世界的回响让你分神，它们来自落叶、垃圾桶、台阶上的鸟粪、电线杆上的涂鸦、路灯之光、城市天际线与云层围成的不规则形状。它们不仅说话，还带着表情，这表情竟比人脸上的扭曲要更传神，你无法解释，只是被万物的情感旋涡包围着。

你的眼眶开始不受控制地涌出液体，世界颤动模糊，一场精心编排的盛大演出伴随你每个细微举动被触发，如齿轮彼此咬合，毫无瑕疵。它们独唱，轮唱，合唱：

狂风充满赤裸的边缘，他隐藏着运动意识中的房间

动画暗下，构成整个生命，薄膜拉开了注意力

你露出黑色眼睛，苍白的皮肤如沉睡般充满床上，
数百个闪电，又缓慢地开始一阵厌恶

时间往前走翻转出神被落下，眼前是贴着星空，却
不看到自己完全疯狂之地，加入新世界如何自由情感，
更确切地说是可以

你再次抬头，把那些不完备上呈现的幻觉。可他离
开你，消失在晨曦中。绸缎般包围*

你在乐声中如君王走上漫长阶梯，手中书本膨胀收缩，发出
沉重呼吸。

自动门并没有自动旋转，也没有映出你的影子，你踩着玻璃
碎片进入知识的殿堂，这里像是卷过一阵台风，潮湿书页贴在所
有目光可及之处，似乎有人在这五层巨大空间中梳理人类文明的
谱系。白色顶灯闪烁不定，你站着，等待有人出现，指引迷宫的
出口，那些文字已经对你毫无意义。

你发出长啸，声音沿着旋梯叮咚撞击，削弱成金属的嗡鸣。

你清楚听到脑中定时装置咔嗒归零的一响，在死寂中如此
洪亮。

许久，你听到来自外文期刊阅览区、名人手稿馆、文献保
护修复陈列室和盲文阅览室的回应，黏稠的、清脆的、非人
的，回应。

那台精致的白色机器就站在你的面前，散发着柔和而诱惑的
光。由银色金属包裹的入口，尺寸如此光滑紧凑，仿佛只需要把

手中的书本插入，便能忘记世间所有关于形而上学的烦恼。它在等着你，这是从宇宙诞生之时便命定的角色。

你面无表情，假装是思考让你做出决定。

书本从你手中无声滑落在地，如一绺发皱的皮肤。

你从机器面前走过，走进黑夜，走进远古，走进新世界。

走进我。

注：带*号文字部分为AI程序通过深度学习作者风格创作而成，未经人工修改。

丽江的鱼儿们

一

两只攥紧的拳头摆在我的眼前，手背向上，泛着刺目的白光。

"左，还是右？"

我看见自己伸出幼嫩的食指，怯怯地点了点左边。左手手心向上，打开，空空如也。

"再给你一次机会，左，还是右？"

我点了点右边。

"确定了哦？变不变？"

手指在空中犹豫着，鱼儿般左右游弋。

"变不变？三——二——一——"

手指定在了左边。

手心向上，打开。除了透明的日光外，空空如也。

是梦？

我微微撑起眼睑，阳光苍白刺眼，在这座纳西风格的院落里，我打了个不知长短的盹儿，好久没这么舒坦过了。天真蓝啊，我伸了个足足的懒腰，十年过去了，该变不该变的都变了，只有这片天空的颜色依旧。

丽江，我又回来了。这回，我是个病人。

这回，注定了我们的相遇不再平铺直叙，不再正常。

二

短短的二十四小时内，我由一个作息规律得近乎病态的办公室白领，一辆灰色福特的主人，一间位于城市褶皱处的霉菌公寓的准拥有者，一条负债累累的寄生虫，等等，摇身变成了一个疗养病人。都是那份天杀的体检报告，在最后一页白纸黑字地写着：PNFD II（Psychogenic Neural Function Disorder II）。用人话说就是心因性神经官能失调二期，建议是强制疗养两周。

我觍着脸问老板能不能不疗养，因为我的后颈肉已经接收到从办公室各个角落里射来的目光，开始过敏、泛红、发热。那目光多么幸灾乐祸、多么小人得志、多么落井下石，翻来覆去就是"大红人你也有今天呀"这一个调调。

我打了个寒噤，办公室政治的这种死法，我并非没有亲见过。

老板慢条斯理地说，你以为我愿意啊，你疗养我还掏钱呢，这是《劳动法》的新规定，你以为想疗养都能疗上啊，也就咱这么国际化的正规公司……啊。再说了，你这病要恶化了，弄出个神经性梅毒什么的，那也趁早给我走人。

我讪讪地退出老板办公室，开始收拾东西，交接工作。我努力不去理会那些目光，瞧好了，你们这些神经性梅毒的小人，半个月后咱们再战。

飞机上，我听着四周鼾声大作，睡意全无。事实上，我已经失眠一个多月了。肠胃功能紊乱、健忘、头痛、肌肉劳损、轻度抑郁……或许，我真的该好好休息一段时间了。我随手翻阅起航空杂志，一幅幅美好到虚假的丽江风景唤起了十年前的记忆。

十年前的我，一无所有，浪漫得一塌糊涂。十年前的丽江还是片自我放逐者的乐土，或者不那么文学地说，文艺青年的艳遇胜地。当时我的所有财产就耷拉在纤维化还没那么严重的肩膀上，揣着一张地图出没在古城的清晨与子夜，与独行的女子搭讪，伴着歌声和酒精入眠。

如今我回来了，有房有车，该有的都有了，包括阳痿和失眠。如果幸福感和时间是坐标系的纵横两轴，那么我怀疑我的人生曲线已经过了顶点，开始坚定而无可挽回地下垂。

为了一条无法再度坚挺的曲线，付出一份安稳前途，这是哪门子的弱智交易？

三

我又发呆了，阳光越过高墙斜斜地切在院子里，有一股香椿的味道。我不知道到底过了多久，手表、手机以及一切能显示时间的物品已经被康复中心的人收走了，古城里没有电脑，也没有电视。倒是有许多本地居民，将自己脑门或者前胸上一块皮肤出租了，贴了片巴掌大小的液晶显示屏，二十四小时滚动播放着各类广告。正如我所说的，这里已不是我所熟悉的那个丽江。

奇怪的是，原本想尽早完成疗养以再战江湖的迫切心情，却在阳光里缓缓消弭了，如同那若有若无的香椿味。

胃嘟囔了一声，我决定出去找点吃的，看来这是目前唯一能用来判断时间的工具，当然，还有膀胱和天空。

石板路上行人寥寥，看来疗养的门槛还是比旅游要高不少，流浪狗倒是很多，各色各样，燕瘦环肥。

一碗特制鸡豆粉下肚，找了家咖啡屋，要了杯清啡，开始翻那些八辈子也看不完的书，捎带着思考人生的意义。难道这就是疗养？没有理疗、药疗、食疗、瑜伽、采阴补阳或者任何形式上的专业护理？难道就是康复中心那行大字："心理健康，生理愉快"？

可事实是，我吃得香，睡得好，胸不闷，心不慌，身体比十年前感觉还棒。

甚至连堵塞了几周的鼻子都能在咖啡店里闻出薰衣草味来。等等，薰衣草？我抬起头，那个一身墨绿的女孩就在我的对面，端着一杯散发着甜气的饮料，笑吟吟地看着我，像一出法国电影的桥段，又像一幕最甜美或最恐怖的梦魇。

四

"那么，你是做市场的？"

女孩和我并肩走在夕照下的四方街，石板路闪烁着金子般的光，小吃店里香气四溢。

"当然，也可以说是卖的。你呢？白领？公务员？警察？老师？"我略带奉承地加上一句，"演员？"

"哈。再猜猜……"女孩看来对我的所谓幽默不反感，"我是特护病房的护士。猜不到吧？"

"原来护士也是会生病的。"我做恍然大悟状。

吃过晚饭，泡了酒吧，女孩为丽江服务人员素质的急剧下降忧心忡忡。"那些有意思的老板都到哪儿去了？"抓来伙计一打听才知道，现如今的东家都是"丽江实业"（代码：203845）的大小股东，原来的老少爷们儿或是买不起或是不愿买这许可证都撤了。这股票走势还算坚挺，配送之后的摊薄红利还够得上绩优。

在消费时代的古城夜晚，我们无处可去，她不想去听机器人乐团演奏的纳西古乐，"跟骗驴似的"，我也对民族舞蹈篝火晚会没兴趣。于是我们趴在街边，看着水沟里的小鱼儿。

在丽江街边的水沟里，有许多静止不动的红色鱼群，无论是黎明、黄昏还是午夜，它们始终朝着同一个方向，整齐地排着队，像接受检阅的士兵。再仔细一看，原来它们并不是静止的，而是逆着水流的方向，顽强地坚持着自己的位置。偶尔，也会有一两条体力不支的鱼儿，从队伍里脱开，摇晃着被水流冲出几步，但又努力地摆动着尾巴，回到自己原来的位置。幸好，十年过去了，鱼儿们还都在。

"就这么，游着游着，一辈子也就过去了。"我把十年前说过的话又重复了一次。

"我们也一样可怜，也许更可怜。"她轻轻地叹了口气。

"也许这就是人生的隐喻吧，幸好我们还能选择自己的生活。"我说了句牛得自己都不信的话。

"可现实是，不是我选择了你，也不是你选择了我。"

我心头一顿，一脸无辜地望着她，我真没打算请她回旅馆共度春宵，误会闹大了。只听见她咯咯笑了起来。

"没听过那老歌啊，不怪你。今天有点困了，明儿接着玩吧。你还挺逗的。"

"可明天我怎么找……"我突然想起没手机，没电话。

"这是我住的地儿，"她递给我一张旅馆的卡片，"如果实在懒得动，就随便找条狗。"

"狗？"

"你真不知道啊。就那种，街上溜达的，脏不拉叽的。写个条，时间地点夹它项圈里，然后把那卡在上面一刷就成。"

"敢情那不是笑话啊。"

"回去多看看丽江指南吧。"

五

我不知道自己睡了多久。我以为睡到了第二天下午，可太阳的方位告诉我这是早上，可我无法确定这是第二天、第三天还是第几天的早上，就像做了一个一辈子那么长的梦。也许，这就是让人身心健康的秘密，只要梦里不再出现漫无边际的报表和老板的大饼脸。

我真找了条狗。那天杀的势利眼每次到我跟前嗅嗅，尾巴一甩屁颠屁颠就溜了，我狠狠心，买了包牦牛肉干，心想撑死你这狗娘养的，才把信邮了出去。

怕姑娘健忘，我在条子后面署名为"隔夜馊小鱼儿"。

我开始在四方街上溜达，发呆，晒太阳，反正这儿的人都没什么时间观念，爱啥时候来啥时候来。我看到一个熬鹰的老头，坐在犄角旮旯里，那鹰和老头都极精神，精光内敛，煞气逼人，忍不住端着相机上前。

"不许拍!"那老头喝道。

"五块钱! One dollar!"那鹰操着一口川普加英语嚷嚷。

又是机器人。这城里就没多少原装的货色，我愤愤地转身要走。

"想知道丽江的天为什么这么蓝吗？想知道玉龙雪山的神奇传说吗？丽江百事通，每条信息只收一块钱。"见我这么抠门，老头赶紧换上一口娇媚无比的吴侬软语。

得，反正也是耗时间，就听他俩嘚吧嘚吧唠两句吧。我掏出一块钱硬币，丢进了鹰嘴，听得咣当一声响。老鹰前胸开敞，露出一个粉色的数字键盘来。

"想知道丽江的天为什么这么蓝请按1#，想知道玉龙雪山的神奇传说……"

少废话，就1吧。

"丽江采用凝结核控制及散射标准化技术，将晴天概率控制在95.426%以上，同时对散射光谱进行超微调节，将蓝天色值严格控制在Pantone2975c—3035c之间，且根据日照状况进行无级转换，保证了丽江VIS（Vision Identity System，视觉识别系统）的一致性……"

我心里很不是滋味，有些哀怨地望着那片一碧如洗、美得如此超凡脱俗的蓝天，原来它真的是假的。

"看飞碟呢？"女孩拍了拍我的肩膀。

"你能告诉我这儿还有什么是真的吗？"我神色恍惚，喃喃自语。

"有啊，比如你啊，比如我啊，都是真的……"

"……有病。"我补充道。

六

"说说你的工作吧，我从小就对这些开膛破肚的事儿特感兴趣。"我们俩又坐到了小酒馆里，从窗边望下去，便可以看到水沟里的小鱼儿，一动不动地游啊游。

"咱们玩个游戏吧，我们轮流问对方一个问题，猜对了对方就得喝半杯，猜错了自己喝，怎么样？"她拍了拍桌上的几瓶啤酒。

"来吧，看当今的世界到底谁怕谁。"我也来劲了。

"我先来，你那公司是个大企业吧？"

"嘿，我们头头儿最喜欢说的就是，也就咱们这么标准化国际化现代化的大——车间……"我把最后两字降了八度，逗得她咯咯地笑，我忘记自己是否告诉过她，不过还是喝了半杯。

"你们那病房住的都是大人物吧？"她喝了。

"你是你们那部门的骨干吧？"我喝了。

"问点带劲的行不？你肯定碰见过病人是色狼。"

她脸一红，端起杯子干了。

"你肯定有不少女朋友。"

我犹豫了一下，还是喝了。

"你肯定没结婚。"我打算赌一把。

她笑吟吟地没动,我脸一臊,自己咕嘟咕嘟干了半杯。她看着我,不慌不忙地端起来喝了半杯。

"好哇,你耍赖!"我其实高兴得很。

"谁让你那么心急的。"她话里有话。

"那好,你失眠、焦虑、抑郁、心律不齐、月经不调……"喝得太猛,我有点高了,开始口无遮拦。

她轻轻在杯沿抿了一小口,说:"你有的,我都没有,我有的,你也没有。"

"你觉得一切都没什么意义。"

"在遇见你之前。"我开始耍赖,老炮如我绝不能在小姑娘面前轻易露怯,何况这种车轱辘话。

"你常常会莫名地恐慌,因为你害怕那种时间流逝的感觉,世界在一天天地改变,你在一天天地老去,可还有那么多事情没做。你悲伤,你慌张,你想用力握住那把沙子,可它就那么一点点地、毫不留情地从你的指缝间流走,什么也没剩下……"

她不依不饶。如果这些文艺腔从第二个人嘴里说出来,我会把她看作一个江湖术士,无耻无知地将放之四海而皆准的常理包装成命运女神的手谕,唾向世人。可是,从她嘴中吐出,却真真成了手谕,仿佛每一个字都敲打在我心上,梆梆作响。

我闷声喝完了杯里的酒,酒劲开始上头。真奇怪,平时喝到这份儿上,厕所都上了好几趟了,可今天一点尿意都没有。我开始犯迷糊,她的笑脸在我面前变成两个、三个……我想开口问她,可舌头打结,说不出话来。

她突然现出一副窘迫的神情,低低说了句:"今天喝多了,我送你回去吧。"

于是，我便彻底地败了。

七

我用了很久才想起自己身在何方，这段时间里阳光走过了六个窗棂格子。我又花了三个窗棂格子的时间来洗掉一身的酒气，以及清理房间里的呕吐物。

看来护士小姐没把病人照顾好，我头痛欲裂。

我一点也不想派条走狗去找她，我正告自己。我甚至有点害怕见到她。或许她是个读心者？听说这些变异人在许多关键岗位担当重任，在病人无法正常言语的特护病房配备一名读心者也是十分合理的解释。这么说来，她是因为读到我内心的龌龊想法所以故意把我灌醉的？那么她还有接触我的必要吗？

被人看穿自己内心的恐慌，这是更大的恐慌。也许只是我心虚过敏？

一条小沙皮噔噔噔进了门，朝我汪汪直吠。我从它项圈间取下纸条，果然是她。约我去看骗驴似的纳西古乐，署名"我不是读心者"。

我狠狠踹了那条沙皮一脚，它委屈地哼哼。

"还说你不是！"

最终，好奇战胜了恐慌，梳洗打扮完毕，我来到了演出厅外。她一身淡雅的鹅蛋黄，早在门前等待。我故作冷淡地点点头，却不想她一下贴上来，挽了我的手往里走。

"小样，少装啊。"她在我耳边嘀咕了一声，我使劲憋住脸上的春意。

"骗驴"开始了，仿真机器人乐团晃悠着弹奏各种纳西乐器，录制好的音乐从座位后方的音箱涌出。那乐手一看就知道是国产货，动作僵硬滑稽，关节转动角度有限，力反馈模式单调，也就宣科老先生的做工精致点，不时还摇头摆脑做陶醉状，只是让人担心用力过猛把脑壳摇下来。

"你不是不喜欢'骗驴'吗？"我贴着她耳朵问，一股淡淡的薰衣草香气飘来。

"这可是疗养的一部分。"

"你可真能扯淡，我服了。"

我就势想亲她，被她轻轻一躲，手指贴在了我的唇上。

"你的办公桌上，有一个灰色的小闹钟，它的形状像个蘑菇，而且经常走快。"

她轻描淡写，我瞪大了眼睛。除了大楼清洁工，没人会注意到那玩意儿，那是公司发的优秀员工纪念品。可她怎么会知道的？

如果说之前的斗酒是意外失手的话，那么这回自诩阅人无数的我是彻底投降。黑暗中我盯着她好看的侧脸，在潮水般的"骗驴"声里，仿佛我也变成那机械木讷的乐手，演奏着拙劣的情歌，却被高手一眼看穿，胸腔里其实只有一颗单幅振动的铁皮心脏。

在之后的很长很长一段时间里，那种单调、刺耳、压抑的旋律一直成为我噩梦的背景音乐。

八

我们终于还是上床了。

她一副顺理成章的表情，而我却恰恰相反。男人是多么奇妙的一种动物，他的恐惧和欲望竟然如此完美地统一在同一个器官上，只不过前者失禁而后者充血。我已年届而立，所以我并不对此感到惊讶，所需要控制的除了括约肌之外，还有强烈的质问她的冲动。

"这也是疗养的一部分？"我可以想象自己略带嘲讽的口吻，可我毕竟没有说出口，因为害怕那是一个肯定的答案。

而这个答案很明显已经写在她的脸上。

"你到底是谁？"我终于还是没忍住。

她的声音像鼓槌敲在棉被上，闷闷地、软软地、无力地敲着我的鼓膜。

"……我是个护士，我的病人是时间……"

她最终还是说出了那个故事，我愿意把这一行为理解为一种代偿心理，尽管带走的可能比偿还的要多上许多倍。

那天晚上我竟然久违地失眠了，我数绵羊，数木墙上的纹理，数她那轻柔的呼吸声，均宣告无效。看着她熟睡的模样，我怎么也无法将这张甜美的面孔跟那样一间恐怖的病房联系起来。

她说那叫"时间特护病房"，住的全是曾经叱咤风云的商界巨头。

那些干尸般的老人，身上插满密密麻麻的导管和电线，享受着二十四小时全天候的顶级特护。每天会有各种人物穿着无菌服，围在病床旁，默哀般站上十分钟，然后离开，周而复始。那些老人几乎不动，每次呼吸间隔都漫长得可怕，偶尔发出一些婴儿般的呢喃，便会有专人记录下来。以各项生命指数来衡量，这些人早该入土了，可他们竟活了下来，而且一活就是半年，甚至几年，其间数据几乎不发生变化。

她说他们都是接受了"时间感延宕治疗"的特护病人，她们私底下叫他们"活死人"。

这项研究始于二十多年前，起初目的只是调拨生物钟以期延长人类生命，但随着研究的深入，科学家们发现，尽管控制生物钟可以减少自由基的产生，延缓肌体衰老时间，但意识的衰退乃至湮灭却无法逆转，最终导致脑死亡。他们发现，意识的衰老跟所谓"时间感"密切相关，从而又在松果体中发现了相关受体，经过多年临床试验，研制出一套行之有效的"时间感延宕治疗法"。接受治疗的病人，尽管身体处于正常速度的物理时空中，但意识却停留于减缓了成百上千倍的时间流体中。

所以他们活着，或者说，半死不活着。

"可这跟你有什么关系呢？"我记得自己这样问道。

"住在一个寝室的女生，她们的生理周期会趋于同步，这个你总知道吧？"

我点点头。

"所以我每年都需要来丽江一次，以消除延宕效应对身体机能的干扰。"

在那一瞬间我有些眩晕。延宕治疗仿佛只用于一些行将就木的老不死身上，出于稳定股价或者公司权力斗争的需要延长他们的寿命，可如果用在正常人的身上呢？我努力想象着在一秒内经历百年的感觉，但想象太无力了。如果将时间感延宕到无限长，也就是减缓到近乎静止，那么是否这个人，或者说这个意识就得到了永生？那么肉体还有存在的必要吗？

"你还记得我说过的吧？不是我选择了你，也不是你选择了我。"她有些抱歉地笑了笑。

我突然莫名恐慌起来，仿佛掌间又握满了流沙。

"你是我的反面，是我的补集，是我被宙斯的闪电劈开的另一半身体。"

这诗意泛滥的话在我听来却不啻于最最恶毒的诅咒。

九

女孩要走了，她说她的疗养期限到了。

我们静静地坐在黑暗里，玉龙雪山就横亘在我们眼前，反射着银色的月光。谁都没有说话，我猜，该说的不该说的都已经说得太多，是时候闭嘴了。可那些对白，伴着那骗驴似的背景音乐，在我脑子里循环播放个没完没了，特别是在夜里。

"还记得你桌上的小闹钟吗？"

我看着她那好看的侧脸在黑暗中微微泛光，决定保持沉默。

尽管"时间感延宕治疗"费用高昂，但它的反向操作却是成本低廉。专家们开始论证这种被称为"时间感凝缩技术"的商业化前景，在几大财团的联手下，这项技术迅速地被孵化，并在政府的默许下利用国际劳动法的空子，在跨国企业的发展中国家雇员间进行实验。那台闹钟便是微型的"时间感凝缩器"。

"原来我们都是小白鼠。"我记得自己挖苦道,脑海里浮现部门老板的大饼脸,他不可能知道这些,因为他桌上也摆着小闹钟。

"这事说出去也不过是天方夜谭罢了,那项技术的理论基础是不存在的。"

"不存在?"

"据说从理论物理的角度无法成立,所以他们将它依托在柏格森的哲学基础上。"

"那又是什么鬼东西?"

"不知道,也许也是扯淡吧。"

"也就是说,我的那些症状,什么狗屁PNFD二期,全都是时间感凝缩的副作用?我的意识时间跑得比物理时间快?难怪每天累得像条狗,生命不息,加班不止,真得感谢公司选我当优秀员工。哈。"

乌云遮蔽了月亮,雪山的反光消失了,一束红色激光打在海拔五千六百多米的雪壁上,演出开始了。高频激光束在雪山上织就一张全息的光网,三维的图案拼叠变换着,大概是开天辟地宇宙洪荒之类的神话剧。我无心欣赏,只觉得那光晃得自己心神不宁。

凝缩技术尽管对提高社会劳动效率起着巨大的作用,但副作用很快显现出来,时间感与新陈代谢速度的差异导致肌体机能紊乱失衡。财团拨款在发展中国家成立了康复中心,并通过影响劳动法形成制度化,一来借助时间感的调节恢复被实验者的身体机能,二来观察时间感对人类生活方式的影响。而最重要的一个发现便是，凝缩效应正好可以与延宕效应两相抵消。

"也就是说，我只是他们安排为你采阴补阳的补品之一?"尽管早有预感，可一个中年男人虚弱的自尊心强迫我撕破脸皮，再次确认自己的尴尬处境。

"采阳补阴。如果你硬要用这种字眼的话。"她似乎表示十分同情。

"那么'骗驴'呢?"

"那是谐调双方波段的一种方式，我早说过。"

我沉默了，等着她说我比她以前的抵消拍档更帅、更有情趣、更特别之类安慰的话。可她什么也没说，也许她知道这并不会让我更好受些。

"那些狗呢?"我已经黔驴技穷了。

"它们很正常，只是在时间场的紊流中产生了脑神经结构的变异而已。"

"我只有最后一个要求，"我望着她黑暗中闪闪发光的眼睛，像一对寂寞的萤火虫，"陪我再看一次那些小鱼儿，也许这世上只有它们是真实地活着。"

那对萤火虫更亮了，她轻轻抚着我的脸，仔细端详，说："其实……"

我捂住她的嘴，摇头示意她不要说下去。我想，我们不必把那三个字说出口。

她轻轻地掰开我的手，吐出了那三个字："别傻了。"

十

　　我孤单地蹲在丽江的水沟边，看着游来游去的鱼儿们。她走了，甚至没有留下联系方式。掌心的沙子硌得我生疼，无论我握得多么紧，它终究还是流走了。

　　鱼儿啊鱼儿，现在只有你们陪着我了。一瞬间，我突然强烈地羡慕甚至嫉妒这些不舍昼夜的鱼儿，它们的生命简单而纯粹，只有一个方向，而无须在无穷多的选择面前优柔寡断进退维谷。可如果真的将这样的生活强加在自己身上，恐怕又会怨天尤人了吧。永不知足，是否这就是人性无法战胜的软肋？

　　突然间，我很想朝自己的自恋自怜自怨自艾狠狠吐一口唾沫，但终于我还是咽了下去。

　　我看着那条小黄鱼第三次被水流冲离队伍，摇晃着掉到后面，又奋力摆着尾巴回到原位。真他妈顽强！我暗暗赞叹并用以自勉。

　　且慢！

　　难道每次都是它？每次的动作和轨迹都如此相似、毫厘不爽？我心情矛盾地等待着，大约过了二十分钟，那条天杀的小黄鱼再一次以同样优雅的动作、同样的轨迹掉队、落伍而后迎头赶上时，我已经将手中的石块高高举起。

　　石头穿越鱼群的全息影像，缓缓沉入水底。

　　我拳头里的最后一粒沙子也滑落了。

　　我的疗程结束了，抱着不那么健康的心情和不那么愉快的身体，我登上了返程航班。飞机还没起飞，鼾声已经此起彼伏，看来康复疗效显著。可突然，我对回归那座充满斗争与压力的水泥森林充满了恐慌，因为我不知道什么是值得依靠的，一切都那么浮夸而虚假，包括自己。

飞机起飞了，地面渐渐远去。城市、道路、山川、河流……世界缩小成一面由不同方格组成的棋盘，每个方格中，时间或快或慢地流淌着。那些蝼蚁般的人群，便被一只看不见的大手操控着，拨拉成几堆，填塞进不同的方块里。时间飞快的，穷人，劳工，第三世界；时间缓慢的，富人，老板，发达国家；时间近乎停滞的，偶像，神……

突然，两只胖乎乎的小手把整个世界都攥在拳头里，手背向上，摆在我的面前。

"左，还是右？"

我惶恐地瞅瞅左边，再看看右边，犹豫不决。

一阵尖厉的嘲笑声。

我狠狠心，一把抓住那两只胖手，用力在日光之下摊开，结果无论左右，都是空空荡荡，一无所有。

"先生，先生……"

漂亮的空姐把我叫醒了，托她的洪福，我终于记住了那个梦的内容。那是我一肚子坏水的表哥，他最喜欢玩的游戏，就是让我猜他哪只手里藏有巧克力，他总是利用我优柔寡断的性格，尽情玩弄。

"先生，不好意思，请问您要可乐、咖啡、茶，还是要……"

"你，"我看着空姐涨红的脸，微微一笑，"还是咖啡吧，不加奶，不加糖。"

也许，这便是我在这世上仅有的自由选择。

巴　鳞

我用我的视觉来判断你的视觉，用我的听觉来判断你的听觉，用我的理智来判断你的理智，用我的愤恨来判断你的愤恨，用我的爱来判断你的爱。我没有，也不可能有任何其他的方法来判断它们。

——亚当·斯密《道德情操论》

巴鳞身上涂着厚厚一层凝胶，再裹上只有几个纳米薄的贴身半透膜，来自热带的黝黑皮肤经过几次折射，星空般深不可测。我看见闪着蓝白光的微型传感器飘浮在凝胶气泡间，如同一颗颗行将熄灭的恒星，如同他眼中小小的我。

"别怕，很快就好。"我安慰他，巴鳞就像听懂了一样，表情有所放松，眼睑处堆叠起皱纹，那道伤疤也没那么明显了。

他老了，已不像当年，尽管他这一族人的真实年龄我从来没搞清楚过。

助手将巴鳞扶上万向感应云台，在他腰部系上弹性拘束带，无论他往哪个方向以何种速度跑动，云台都会自动调节履带的方向与速度，保证用户不位移不摔倒。

我接过助手的头盔，亲手为巴鳞戴上，他那灯泡般鼓起的惊骇双眼隐没在黑暗里。

"你会没事的。"我用低得没人听见的声音重复，就像在安慰我自己。

头盔上的红灯开始闪烁，加速，过了那么三五秒，突然变成绿色。

巴鳞像是中了什么咒语般全身一僵，活像是听见了磨刀石霍霍作响的羔羊。

那是我十三岁的一个夏夜，空气湿热黏稠，鼻腔里充斥着台风前夜的霉锈味。

我趴在祖屋客厅的地上，尽量舒展整个身体，像壁虎般紧贴凉爽的绿纹镶嵌地砖，直到这块区域被我的体温焐得热乎，再就势一滚，寻找下一块阵地。

背后传来熟悉的皮鞋敲地声，雷厉风行，一板一眼，在空旷的大厅里回荡。我知道是谁，可依然趴在地上，用屁股对着来人。

"怎么不进新厝吹空调啊？"

父亲的口气柔和得不像他。他说的新厝是在祖屋背后新盖的三层楼房，全套进口的家具电器，装修也是镇上最时髦的，还特地为我辟出来一间大书房。

"不喜欢新厝。"

"你个不识好歹的傻子！"他猛地拔高了嗓门，又赶紧低声咕哝几句。

我知道他在跟祖宗们道歉，便从地板上昂起脑袋，望着香案上供奉的祖宗灵位和墙上的黑白画像，看他们是否有所反应。

父亲长叹了口气："阿鹏，我没忘记你的生日，从岭北运货回来，高速路上遇到事故，所以才迟了两天。"

我挪动了下身子，像条泥鳅般打了个滚，换到另一块冰凉的地砖。

父亲那充满烟味儿的呼吸靠近我，近乎耳语般哀求："礼物我早就准备好了，这可是有钱都买不到的哟！"

他拍了两下手，另一种脚步声出现了，是肉掌直接拍打在地砖上的声音，细密、湿润，像是某种刚从海里上岸的两栖类。

我一下坐了起来，眼睛循着声音的方向，那是在父亲的身后，藻绿色花纹地砖上，立着一个黑色影子。门外膏黄色的灯光勾勒出那生灵的轮廓，如此瘦小，却有着不合比例的硕大头颅，就像是镇上肉铺挂在店门口木棍上的羊头。

影子又往前迈了两步。我这才发现，原来那不是逆光造成的剪影效果。那个人，如果可以称其为人的话，浑身上下，都像涂上了一层不反光的黑漆，像是在平滑正常的世界里裂开了一道缝。所有的光都被这道人形的缝给吞噬掉了，除了两个反光点，那是他那对略微凸起的双眼。

现在我看得更清楚了，这的的确确是一个男孩。他浑身赤裸，只用类似棕榈与树皮的编织物遮挡下身，他的头颅也并没有那么大，只因为盘起两个羊角般怪异的发髻，才显得尺寸惊人。他一直不安地研究着脚底下的砖块接缝，脚趾不停蠕动，发出昆虫般的抓挠声。

"狍鸮族，从南海几个边缘小岛上捉到的，估计他们这辈子都没踩过地板。"

我失神地望着他，这个或许与我年纪相仿的男孩，他身上的某种东西让我感觉怪异，尤其是父亲将他作为礼物这件事。

"我看不出来他有什么好玩的，还不如给我养条狗。"

"傻子，这可比狗贵多了。如果不是亲眼看到，你老子可不会当这冤大头。真的是太怪了……"他的嗓音变得缥缈起来。

一阵沙沙声由远而近，我打了个冷战，起风了。

风带来男孩身上浓烈的腥气，让我立刻想起了某种熟悉的鱼类，一种瘦长、铁乌的廉价海鱼。

我想这倒是很适合作为一个名字。

父亲早已把我的人生规划到了四十五岁。

十八岁上一个省内商科大学，离家不能超过三小时火车车程。

大学期间不得谈恋爱，他早已为我物色好了对象，他的生意伙伴老罗的女儿，生辰八字都已经算好了。

毕业之后结婚，二十五岁前要小孩，二十八岁要第二个，酌情要第三个（取决于前两个婴儿的性别）。

要第一个小孩的同时开始接触父亲公司的业务，他会带着我拜访所有的合作伙伴和上下游关系（多数是他的老战友）。

孩子怎么办？有他妈（瞧，他已经默认是个男孩了），有老人，还可以请几个保姆。

三十岁全面接手林氏茶叶公司，在这之前的五年内，我必须掌握关于茶叶的辨别、烘制和交易知识，同时熟悉所有合作伙伴和竞争对手的喜好与弱点。

接下来的十五年，我将在退休父亲的辅佐下，带领家族企业开枝散叶，走出本省，走向全国，运气好的话，甚至可以进军海外市场。这是他一直想追求却又瞻前顾后的人生终极目标。

在我四十五岁的时候，我的第一个孩子也差不多要大学毕业了，我将像父亲一样，提前为他物色好妻子。

在父亲的宇宙里，万物就像是咬合精确、运转良好的齿轮，循环往复，生生不息。

每当我与他就这个话题展开争论时，他总是搬出我的爷爷、他的爷爷、我爷爷的爷爷，总之，指着祖屋一墙的先人们骂我忘本。

他说："我们林家人都是这么过来的，除非你不姓林。"

有时候，我怀疑自己是否真的生活在二十一世纪。

我叫他巴鳞，巴在土语里是"鱼"的意思，巴鳞就是有鳞的鱼。

可他看起来还是更像一头羊，尤其是当他扬起两个大发髻，望向远方海平线的时候。

父亲说，狍鸮族人的方位感特别强，即便被蒙上眼，捆上手脚，扔进船舱，漂过汪洋大海，再日夜颠簸，经过多少道转卖，他们依然能够准确地找到故乡的方位。

"那我们是不是得把他拴住？就像用链子拴住土狗一样。"我问父亲。

父亲怪异地笑了，他说："狍鸮族比咱们还认命，他们相信这一切都是神灵的安排，所以他们不会逃跑。"

巴鳞渐渐熟悉了周围的环境，父亲把原来养鸡的寮屋重新布置了一下，当作他的住处。巴鳞花了很长时间才搞懂床垫是用来睡觉的，但他还是更愿意直接睡在粗糙的沙石地上。他几乎什么都吃，甚至把我们吃剩的鸡骨头都嚼得只剩渣子。我们几个小孩经常蹲在寮屋外面看他怎么吃东西，也只有这时候，我才得以看清巴鳞的牙齿，如鲨鱼般尖利细密的倒三角形，毫不费力地把嘴里的一切撕得稀烂。

我总是控制不住去想象，那口利齿咬在身上的感觉，然后心里一哆嗦，有种疼却又上瘾的复杂感受。

巴鳞从来没有开口说过话，即便是面对我们各种挑逗，他也是紧闭着双唇，一语不发，用那双灯泡般的凸眼盯着我们，直到我们放弃尝试。

终于有一天，巴鳞吃饱了饭之后，慢悠悠地钻出寮屋，瘦小的身体挺着饱胀的肚子，像一根长了虫瘿的黑色树枝。我们几个小孩正在玩捉水鬼的游戏，巴鳞晃晃悠悠地在离我们不远处停下，颇为好奇地看着我们的举动。

"捞虾洗衫，玻璃刺脚丫。"我们边喊着，边假装是在河边捕捞的渔夫，从砖块垒成的河岸上，往并不存在的河里，试探性地伸出一条腿，点一点河水，再收回去。

而扮演水鬼的孩子则来回奔忙，徒劳地想要抓住渔夫伸进河水里的脚丫，只有这样，水鬼才能上岸变成人类，而被抓住的孩子则成为新的水鬼。

没人注意到巴鳞是什么时候开始加入游戏的，直到隔壁家的小娜突然停下，用手指了指。我看到巴鳞正在模仿水鬼的动作，左扑右抱，只不过，他面对的不是渔夫，而是空气。小孩子经常会模仿其他人的说话或肢体语言，来取悦或激怒对方，可巴鳞所做的和我以往见过的都不一样。

我开始觉察出哪里不对劲了。

巴鳞的动作，和扮演水鬼的阿辉几乎是同步的，我说几乎，是因为单凭肉眼已无法判断两者之间是否存在细微的延迟。巴鳞就像是阿辉在五米开外凭空多出来的影子，每一个转身，每一次伸手，甚至每一回因为扑空而沮丧的停顿，都复制得完美无缺，毫不费力。

我不知道他是如何做到的，就像是完全不用经过大脑。

阿辉终于停了下来，因为所有人都在看着巴鳞。

阿辉走向巴鳞，巴鳞也走向阿辉，就连脚后跟拖地的小细节都一模一样。

阿辉："你为什么要学我？"

巴鳞同时张着嘴，蹦出来的却是一堆乱七八糟的音节，像是坏掉的收音机。

阿辉推了巴鳞一把，但同时也被巴鳞推开。

其他人都看着这出荒唐的闹剧，这可比捉水鬼好玩多了。

"打啊！"不知道谁喊了一句，阿辉扑上去和巴鳞扭抱成一团，这种打法也颇为有趣，因为两个人的动作都是同步的，所以很快谁都动弹不了，只是大眼瞪小眼。

"好啦好啦，闹够了就该回家了！"一只大手把两人从地上拎起来，又强行把他们分开，像是拆散了一对连体婴儿。是父亲。

阿辉愤愤不平地朝地上唾了一口，和其他家小孩一起作鸟兽散。

这回巴鳞没有跟着做，似乎某个开关被关上了。

父亲带着笑意看了我一眼，那眼神似乎在说，现在你知道哪儿好玩了吧？

"我们可以把人脑看作一个机器，笼统地说来，它只干三件事：感知、思考还有运动控制。如果用计算机打比方，感知就是输入，思考就是中间的各种运算，而运动控制就是输出，它是人脑和外界进行交互的唯一方式。想想看为什么？"

在老吕接手我们班之前，打死我也没法相信，这是一个体育老师说出来的话。

老吕是个传奇，他个头不高，大概一米七二的样子，小平头，夏天可以看到他身上鼓鼓的肌肉。据说他是从国外留学回来的。

当时我们都很奇怪，为什么留过洋的人要到这座小破乡镇中学来当老师。后来听说，他是家中独子，父亲重病在床，母亲走得早，没有其他亲戚能够照顾老人，老人又不愿意离开家乡，说狐死首丘。无奈之下，他只能先过来谋一份教职，他的专业方向是运动控制学，校长想当然地让他当了体育老师。

老吕和其他老师不一样，和我们一起厮混打闹，就像是好哥们儿。

我问过他，为什么要回来？

他说："有句老话叫父母在，不远游。我都远游十几年了，父母都快不在了，也该为他们想想了。"

我又问他，等父母都不在了，你会走吗？

老吕皱了皱眉头，像是刻意不去想这个问题，他绕了个大圈子，说："在我研究的领域有一个老前辈，他曾经说过，控制人的行为比控制刺激他们的因素要难得多，因此在运动控制领域很难产生类似于A导致B的科学规律。"

"所以？"我知道他压根儿没想回答我。

"没人知道会怎么样。"他点点头，长吸了一口烟。

"放屁。"我接过他手里的烟头。

所有人都觉得他待不了太久，结果，老吕从我初二教到了高三，还娶了个本地媳妇生了娃。正应了他自己那句话。

我们开始用的是大头针，后来改成用从打火机上拆下来的电子点火器，咔嚓一按，就能迸出一道蓝白色的电弧。

父亲觉得这样做比较文明。

人贩子教他一招，如果希望巴鳞模仿谁，就让两人四目对视，然后给巴鳞刺激一下，等到他身体一僵，眼神一出溜，连接就算完成了。父亲说，这是狗鸮族特有的习俗。

巴鳞给我们带来了无数的欢乐。

我从小就喜欢看街头戏人表演，无论是皮影戏、布袋戏还是扯线木偶。我总会好奇地钻进后台，看他们如何操纵手中无生命的玩偶，演出牵动人心的爱恨情仇，对年幼的我来说，这就像法术一样。而在巴鳞身上，我终于有机会实践自己的法术。

我跳舞，他也跳舞；我打拳，他也打拳。原本我羞于在亲戚朋友面前展示的一切，如今却似乎借助巴鳞的身体，成为可以广而告之的演出节目。

我让巴鳞模仿喝醉了酒的父亲。我让他模仿镇上那些不健全的人，疯子、瘸子、傻子、被砍断四肢只能靠肚皮在地面摩擦前进的乞丐……然后我们躲在一旁笑得满地打滚，直到被大人拿着晾衣竿在后面追着打。

巴鳞也能模仿动物，猫、狗、牛、羊、猪都没问题，鸡鸭不太行，鱼完全不行。

他有时会蹲在祖屋外偷看电视里播放的节目，尤其喜欢关于动物的纪录片。当看见动物被猎杀时，巴鳞的身体会无法遏制地抽搐起来，就好像被撕开腹腔、内脏横流的是他一样。

巴鳞也有累的时候，模仿的动作越来越慢，误差越来越大，像是松了发条的铁皮人，或者是电池快用光的玩具汽车，最后就是一屁股坐在地上，怎么踢他也不动弹。解决方法只有一个，让他吃，死命吃。

除此之外，他从来没有流露出一丝抗拒或者不快，在当时的我看来，巴鳞和那些用牛皮、玻璃纸、布料或木头做成的偶人并没有太大的区别，只是忠实地执行操纵者的旨意，本身并不携带任何情绪，甚至是一种下意识的条件反射。

直到我们厌烦了单人游戏，开始创造出更加复杂而残酷的多人玩法。

我们先猜拳排好顺序，赢的人可以首先操纵巴鳞，去和猜输的小孩对打，再根据输赢进行轮换。

我猜赢了。这种感觉真是太酷了！我就像一个坐镇后方的司令，指挥着士兵在战场上厮杀，挥拳、躲避、飞腿、回旋踢……因为拉开了距离，我能更清楚地看清对方的意图和举动，从而做出更合理的攻击动作。更因为所有的疼痛都由巴鳞承受了，我毫无心理负担，能够放开手脚大举反扑。

我感觉自己胜券在握。

但不知为何，所有的动作传递到巴鳞身上似乎都丧失了力道，丝毫无法震慑对方，更谈不上伤害。很快巴鳞便被压倒在地上，饱受痛揍。

"咬他，咬他！"我做出撕咬的动作，我知道他那口尖牙的威力。

可巴鳞似乎断了线般无动于衷，拳头不停落下，他的脸颊肿起。

"噗!"我朝地上一吐，表示认输。

换我上场，成为那个和巴鳞对打的人。我恶狠狠地盯着他，他的脸上流着血，眼眶肿胀，但双眼仍然一如既往地无神平静。我被激怒了。

我观察着操控者阿辉的动作，我熟悉他打架的习惯，先迈左脚，再出右拳。我可以出其不意扫他下盘，把他放翻在地，只要一倒地，基本上战斗就可以宣告结束了。

阿辉左脚迅速前移，来了!我正想蹲下，怎料巴鳞用脚扬起一阵沙土，眯住我的眼睛。接着，便是一个扫堂腿将我放倒，我眯缝着双眼，双手护头，准备迎接暴风骤雨般的拳头。

事情并不像我想象的那样，拳头落下来了，却软绵绵的，一点力气都没有。我以为巴鳞累了，但很快发现不是这么回事，阿辉本身出拳是又准又狠的，但巴鳞刻意收住了拳势，让力道在我身上软着陆。拳头毫无预兆地停下了，一个暖乎乎臭烘烘的东西贴到我的脸上。

周围响起一阵哄笑声，我突然明白过来，一股热浪涌上头顶。

那是巴鳞的屁股。

阿辉肯定知道巴鳞无法输出有效打击，才使出这么卑鄙的招数。

我狠力推开巴鳞，一个鲤鱼打挺，将他反制住，压在身下。我眼睛刺痛，泪水直流，屈辱夹杂着愤怒。巴鳞看着我，肿胀的眼睛里也溢满了泪水，似乎懂得我此时此刻的感受。

我突然回过神来，高高地举起拳头。他只是在模仿。

"你为什么不使劲?"

拳头砸在巴鳞那瘦削的身体上，像是击中了一块易碎的空心木板，咚咚作响。

"为什么不打我?"

我的指节感受到了他紧闭双唇下松动的牙齿。

"为什么?"

我听见嘶啦一声脆响，巴鳞右侧眉骨裂了一道长长的口子，一直延伸到眼睑上方，深黑皮肤下露出粉白色的脂肪，鲜红的血汩汩地往外涌着，很快在沙地上凝成小小的池塘。

他身上又多了一种腥气。

我吓坏了，退开几步，其他小孩也呆住了。

尘土散去，巴鳞像被割了喉的羊崽蜷曲在地上，用仅存的左眼斜睨着我，依然没有丝毫表情的流露。就在这一刻，我第一次感觉到，他和我一样，是个有血有肉，甚至有灵魂的人类。

这一刻只维持了短短数秒，我近乎本能地意识到，如果之前的我无法像对待一个人一样去对待巴鳞，那么今后也不能。

我掸掸裤子上的灰土，头也不回地挤入人群。

我和巴鳞置身于一座风光旖旎的热带岛屿，环境设计师根据我的建议糅合了诸多南中国海岛上的景观及植被特点，光照角度和色温也都尽量贴合当地经纬度。

我想让巴鳞感觉像是回了家，但这并没有减轻他的恐慌。

视野猛烈地旋转，天空、沙地、不远处的海洋、错落的藤萝植物……

我感到眩晕，这是视觉与身体运动不同步所导致的晕动症，眼睛告诉大脑你在动，但前庭系统却告诉大脑你没动，两种信号的冲突让人不适。但对于巴鳞，我们采用最好的技术将信号延迟缩短到五毫秒以内，并用动作捕捉技术同步他的肉身与虚拟身体运动，在万向感应云台上，他可以自由跑动，位置却不会移动半分。

我们就像对待一位头等舱客人，对他呵护备至。

巴鳞一动不动地站在那里，他无法理解眼前的这个世界，与几分钟前那个空旷明亮的房间之间的关系。

"这不行，我们必须让他动起来！"我对耳麦那端的操控人员吼道。

巴鳞突然回过头，全景环绕立体声让他觉察到身后的动静。郁郁葱葱的森林，一群鸟儿飞离树梢，似乎有什么巨大的物体在树木间穿行摩擦，由远而近。巴鳞一动不动地凝视着那片灌木。

一群巨大的史前生物蜂拥而至，即便是常识缺乏如我也能看出，它们不属于同一个地质时代。操控人员调用了数据库里现成的模型，试图让巴鳞奔跑起来。

他像棵木桩般站在那里，任由霸王龙、剑齿虎、古蜻蜓、新巴士鳄和各种古怪的节肢动物迎面扑来，又呼啸着穿过他的身体。

这还没有完。

巴鳞脚下的地面开始震动开裂，树木开始七歪八倒地折断，火山喷发，滚烫猩红的岩浆从地表迸射，汇聚成暗血色的河流。而海上掀起数十米高的巨浪，翻滚着朝我们站立的位置袭来。

"我说，这有点过了吧。"我对着耳麦说，似乎能听见那端传来的窃笑。

想象一个原始人被抛掷在这样一个世界末日的舞台中央，他会是一种什么样的感受。他会认为自己是为整个人类承担罪愆的救世主，还是已然陷入一种感官崩塌的疯狂境地？

又或者，像巴鳞一样，无动于衷？

突然我明白了事情的真相。我摘下巴鳞的头盔，而他双目紧闭，四周的皱纹深得像是昆虫的触须。

"今天就到这里吧。"我无力叹息，想起多年前痛揍他的那个下午。

我与父亲间的战事随着分班临近日渐升温。

按照他的大计划，我应该报考文科，政治或者历史，可我对这毫无兴趣。我想报物理，至少也是生物，用老吕的话说是能够解决"根本性问题"的学科。

父亲对此嗤之以鼻，他指了指几栋家产，还有铺满晒谷场的茶叶，在阳光下碎金闪亮。

"还有比养家糊口更根本的问题吗？"

我放弃了说服父亲的尝试，我有我的计划。通过老吕的关系，我获得了老师的默许，平时跟着文科班上语数英大课，再溜到理科班上专业小课，中间难免有些课程冲突，我也只能有所取舍，再用课余时间补上。老师也不傻，与其要一个不情不愿的中等偏下文科考生，不如放手赌一把，兴许还能放颗卫星，出个状元。

我本以为可以瞒过忙碌在外的父亲，把导火索留到填报志愿的最后一刻点燃。当时的我实在太天真了。

填报志愿的那天，所有人都拿到了志愿表，除了我。我以为老师搞错了。

"你爸已经帮你填好了。"老师故作轻描淡写，他不敢直视我的双眼。

我不知道自己怎么回的家，像失魂的野狗逛遍了镇里的大街小巷，最后鬼使神差地回到祖屋前。

父亲正在逗巴鳞取乐，他不知道从哪儿翻出一套破旧的军服，套在巴鳞身上显得宽大臃肿，活像一只偷穿人类衣服的猴子。他又开始当年在军队服役时学会的那一套把戏，立正、稍息、向左向右看齐、原地踏步走……在我刚上小学那会儿，他特别喜欢像个指挥官一样喊着口号操练我，而这却是我最深恶痛绝的事情。

已经很多年没有重温这一幕了，看起来父亲找到了一个新的下属，一个绝对服从的士兵。

"一二一、一二一、向前踏步——走!"巴鳞随着他的口令和示范有模有样地踏着步子，过长的裤子拖在地上沾满了泥土。

"你根本不希望我上大学，对吗?"我站在他们俩中间，责问父亲。

"向右看齐!"父亲头一侧，迈开小碎步向右边挪动，我听见身后传来同样节奏的脚步声。

"所以你早就知道了，只是为了让我没有反悔的机会!"

"原地踏步——走!"

我愤怒地转身按住巴鳞，不让他再愚蠢地踏步，但他似乎无法控制住自己，裤腿在地上啪啦啪啦地扬起尘土。

我捧住他的脑袋，和我四目对视，一只手掏出电子点火器，蓝白色的弧光在巴鳞太阳穴边炸开，他发出类似婴儿般的惊叫。

"你没有权力控制我！你眼里只有你的生意，你考虑过我的前途吗？"

巴鳞随着气急败坏的我转着圈，指着父亲吼叫着，渐行渐近。

"这大学我是上定了，而且要考我自己填报的志愿！"我咬了咬牙，巴鳞的手指几乎已经要戳到父亲的身上。"你知道吗，这辈子我最不想成为的人就是你！"

父亲之前意气风发的军姿完全不见了，他像遭了霜打的庄稼，耷拉着脸，表情中夹杂着一丝悲哀。我以为他会反击，像以前的他一样，可他并没有。

"我知道，我一直都知道，你不想走别人给你铺好的路……"父亲的声音越来越低，几乎要听不见了，"像极了我年轻时的样子，可我没有别的选择……"

"所以你想让我照着你的人生再活一遍吗？"

父亲突然双膝一软，我以为他要摔倒，可他却抱住了巴鳞。

"你不能走！你以为我不知道吗，出去的人，哪有再回来的？"

我操纵着巴鳞奋力挣脱父亲的怀抱，就好像他紧紧抱住的人是我。而这样的待遇，自我有记忆之日起，就未曾享受过。

"幼稚！你应该睁大眼睛，好好看看外面的世界了。"

巴鳞像是个失心疯的发条玩具，四肢乱打，衣服被扯得乱七八糟，露出那黝黑无光的皮肤。

"你说这话时简直和你妈一模一样。"又一朵蓝白色的火花在巴鳞头上炸开，他突然停止了挣扎，像是久别重逢的爱人般紧紧抱住父亲。"你是想像她一样丢下我不管吗？"

我愣住了。

我从来没有从这个角度想过父亲的感受。我一直以为他是因为自私和狭隘才不愿意我走得太远，却没有想过是因为害怕失去。母亲离开时我还太小，并没有给我造成太大的冲击，但对于父亲，恐怕却是一生的阴影。

我沉默着走近拥抱着巴鳞的父亲，弯下腰，轻抚他已不再笔挺的脊背。这或许是我们之间所能达到的亲密的极限。

这时，我看到了巴鳞紧闭眼角沁出的泪花。那一瞬间，我动摇了。

也许在这一动作的背后，除了控制之外，还有爱。

有一些知识我但愿自己能在十七岁之前懂得。

比方说，人类脑部的主要结构都和运动有关，包括小脑、基底核、脑干，皮层上的运动区以及感知区对运动区的直接投射，等等。

比方说，小脑是脑部神经元最多的器官。在人类进化中，小脑皮层随着前额叶的增长而同步增大。

比方说，任何需要和外界进行的信息或物理上的交互，无论是肢体动作：打手势、说话、使眼色、做表情，最终都需要通过激活一系列的肌肉来实现。

比方说，一条手臂上有二十六条肌肉，每条肌肉平均有一百个运动单元，由一条运动神经和它所连接的肌纤维组成。因此，光控制一条胳膊的运动，就至少有二的两千六百次方种可能性，这已经远远超出了宇宙中原子的数量。

人类的运动如此复杂而微妙，每一个看似漫不经心的动作中都包含了海量的数据运算分析与决策执行，以至于目前最先进的机器人尚无法达到三岁小孩的运动水平。

更不要说动作中所隐藏的信息、情感与文化符号。

在前往高铁车站的路上，父亲一直保持沉默，只是牢牢地抓住我的行李箱。北上的列车终于出现在我们眼前，崭新、光亮、线条流畅，像是一松闸就会滑进遥不可测的未知。

我和父亲没能达成共识。如果我一意孤行，他将不会承担我上学期间的生活费用。

"除非你答应回来。"他说。

我的目光穿过他，就像是看见了未来，那是属于我自己的未来。为此，我将成为白色羊群中那一头被永远放逐的黑羊。

"爸，多保重。"

我迫不及待地拉起行李箱要上车，可父亲并没有松手，行李箱尴尬地在半空中悬停着，终于还是重重地落了地。

我正要发火，父亲啪的一声在我面前立正，行了个标准的军礼，然后一言不发地转身走人。他说过，上战场之前不要告别，要给彼此留个念想。

我望着他渐渐远去的背影，举起手，回了个软绵绵的礼。

当时的我并没有真正领会这个姿势的意义。

"真没想到我们竟然会折在一个野人手里。"课题组组长，也是我的导师欧阳笑里藏刀，他拍拍我的肩膀。"没事儿啊，再琢磨琢磨，还有时间。"

我太了解欧阳了，他这话的潜台词就是"我们没时间了"。

如果再挖深一层，则是"你的想法，你的项目，那么，能不能按时毕业，你自己看着办"。

至于他自己前期占用我们多少时间精力，去应付他在外面乱七八糟接下的私活儿，欧阳是绝不会提的。

我痛苦地挠头，目光落在被关进粉红宠物屋里的巴鳞身上，他呆滞地望着地板，似乎还没有从刺激中恢复过来。

如果是老吕会怎么办？这个想法很自然地跳了出来。

一切的源头都来自于他当年闲聊扯出的"A导致B"的问题。

传统理论认为，运动控制是通过存储好的运动程序完成的，当人要完成某一个运动任务时，运动皮层选取储存的某一个运动程序进行执行。程序就像自动钢琴琴谱一样，告诉皮层和脊髓的运动区该如何激活，皮层和脊髓再控制肌肉的激活，完成任务。

那么问题来了：同一个运动有无数种执行方式，大脑难道需要储存无数种运动程序？

二〇〇二年一个叫 Emanuel Todorov 的数学家提出一套理论，试图解决这个问题。

他的基本思想是：人的运动控制是大脑求一个最优解的问题。所谓最优是针对某些运动指标，比如精度最大化、能量损耗最小化、控制努力度最小化，等等。

而在这一过程中，人脑会借助于小脑，在运动指令还没有到达肌肉之前，对运动结果进行预测，然后与真实感知系统发回来的反馈相结合，帮助大脑进行评估及调整动作指令。

最简单的例子就是，上下楼梯时我们经常会因为算错台阶数而踩空，如果反馈调整及时，人就不会摔跤。而反馈往往是带有噪声和延时的。

Todorov 的数学模型符合前人在行为学和神经学上的已知证据，可以用来解释各种各样的运动现象，甚至只要提供某一些物理限制条件，便可以预测其运动模式，比如说八条腿的生物在冥王星重力环境下如何跳跃。

好莱坞用他的模型来驱动虚拟形象的运动引擎，便能"自主"产生出许多像人一样流畅自然的动作。

当我进入大学时，Todorov模型已经成为教科书上的经典，我们通过各种实验不断地验证其正确性。

直到有一天，我和老吕在邮件里谈到了巴鳞。

我自从上大学之后就和老吕开始了电邮来往，他像一个有求必应的人工智能，我总能从他那里得到答案，无论是关乎学业、人际关系还是情感。我们总会长篇累牍地讨论一些在旁人看来不可思议的问题，例如"用技术制造出来的灵魂出窍体验是否侵犯了宗教的属灵性"。

当然，我们都心照不宣地避开关于我父亲的事情。

老吕说巴鳞被卖给了镇上的另一家人，我知道那家暴发户，风评不是很好，经常会干出一些炫耀财力却又匪夷所思的荒唐事。

我隐约知道父亲的生意做得不好，可没想到差到这个地步。

我刻意转移话题聊到Todorov模型，突然一个想法从我脑中蹦出。巴鳞能够进行如此精确的运动模仿，如果让他重复两组完全相同的动作，一组是下意识的模仿，而一组是自主行为，那么这两者是否经历了完全相同的神经控制过程？

从数学上来说，最优解只有一个，可中间求解的过程呢？

老吕足足过了三天才给我回信，一改之前汪洋恣肆的风格，他只写了短短几行字：

　　　我想你提出了一个非常重要的问题，也许连你自己都没意识到有多重要。如果我们无法在神经活动层面上将机械模仿与自主行为区分开，那么这个问题就是——

自由意志真的存在吗？

收到信后，我激动得彻夜难眠。我花了两个星期设计实验原型，又花了更多的时间研究技术上的可行性及收集各方师长意见，再申报课题，等待批复。直到一切就绪时，我才想起，这个探讨"根本性问题"的重要实验，却缺少了一个根本性的组成要素。

我将不得不违背承诺，回到家乡。

只是为了巴鳞。我不断告诉自己：只是巴鳞。

我读过一篇名为《孤儿》的科幻小说，讲的是外星人来到地球，能够从外貌上完全复制某一个地球人的模样，由此渗入人类社会。但是他们无法模仿被复制者身体的动作姿态，哪怕是一些细微的表情变化。许多暴露身份的外星伪装者遭到地球人的追捕猎杀。

为了生存下去，他们不得不学习人类是如何通过身体语言来进行交流的。他们伪装成被遗弃的孤儿，被好心人收养，通过长时间的共同生活来模仿他们养父母们的举止神态。

养父母们惊讶地发现，这些孩子长得越来越像自己，而当外星孤儿们认为时机成熟之时，便会杀掉养父或养母，变成他们的样子并取而代之。

辨别伪装者的难度变得越来越大，但人类最终还是发现了这些外星人与地球人之间最根本的区别。

尽管外星人几乎能够惟妙惟肖地模仿人类的所有举动，但他们并不具备人脑中的镜像神经系统，因此无法感知对方深层的情绪变化，并激发出类似的神经冲动模式，也就是所谓的"同理心"。

人类发明了一套行之有效的辨别方法，去伤害伪装者的至亲之人，看是否能够监测到伪装者脑中的痛苦、恐惧或愤怒。他们称之为"针刺实验"。

这个冷酷的故事告诉我们，在这个宇宙间，人类并不是唯一一个和自己父母处不好关系的物种。

老吕知道关于巴鳞的所有事情，他认为狍鸮族是镜像神经系统超常进化的样本，并为此深深着迷，只是不赞成我们对待巴鳞的方式。

"但他并没有反抗，也没有逃跑啊！"我总是这样反驳老吕。

"镜像神经元过于发达会导致同理心病态过剩，也许他只是没办法忍受你眼中的失落。"

"有道理。那我一定是镜像神经元先天发育不良的那款。"

"……冷血。"

当老吕带着我找到巴鳞时，我终于知道自己并不是最冷血的那一个。

巴鳞浑身赤裸、伤痕累累，被粗大生锈的锁链环绕着脖颈和四肢，窝藏在一个五尺见方的砖土洞里，光线昏暗，排泄物和食物腐烂的气味混杂着，令人作呕。他更瘦了，虮蝇吮吸着他的伤口，骨头的轮廓清晰可见，像一头即将被送往屠宰场的牲畜。

他看见了我，目光中没有丝毫波澜，就像我十三岁的那个夏夜与他初次相见时的模样。

"他们让他模仿……动物交配。"老吕有点说不下去。

瞬间，所有的往事一下涌上心头。

接下来发生的事情，我一点印象都没有，仿佛是被什么鬼神附了体，所有的举动都并非出自我的本意。

老吕说："你冲进买下巴鳞那暴发户的家里，抓起他家少奶奶心爱的博美一口就咬在脖子上，如果不放了巴鳞，你就不松口，直到把那狗脖子咬断为止。"

我朝地上吐了口唾沫，这听起来还挺像是我干得出来的事儿。

我们把巴鳞送进了医院，刚要离开，老吕一把拉住我，说："你不看看你爸？"

我这才知道父亲也在这座医院里住院。上了大学后，我和他的联系越来越少，他慢慢地也断了念想。

他看起来足足老了十岁，鼻孔里插着管，头发稀疏，目光涣散。

前几年普洱被疯炒时他跟风赌了一把，运气不好，成了接过最后一棒的傻子，货砸在了手里，钱也赔了不少。

他看见我时的表情竟然跟巴鳞有几分相似，像是在说，我早知道会有这么一天。

"我……我是来找巴鳞的……"我竟然不知所措。

父亲似乎看穿了我的窘迫，咧开嘴笑了，露出被香烟经年熏烤的一口黄牙。

"那小黑鬼，精得很呢，都以为是我们在操纵他，有时候想想，说不定是他在操纵我们。就像你一样，我老以为我才是那个说了算的人，可等到你真的走了，我才发现，原来我心上系着的那根线，都在你手里攥着呢。不管你走多远，只要指头动一动，我这里就会一抽一抽地疼……"父亲闭上眼，按住胸口。

我一个字都说不出来，有什么东西堵住了喉咙。

我走到他病床前，想要俯身抱抱他，可身体不听使唤地在中途僵住了，我尴尬地拍拍他的肩膀，起身离开。

"回来就好。"父亲在我背后嘶哑地说，我没有回头。

老吕在门口等着我，我假装挠挠眼睛，掩饰情绪的波动。

"你说巧不巧?"

"什么?"

"你想要逃离你爸铺好的路，却兜兜转转，跟我殊途同归。"

"我有点同意你的看法了。"

"哪一点?"

"没人知道会怎么样。"

我们又失败了。

最初的想法很简单，选择巴鳞，是因为他的超强镜像神经系统让模仿成为一种本能，相对于一般人类来说，这就摒除了运动过程中许多主观意识的噪声干扰。

我们用非侵入式感应电极捕捉巴鳞运动皮层的神经活动，让他模仿一组动作，再通过轨迹追踪，让他自发重复这组动作，直到前后的运动轨迹完全重合，那么从数学上，我们可以认为他做了两组完全一样的动作。然后再对比两组神经信号是否以相同的次序、强度及传递方式激活了皮层中相同的区域。

如果存在不同，那么被奉为经典的Todorov模型或许存在巨大的缺陷。

如果相同，那么问题更严重，或许人类仅仅是在单纯地模仿其他个体的行为，却误以为是出于自由意志。

无论哪一种结果，都将是颠覆性的。

但我们从一开始就失败了。巴鳞拒绝与任何人对视，拒绝模仿任何动作，包括我。

我大概能猜到原因，却不知道该如何解决。我们这群人信誓旦旦地要解开人类意识世界的秘密，却连一个原始人的心理创伤都治愈不了。

我想到了虚拟现实，将巴鳞放置在一个抽离于现实的环境中，或许能够帮助他恢复正常的运动。

我们尝试了各种虚拟环境，海岛冰川、沙漠太空。我们制造了耸人听闻的极端灾难，甚至，还花了大力气构建出狍鸮族的虚拟形象，寄望于那个瘦小丑陋的黑色小人，能够唤醒巴鳞脑中的镜像神经元。

但是毫无例外地全部失败了。

深夜的实验室里，只剩下我和僵尸般呆滞的巴鳞。其他人都走了，我知道他们在想什么，这个实验就是个笑话，而我就是那个讲完笑话自己一脸严肃的人。

巴鳞静静地躲在粉红色泡沫板搭起来的宠物屋里，缩成小小的一团。我想起老吕当年的评价，他说得没错，我一直没把巴鳞当一个人来看待，即便是现在。

曾经有同行将无线电击器植入大鼠的脑子里，通过对体觉皮层和内侧前脑束的放电刺激，产生欣快或痛感，来控制大鼠的运动路线。

这和我对巴鳞所做的一切没有实质区别。

我就是那个镜像神经元发育不良的混蛋。

我鬼使神差地想起了那个游戏，那个最初让我们见识到巴鳞神奇之处的幼稚游戏。

　　"捞虾洗衫，玻璃刺脚丫……"

　　我低低地喊了一句，某种成年后的羞耻感油然而生。我假装成渔夫，从河岸上往河里伸出一条腿，踩一踩只存在于想象中的河水，再收回去。

　　巴鳞朝我看了过来。

　　"捞虾洗衫，玻璃刺脚丫！"我喊得更大声了。

　　巴鳞注视着我蠢笨的动作，缓慢而柔滑地爬出宠物屋，在离我几步之遥的地方停住了。

　　"捞虾洗衫，玻璃刺脚丫！"我感觉自己像个嗑了药的酒桌舞娘，疯狂地甩动着大腿，来回踏出慌乱的节奏。

　　巴鳞突然以难以言喻的速度朝我扑来，那是阿辉的动作。

　　他记得，他什么都记得。

　　巴鳞左扑右抱，喉咙里发出婴孩般咯咯的声音，他在笑。这是这么多年来我第一次听见他笑。

　　他变成了镇上的残疾人。所有的动作像是被刻录在巴鳞的大脑中，生动而精确，以至于我一眼就能认出他模仿的是谁。他变成了疯子、瘸子、傻子、没有四肢的乞丐。他变成了猫、狗、牛、羊、猪和不成形的家禽。他变成了喝醉酒的父亲和手舞足蹈的我自己。

　　我像是瞬间穿越了几千公里的距离，回到了童年的故里。

　　毫无预兆地，巴鳞开始一人分饰两角，表演起我和父亲决裂那一天的对手戏。

　　这种感觉无比古怪。作为一名旁观者，看着自己与父亲的争吵，眼前的动作如此熟悉，而回忆中的情形变得模糊而不真切。当时的我暴躁顽劣，像一匹未经驯化的野马，而父亲的姿态卑微可怜，他一直在退让，一直在忍耐。这与我印象中大不一样。

巴鳞忙碌地变换着角色和姿态，像是技艺高超的默剧演员。

尽管我早已知道接下来会发生什么，但当它发生时我还是没有做好准备。

巴鳞抱住了我，就像当年父亲抱住他那样，双臂紧紧地包裹着我，头深埋在我的肩窝里。我闻见了那阵熟悉的腥味，如同大海，还有温热的液体顺着我的衣领流入脖颈，像一条被日光晒得滚烫的河流。

我待了片刻，思考该如何反应。

随后，我放弃了思考，任由自己的身体展开，回以热烈的拥抱，就像对待一个老朋友，就像对待父亲。

我知道，这个拥抱我欠了太久。无论是对谁。

我猜我找到了解决问题的正确方法。

在《孤儿》的结尾，执行"针刺实验"的组织领导者悲哀地发现，假使他们伤害的是外星伪装者，那么他们的至亲，也就是真正的人类，其镜像神经系统也无法被正常激活。

因为人类从一开始就被设计成一个无法对异族产生同理心的物种。

就像那些伪装者。

幸好，这只是一篇二流科幻小说。

"我们应该试着替他着想。"我对欧阳说。

"他？"我的导师反应了三秒钟，突然回过神来，"谁？那个野人？"

"他的名字叫巴鳞。我们应该以他为中心，创造他觉得舒服的环境，而不是我们自以为他喜欢的廉价景区。"

"太可笑了吧！现在你要担心的是你的毕业设计怎么完成，而不是去关心一个原始人的尊严，你可别拖我后腿啊。"

老吕说过，衡量文明进步与否的标准应该是同理心，是能否站在他人的价值观立场去思考问题，而不是其他被物化的尺度。

我默默地看着欧阳的脸，试图从中寻找一丝文明的痕迹。

这张老脸上一片荒芜。

我决定自己动手，有几个学弟学妹也加入了，这让我找回对人类的一丝信念。当然，他们多半是出于对欧阳的痛恨或顺手混几个学分。

有一款名为"Idealism"的虚拟现实程序，号称能够根据脑波信号来实时生成环境，但实际上只是针对数据库中比对好的波形调用模型，最多就只是增加了高帧率的渐变效果。我们破解了它，毕竟实验室用的感应电极比消费者级别的精度要高出几个数量级，我们增加了不少特征维度，又连接到教育网内最大的开源数据库，那里存放着世界各地虚拟认知实验室的Demo版本。

巴鳞将成为这个世界的第一推动力。

他将有充分的时间，去探索这个世界与他心中每一个念想之间的关系。我将记录下巴鳞在这个世界中的一举一动，待他回到现世，我再与他连接，那时，我将尽力模仿他的每一个动作，我俩就像平行对立的两面镜子，照出无穷无尽的彼此。

我为巴鳞戴上头盔，他目光平静，温柔如水。

红灯闪烁，加速，变绿。

我开启第三人称窗口，这样可以看到一个小小的巴鳞虚拟形象在轻轻摇摆。

巴鳞的世界一片混沌，没有天地，也不分四面八方。我努力克制晕眩。

他终于停止了摇摆。一道闪电缓慢地劈开混沌，确定了天空的方向。

闪电蔓延着，在云层中勾勒出一只巨大的眼，向四方绽放着细密的发光触须。

暗光下，巴鳞抬起头，举起双手，雨水落下。

他开始舞蹈。

每一颗雨滴带着笑意坠落，填满风的轮廓，风扶起巴鳞，他四足离地，开始盘旋。

无法用语言来描绘他的舞姿，仿佛他成了万物的一部分，天地随着他的姿态而变幻色彩。

我的心跳加速，喉咙干涩，手脚冰凉，像是见证一场不期而遇的神迹。

他举手，花儿便盛开；他抬足，鸟儿翩然而来。

巴鳞穿行于不知名的峰峦湖泊之间，所到之处，荡漾开欢喜的曼陀罗，他便向着那旋转中坠去。

他时而变得极大，时而变得极小，所有的尺度在他面前失去了意义。

每一个不知名的生灵都在向他放声歌唱，他张了张嘴巴，所有狍鸮族的神灵都被吐了出来。

神灵列队融入他黑色的皮肤，像是一层层黑色的波浪，喷涌着、席卷着他向上飞升，飞升，在身后拉出一张漫无边际的黑色大网，世间万物悉数凝固其上，弹奏着各自的频率，那是亿亿万种生灵在寻找一个共有的原点。

我突然领悟了眼前的一切。在巴鳞的眼中，万物有灵，并不存在差别，但神经层面的特殊构造使得他能够与万物共情，难以想象，他需要付出多大的努力才能够平复心中无时无刻不在翻涌的波澜。

即便愚钝如我，在这一幕天地万物的面前，也无法不动容。事实上，我已热泪盈眶，内心的狂喜与强烈的眩晕相互交织，这是一种难以言表却又近乎神启的巅峰体验。

至于我希望得到的答案，我想，已经没那么重要了。

巴鳞将所有这一切全吸入体内，他的身形迅速膨胀，又瘪了下去。

然后开始往下坠落。

世界黯淡、虚无，生机不再。

巴鳞像是一层薄薄的贴图，平平地贴在高速旋转的时空中，物理引擎在他的身体边缘掀起风动效果，细小的碎片如鸟群飞起。

他的形象开始分崩离析。

我切断了巴鳞与系统的连接，摘下他的头盔。

他趴在深灰色柔性地板上，四肢展开，一动不动。

"巴鳞?"我不敢轻易挪动他。

"巴鳞?"周围的人都等着。

他缓慢地挪动了下身子，像泥鳅般打了个滚，又趴着不动了，像壁虎一样紧贴在地板上。

　　我笑了。像当年的父亲那样，我拍了两下手掌。

　　巴鳞翻过身，坐起来，看着我。

　　正如那个湿热黏稠的夏夜里，十三岁的我第一次见到他时的姿态。

人生算法

一

韩小华在他七十大寿这天，生出了一些念头。

儿女让酒店布置得隆重气派，完全照足上个世纪的旧排场，尽管在座的十八围宴席上没几个人亲眼见过，可厅面经理说，这就是当下最时兴的风格。寿堂正厅墙上是动态投影的南极仙翁像，隆额白髯，骑梅花鹿，手持寿桃和龙头手杖向来宾微笑招手，旁边还有丹顶鹤灵活地转动脖颈。

当来宾举手回礼时，一个虚拟的红色利市封便随之飞入南极仙翁宽大的袖口中，心理上仿佛是给象征长寿的仙翁上了供，信用点却落到了儿女的账头上。

韩小华随着儿女孙辈绕场走了一圈，接受客人的祝寿和敬酒，满屋金红配色的寿烛寿彩晃得他眼花。恍惚间，那一个个草书寿字就像是手足乱舞的金色蜘蛛，挂满了头顶，他心里有点儿发毛。

重金请来的司仪二胖又开始高声朗诵，好像是让华叔上台发表什么生日感言。他这几年承包了村里的各种红白主持，什么开业剪彩婚娶百日奠基丧葬抽奖乔迁，一听见他那把尖嗓子，都不知道该笑还是该哭。

韩小华摆摆手，让儿子韩凯替自己上台，反正稿子都是他写的，无非就是把该谢不该谢的都谢一通，好像没了他们自己就活不到今天。儿子自从当上村里的文化官，说话的瘾就越来越大，恨不得路上逮只鸡都能教育半天，难怪孙子孙女们都躲着他走。

"我去抽根烟，透下气。"韩小华从上菜的后厨口溜了出去。

院子里没了那些烟酒油镬气，让人精神一爽。韩小华蹲在据说是清朝所种的大榕树下，抽起烟来。午后的日光穿过珠帘般密密垂落的气根，打在他黝黑的脸上，如同印了一幅条形码。他眯缝起眼，透过烟气，望着远处被晒得发白的茶山，有一红一蓝两点人影在动，竟然像极了年轻时的阿慧和自己。他仿佛闻到了阿慧身上的那股茶花香。

他再看，人影不见了，而五十年已经过去了，阿慧过世也快五年了。

你还没带我去看椰子树呢。他忘不了阿慧临走前说的话。

韩小华叹了口气，烟屁股一丢，鞋底踩了上去。

"华叔，怎么不进去热闹热闹？"是酒店的主厨老黄，又递上一根烟。

"过一次少一次，有什么好热闹的？"韩小华接过烟，没抽，夹在耳朵上。

"大吉利市。七十还年轻得很呢，只能算中寿，我看你这耳厚人中长的福相，活到期颐寿没问题啦。"

"活那么长有什么意思？"

"享福啊，你看你子孙满堂，又赶上好时候，现在农村日子不比城里强多了？还是你有远见，把地和人都留住了，不像我那儿子，还得苦哈哈打工赚养老看病钱。"

"好歹见过世面哪，我这井底蛤蟆，一世人最远也就去过深圳。"

"那是你不愿意去，你看合唱团那群阿婆，地球都跑两圈了，玩嘛，日子好过嘛，何必想不开。"

韩小华不说话了。要不是那场突如其来的流感，要不是阿慧硬拗着不上医院，也许现在两人正坐着高铁飞机周游世界吧。他摇摇头，这只是自己马后炮的想法罢了，阿慧在或不在，其实改变不了什么。他们还是会窝在这麻雀屎大的村落里，相伴终老。

生日前几天他又做了那个梦，原本以为再也不会做了，可它又那么毫无端倪地出现。还是一样的人，一样的场景。他和早出世几分钟的孪生哥哥韩大华站在打谷场上，两人都是十七八岁的青头仔模样，手里紧紧攥着什么，在毒辣的日头底下满脸油汗，彼此对视。然后，像是听到了某声召唤般，两人齐刷刷地伸出拳头。就在他们向世界张开掌心的刹那，梦戛然而止。

醒来后，韩小华明白自己从来没有放下过。他一直在后悔当年的事，这改变了他自己以及子孙后代的命运。他不愿意再踏足外面的世界，原因竟像小孩赌气般幼稚：他怕见多了，便会琢磨，如果当年换成是他抽中那根签，人生又会是怎样一番境地？

有些事，想不如不想，做不如不做。可越是刻意不去想，就越是魔怔般陷进去。

村史馆里的AR沙盘一开，手指滑动时间轴，就能看到鲤烧村百年来的变化。海潮进退、山陵起落，农田和房屋像是对弈的两方势力此消彼长，道路如年轮或皱纹蔓延生长，可唯独看不到人的变化。

如今的鲤烧村是他年轻时候做梦都想不到的。二〇三〇年啦，农民都AI了，上云链了，拿个手机按几下，农活都让无人机蜂群、机器人给干了。甚至都不用人管，老天爷稍微变个脸，刮风下雨升温降温，触发什么智能合约，马上就有相应的措施防止庄稼受灾，这可比人强多了。每一季种什么、怎么种、渠道在哪儿、价格怎么定，都有数据链条搞定，它看的可不是各家各户的一亩三分地，而是全球市场。

好家伙，这日子可真舒服。但就是这种神仙日子让韩小华浑身不自在，都不用人了，人还活着干吗呢？就像那些小孩一样，整天戴着顶怪里怪气的塑料帽，完全活在另一个虚无缥缈的世界里。

新闻上说，人生算法可让人上瘾了。韩小华还是头一回听说这个词。

孙子让他戴过一次那帽子，眼前像是掉进了一方无底洞，各路牛鬼蛇神以极快的频率闪现又消失，有真人，有卡通，还有不知道是什么玩意儿的怪异图案。他太阳穴突突直跳，眼睛晕得冒火花，几乎是跪着把帽子给摘了，从此再也不敢碰。

韩小华知道自己已经追不上这个时代，他也从来没想过要追，不像他那经常在媒体上露面的哥哥。"不老的弄潮儿"，他们这么夸道，韩大华投资领域跨度极大，且成功率奇高，旗下企业矩阵已然形成了小小的技术型商业帝国。而自己只是个虚耗岁月的过时之人。

"阿爸。"

儿子韩凯突然出现，叫住略显慌乱的父亲。

"差不多该散了，您再去敬一圈？"

"哦好。"韩小华漫不经心地应着，往宴会厅走去，这时手机响了，他一下子定在那里。

"怎么了爸？你没事吧？"

"没事没事，我接个电话马上进去。"

打发走儿子，韩小华又走远几步，清了清喉咙，郑重其事地接通电话。那头响起年轻而爽利的女孩声音。

"小华叔吗？"

"是我啊，你是？"

"我是笑笑啊。"

"笑笑？哪个笑笑？"

"就是陪你走过三次人生路的笑笑啊。"

……

韩小华猛然惊醒，在黑暗中，他喘着粗气，花了好长时间才想起自己身处何时何地，睡梦中那极度真实的场景和感受，却早已恍如隔世。他不明白为什么会在这时候做这样的一个梦，也许背后埋藏着隐秘而深刻的认知规律。但此刻，回忆不受控制地蔓延开来，一切都从那个突如其来的电话开始。

那是笑笑，他的侄女，哥哥韩大华的女儿。

二

接到笑笑的电话之后，韩小华在大湾区逛了三天，却连哥哥的影子都没见着，他有点儿按捺不住。

笑笑倒是全程陪同，照顾得细心周到。虽说是侄女，可年纪却和他孙女差不多，不，甚至看上去还要更年轻有活力些。一头密且软的灰蓝短发，健美匀称的运动员身段，如果硬要说哪里像他哥的话，也许就是眼神中偶尔闪过的一丝傲气。

上次见面时笑笑还只是个怯生生的小女孩，哥哥也不搭理她，只让她在一旁玩着编程玩具。倒是韩小华主动跟她说话，给她椰子糖吃，那是阿慧最喜欢的零嘴，却被笑笑一脸严肃地拒绝了。

她说，爸爸不让我吃糖，那会让我的大脑上瘾。

韩小华这才知道面前这个女孩是哥哥的孩子。

他从来没有关注过哥哥的私生活，也不想知道。对于他来说，哥哥是个如此特立独行的人，无法用任何传统的条条框框来限定，至于跟谁有多少个孩子这种村里人才好打听的八卦，他是断断问不出口的。

大湾区跟记忆中相比，又有了翻天覆地的变化，这才过去不到十年，几个片区又立起了七座世界级摩天楼，入驻的都是全球顶尖企业的亚太总部，在阳光下高得耀眼。新能源无人车和共享交通系统大大提高了出行效率，减少了污染，几乎可以做到无缝对接。最让韩小华惊讶的是，三天时间他们把深港澳转了个遍，竟然一次也没有被要求下车检查各种证件。

从鲤烧村来到这里，就像是穿越到了未来。

"我给叔申请了临时的大湾区通证，您的个人数据已经同步到云链上，也就是说，不管是医疗、保险、交通、餐饮、娱乐……您能想到的方方面面，现在都可以享受大湾区的服务。"

"哦……这样。"韩小华并不确定自己完全明白了。

像是看穿了叔叔的心思，笑笑连忙举例说明。

"就好像咱们昨天去吃的海鲜酒楼，万一，我是说万一啊，您吃了不新鲜的鱼虾，食物中毒了，一来因为原材料都可以通过链上溯源，我们马上能知道究竟是哪个批次出了问题，锁定责任且防止更多人受害；二来您到医院的时候，所有个人健康数据都同步了，跟有问题的食物检验数据一交叉分析，诊疗方案马上就出来了，不耽误事儿；三是保险公司得到医院的实时反馈，触发智能合约，您的赔偿金不需要再经过重重审核，直接就可以打到您通证账户里；四是因为以上所有数据记录都是真实且无法篡改的，您对这家酒楼的评分权重会自动升高，帮助更多的消费者形成了一次消费共识，还会给您发放奖励。我这么说，您是不是大概清楚点儿了？"

韩小华点点头，心想这姑娘脑袋瓜子真好使，他突然又想到了什么。

"这么说来，方便倒是方便，可我去哪儿、干吗，有什么毛病不都被人知道得一清二楚了？"

"这您不用担心，我是学数学的，法律规定，所有个人数据都必须经过脱敏处理，而且进行量子加密，链上的任何节点都没有办法滥用……"

韩小华走了神，想起笑笑打来电话的时间点，偏偏那么巧，就在他按下联络键之后。毕竟他和哥哥平时也不是走动那么多，尤其是上了岁数之后，两人之间许多原本能说不能说的话，想想说了也没啥意思，就又咽了回去。哥哥几次邀他去游玩，都被小华以各种理由婉拒，渐渐也就没了下文。

这一次，小华却一口答应了。他想还是得见见哥哥，毕竟是一个娘胎里出来的，前后也就差了那么几口烟的工夫，总还有一些割舍不断的羁绊。

"小华叔！我爸刚打来电话，说他那边完事了，让我带您去见他。"

"噢噢，好的麻烦你了。"韩小华不知怎的突然紧张了起来。

见面的地方在蛇口区一栋大厦里，顶层里别有洞天地搭出一间茶室，古朴素雅，却能望尽整片海岸风光。

哥哥已经在包厢里等着韩小华，面容气色竟比几年前还要显得年轻，说是五十出头恐怕也没人怀疑。两人站在一起，尽管相貌如此酷似，却断猜不出谁是哥谁是弟。

"小华，快坐，这几天玩得可好？笑笑有没有照顾周到？"

"哥太客气了，麻烦笑笑了。"

"叔又不是外人。爸，我还约了朋友，你们先聊，等差不多了我再来接小华叔。"笑笑跟父亲抱了抱，帅气地甩甩头，离开了包厢。

"你这女儿可真是……"韩小华想了想，挑了个比较中性的词，"优秀。"

"就是没长性，干什么都三分钟热度，像我，哈哈。"

兄弟俩就这么喝着茶，拉着家常，仿佛一场平日无事的下午茶叙，看着日头慢慢从海平面上坠下去，给万物镀上一层金光。

"小华，夕阳无限好啊。"哥哥突然感慨了一句。

"哥……你知道了？"

"都说双胞胎之间会有一种感应，你的心思，我又怎么会不知道？"哥哥眼含笑意。

"我不信。"韩小华是真的不信，他从来没有感应到哥哥的任何心绪变化。

"你还是老样子，啥都不信。"哥哥喝了口茶，收了笑，"是我当年给你上的保险里，有一项干预，一旦你的行为触发某项指标，就会通知我。"

"我就知道。"

"对对对，你什么都知道，就不知道怎么好好活着。"

韩小华语塞。

"我最近都在做一个梦，梦见当年咱们抽签的情形，我知道，你心里一直有个结，"哥哥口气和缓下来，顿了顿，"我也有。"

韩小华把玩着手里的紫砂茶杯，在渐暗的日光下摩挲表面的纹路。

"……现在说这个有什么用？"

"如果，我是说如果啊，我能让你抽到那根签呢？"

韩小华看着哥哥的眼睛，他知道这不是玩笑话。如果硬要找出兄弟俩最大的不同处，那就是大华相信自己能做到一切看似不可能之事，这种相信引导他克服现实世界的重力阻碍，完成从井底到山巅的无数次跳跃；而对于小华来说，他相信发生在自己身上的便已是最好的安排，直到阿慧的去世，让他开始动摇。

有时他也会想，自己和哥哥的这种人格差异，究竟是出生之时便已经注定，还是后天一点一滴积累起来的？先天的话，同卵双胞胎在遗传上近乎百分之百相同，除非相信命理玄学，如果是后天的话，毫无疑问，那件事便是决定性的分水岭。

太阳已经完全落下海面，茶馆里亮起了灯，茶香氤氲，飘着若有似无的粤曲吟哦。

大华和小华相对无语，各怀心事，只是一泡又一泡地喝着茶。

韩小华知道，一旦自己迈出了这一步，很多事情就回不去了，他需要时间来思考。而哥哥也清楚这一点，可以看出，他强压住心中的迫切。今晚注定会是个不眠之夜。

三

事情并不像韩小华想象的那么简单，尽管他所想的也并不简单。

他们第三次来到前海这栋全玻璃钢结构大厦，经过三重门禁关卡，终于来到了此行的目的地：因陀罗系统。韩小华之前两次全面体检及基因测序、脑神经连接组测绘的数据已经悉数上传到平台，组成了一个即便放眼全球也属于顶尖水平的虚拟人模型。

全身经过消毒的韩小华被喷上一层半透明的速干凝胶，其中包含着数百万个纳米感官单元，从某个特定角度看，仿佛松弛皮肤表面悬浮着一层金砂。他颇有几分尴尬地被笑笑领到了巨大蝌蚪状的白色舱体前。

"这叫森萨拉舱，也叫轮回舱。"笑笑解释。

这并没有减轻小华心头的几分疑虑。如哥哥所说，这还是一项处于临床试验阶段的前沿技术，谁也不敢保证百分百不会出岔子。

有人拍了拍他肩膀，他回头，是哥哥，眼含关切，或者做出眼含关切的样子。

"小华，你还需要考虑一下吗？我们还有时间。"

韩小华一笑："协议都签了，你就别跟我来这套了。"

尽管三个律师花了两天时间向他详细解释协议里所有的条

款，可他还是没法搞懂那些技术术语，神经链式反应、量子态化身、虚时间效应……简直比外语还难懂。他只记住了一个词：算法。

律师说，这是整件事的根基，也许也是一切的根基。

所以算法究竟是什么呢？读完冗长的定义后，韩小华仍然不得要领。

最年轻的那个律师抬起头，脸上没有半丝开玩笑的样子。

他说："是道。"

韩小华躺入舱内，温热的弹性材料自动包裹住他的身体，空气中有种令人平静的甜味。他想了很久究竟在哪里闻到过，记忆只能回溯到孙子孙女出生时的产房前，据说医院提取了羊水中的某种成分做成香薰，对产妇和家属都有镇静安抚的功效。

舱门关闭之前，他看见哥哥的脸，似乎在对自己说，我的话你都记住了吗？

韩小华笑了，这几天哥哥说了太多的话，比过去半个世纪说的话加起来还多。这其中并没有多少手足间的家长里短，更多的是他听不懂也记不住的天书。他有时候甚至觉得自己在跟另一种人交流，比老外更陌生更遥远。

舱门完全合上，韩小华感觉自己脑壳被盖上一条热毛巾，四周亮起了蓝绿色的光，有节奏地闪烁起来，越来越快，略高于体温的含氧液体漫过他的四肢，逐渐向七窍逼近。尽管这一切都已经在引导视频里讲解过，可韩小华还是无法遏制身体里那种原初的恐慌，如同回到了童年在海边被恶浪卷跑的经历。

他闭上眼，似乎这样能好受一点儿。

……想象自己漂浮在一望无际的海面上，阳光、微风、海浪……什么也不要想，什么也不用怕……这时平台会在你的肉身和量子态化身之间建立映射关系……你会感到有一丝怪异，就像是意识和肉体之间有一道空隙，总是无法严丝合缝地重叠在一起……

哥哥的话开始在脑海里断续播放起来，伴随着不知是真实存在还是幻觉的梵音，韩小华感觉舒服了一点儿。他努力去捕捉那种感觉，但越是努力，越觉得自己要被吸入某个深渊。

……联结完成时你会感觉到咔嗒一下，就像齿轮彼此咬合……我们会用算法改写你记忆中的某个节点，其实是你的量子态化身的记忆，神经链式反应会推演出你随后所有记忆及认知的变化，就像你真的重新活了一遍一样……

重力的方向缓缓倾斜，他觉得海面旋转着拍打在身上，带来疼痛和压迫感，一种矛盾的感知让头脑陷入了混乱。他迎面拥抱着整片大海，而另一股引力却让他逆流而上，朝海洋的深处潜入，或是向天空浮去。

……你要记住，你依然是你，你既在那里，又在这里，这就是因陀罗的奇妙之处……你有选择的权利，但也需要承担相应的后果……如果你想停下，随时可以回来……你的身体状况，只允许有三次改写的机会……

韩小华沿着半透明的流动光幕缓缓上浮，身边的每一个气泡仿佛都折射出细小的记忆碎片，闪烁着不真实的微光，分裂、破碎、融合。他似乎听到了某种召唤，愈加用力地朝着光亮的水面游去。

……小华！小华！你听到我说话了吗……

由细长尾部带动旋转的森萨拉舱稳定了下来，控制台上显示出各种数据波形。韩大华朝女儿点点头，笑笑不知什么时候也换上了紧身装束，她也点头回应父亲，遁入旁边略小的蛋壳状座椅中。

"记住你要做的事。"

在舱门即将合拢之前，韩大华用毫无起伏的语调提醒女儿。

四

"……小华！小华！你听到我说话了吗……"

韩小华被白光晃得睁不开眼，眼睛终于适应之后，他看到了满头大汗的哥哥，只不过不是中年人模样，而是少年韩大华。他倒吸了一口气，看看自己的手臂和身体，也是年轻模样。

"我……"

"你什么你，看把你激动的，愿赌服输，你可得好好学，给韩家光宗耀祖……"

韩小华这才感觉到手心有什么东西硌得生疼，是那根短了一截的麦秆。

看着记忆中的世界如此巨细靡遗地复现在眼前，是一种无法言说的感受，而更加微妙的是时间流逝的速度。韩小华几乎敢打保票，这里的日子比正常世界里过得要快，就像是用倍速播放的视频，但至于快多少，他估计不出来。那种快已经嵌入了他整个身心，如此自然地接受了下来，并不觉得错乱。

韩小华在报考大学志愿时犹豫了好久，他深知恢复高考之后，年轻人黑夜中飞蛾扑火般的热情，以及远远低于当今的录取率。

五十年后的他知道自己无法追随哥哥的脚步报考数学系，他完全不是那块料儿。这就像一个可笑的悖论，要回到过去重新选择人生，却无法摆脱旧有人生的眼光和恐慌。

经过反复考量，他打出一张安全牌，考上了省内一所师范类院校，学费低，离家近，毕业好找工作，读下来也不至于太难。

大学四年时间过得尤其快，韩小华体验到他从未体验过的校园生活，但每当那些新鲜而充满不确定的事物向他伸出手时，他总会陷入一种不知所措。他会想如果是哥哥会怎么做，继而会想，这些片刻的欢愉会将他的人生带向何处。

首鼠两端间，他成了校园里的隐形人。而其他学生，无论是少年还是中年，都如同沉睡已久的火山，对知识、表达、自由，对一切的一切，爆发出近乎疯狂的热情，像要把生命在这短短四年内燃烧殆尽。

韩小华远远看着这些人，仿佛看着一道道充满未知数的数学题，而自己的那道，他已经看清了每一步求解的过程，甚至答案。

他将被分配到特区一家存在至今的国字头企业，一路干到中层，并在深交所开业之后成为新中国第一批股民，分享改革开放的红利。他会将所有的收入购买房产，并在二〇一九年前陆续抛出，转换为股权投资、虚拟货币以及全球置业。他将会娶一位本地村民的女儿，这样他们的后代将享受终身的村办企业股份分红，以及数栋价值过亿自建房的稳定租金回报，等待着城中村改造项目把他们送上财富的金字塔尖。

一开始，他以为是真实世界残留的记忆在引导自己做出选择，就像是提前偷看到了试题答案的考生，可很快地，那些记忆变得模糊不清，就像有一只无形的手牵着他，在人生每个岔路口选择方向。他无法解释，只能接受。

他没有忘记回馈故乡，只是每次看到掌纹里都嵌着泥土的哥哥时，心里总会泛起一丝莫名的愧疚，但随即，他会这样说服自己：这是命，一切都是我应得的。于是，省亲的次数也日渐稀疏。

所有人都说他运气真是好，每一步都踩在点儿上，如有神助。他却感觉惶恐，似乎这条路并非出自他的本意，尽管每一个决定都如此正确安全，但总有什么东西埋伏在前方暗处，静静等着自己。

风起于青蘋之末。

拓扑量子计算的突破引发虚拟货币市场的雪崩，韩小华苦心选择的对冲机制在范式转移面前毫无意义，高杠杆就像自我增殖的癌细胞，不断侵蚀原本健康的资产配置。他想用自建楼作为抵押，但政策风向已变，不再进行城中村改造，转向更为经济高效的棚屋改造，原本将他奉为座上宾的银行避之不及。为了填补巨额债务，他只能通过地下黑市渠道贱卖资产来换取时间，怎奈雪球滚下山时总比推上山要容易且快得多。

他破产了，信用降级，消费受到严控，全家搬离了半山别墅，住进了一处普通高层。

从那之后，他就开始做噩梦，梦见从高处坠落，身陷沼泽或者在黑夜中躲逃猎杀自己的丛林猛兽。

他几乎在一夜间老了十岁。

是夜，韩小华又一次从梦中惊醒，在梦里，他才是那个面朝黄土的农民，而不是哥哥。看着妻子轻微起伏的背影，他感觉说不出来的陌生，似乎梦里的那阵茶花香才是真实的，而眼前的一切尽是虚幻。

早年某次心血来潮，他回乡寻访儿时青梅竹马的阿慧，两人站在香火缭绕的祠堂门口，相对无言。阿慧接过他带来的礼物后咧嘴笑，露出并不整齐洁白的牙齿，说你还记得我喜欢吃椰子糖啊。他听到了自己内心真实的回声，这不过是一个普通得不能再普通的乡村妇女，那些美好记忆仿佛都只是加了多重滤镜后的效果。

他轻轻下床，走上阳台，抽了根烟。城市灯火未央，烟雾在夜风中散去不见。

人生就这样了吗？

韩小华突然一个激灵，似乎听到了什么不该听的东西。他把没抽完的烟在墙上蹭灭，又夹在耳朵上。因为这个习惯，妻子不知道吵过他多少回，嫌他丢人，可奇了怪了，他怎么也改不了。

他爬上阳台的围墙，坐在边缘，双腿悬空，轻轻晃动。这栋高层下方，是一片黑黢黢的树林，此刻，像一口深不可测的秘潭，诱惑着韩小华做出一些非理性的举动。

他挪了挪身子，离那口秘潭又近了一点儿。他不明白自己为什么会来到这里。不只是阳台，而是人生，来到这么一个怪异的点上。

他摆脱了父辈的命运，不再是粤北山区一个靠天吃饭的农民，而是成为在任何意义上都当之无愧的人生赢家，再从云端重重坠下。可从始至终，他都没有快乐过，在世俗看来无比成功的每一步，似乎都在损耗他的生命力，将人之为人的一些不可名状之物抽离躯壳，留下的只有按程序步向既定终点的血肉机器。

韩小华想拿耳上夹的那根没抽完的烟，突然闻到了一阵茶花香，他猛地回头，身子晃了晃，一下子失去了重心。

人生就这样了吧。

那个念头再次闪现。韩小华并没有坠落，而是凝固在半空中，保持着一个促狭而滑稽的姿势，像一个草草画下的休止符。

然后，他看着那张脸从虚空中浮现，进入自己的身体。

整个世界被拉扯成光的隧道，通往未知的深渊。

五

韩小华在舱中猝醒。含氧液尚未完全排空，他大口呼吸，喷出鼻腔和气管中的黏液，死命敲打舱门，喉底发出非人的哀号，仿佛自己身处六尺之下，被因于活死人的高科技棺木中。

几个医护人员托扶他出舱，给他注射镇静剂。

慌乱中，他看见了哥哥的脸，像是看见另一个世界的自己，可身体的所有感受都在告诉他，他又回到了那具孱弱、笨拙、衰老的躯壳中。

在被推出实验室之前，韩小华与蛋舱中的笑笑对视了一眼，是她将自己带了回来。笑笑的眼神透露了很多东西，但韩小华不确定自己是否完全理解了其中的信息，更令他奇怪的是，从那一眼开始，笑笑不再是之前那个单纯的小侄女了，她似乎变成了另一个人。

　　还没来得及多想，镇静剂起效了，韩小华被白光吞没。

　　等他再次醒来时，韩大华和笑笑已经在旁边候着。

　　"怎么会这样？"韩小华挣扎着想起身，却被输液管和电线扯住。

　　"别乱动，"哥哥按住他，"医生说你没什么大问题，只是需要休息。"

　　"为什么……为什么每一步我都走对了，可结果还是一样？"韩小华声音沙哑发颤，痛苦无法掩饰。

　　"在之前的机器模拟中也出现了同样的情况，我们反复调整参数，避免过拟合或拟合不足，但没想到加入人的意识之后，结果还是一样的，这也许跟超贝叶斯信念网络……"

　　"说人话！"笑笑的解释被韩小华粗暴打断了。

　　笑笑委屈地嘟嘴，韩大华看了女儿一眼，示意她稍等。

　　"小华，我明白那种感受，我也体验过。你会越陷越深，忘了自己从哪儿来、要到哪儿去，那些跟了你一辈子的念头，和新的信息搅和在一起，变成了一锅粥。这不是一个线性游戏，不是你选了什么，就会有对应的故事线和结局。你变了，整个世界都会跟着你而变，这是它的奇妙之处。"

　　"所以到头来，有什么意思呢？"

　　"你不觉得你有点儿不一样了吗？"

韩小华被哥哥的反问噎住了。

说起来，他确实有点儿变化：整个世界更亮堂了，能听出每字每顿里的细微情绪，注意到笑笑发色深了两个号，甚至连音乐都比以前好听了。不仅仅是这些，尽管他还是那个跟泥巴打了一辈子交道的老农，可居然听到新闻里的国际大事，会有一些念头不受控制地蹦出来。那些念头不属于他，而是来自另一个韩小华，那个被切断在舱门另一边的自己。

"小华叔，你的算法变了。"笑笑蹲在他床前，语气中半是撒娇半是求和解。

"我的……什么？"

"算——法。"怕自己没说清楚，笑笑又拉长音节重复了一遍。

"你乱讲，我又不是机器，哪来的算法？"

"笑笑没乱讲，人也有人的算法。"哥哥笑着，突然伸手指戳向弟弟的眼珠，韩小华立刻闭眼躲闪。

"瞧，趋利避害，饿了要吃，发情了要交配，这些都是写在生物体内的法则，经过亿万年进化到现在，是最底层的生存算法。我还记得你从小就爱吃麦芽糖，没记错吧？"

"这也是算法？"

"麦芽糖是高升糖指数食物，能够快速提高血糖水平，提高在饥荒中的存活概率。但是对于带有糖尿病基因的人来说，这就不是一个最优算法，因为时代变了，发生饥荒的概率大大下降，而食物中的热量却显著增加。所以我们还得考虑来自亲代的遗传算法，也包括了行为上的表观遗传。"

"照你这么说，你和我的算法应该差别不大，对吧？"

"我知道你的意思，小华，如果人都是先天决定的，那就简单了，就跟蚂蚁之间的差异一样可以忽略不计。可人还有复杂的后天因素，这才成为一个个独一无二的人。"

韩小华陷入沉默，他回忆起恍如隔世的另一段人生，那个不知从何而来的妻子，以及过山车般的经历。他开始有点儿明白了。

"会不会是……因为我的算法还是旧的，所以就算给一条完全不一样的路，最后也会走到同一个终点？"

"小华叔，你这个想法很大胆哦……"笑笑话说一半突然停下，脸上露出怕得罪人的表情，看到韩小华并没有不快，才接着说下去，"……也许我们可以从数学上证明，决定人生轨迹的并不是外部境遇，而是心智算法。"

"心智算法？"一下子听到太多新名词，韩小华有点儿发蒙。

"从生存算法到遗传算法，再到心智算法，像一座金字塔，每一层都建筑在前一层之上，心智算法就在最顶层。它决定了你如何感知世界、认知态势、决策以及采取行动的整个过程。不像生存算法和遗传算法，心智算法在整个人生中一直不断地自我更新迭代。爸爸总说，人生就像滚雪球一样，最重要的是找到足够湿的雪和足够长的坡。"

"呃，其实是巴菲特说的。"韩大华不好意思地纠正。

"谁？"韩小华一脸不解。

"不管是谁说的，总之，就像在沙塔尖再放上一粒沙子就能引起整体崩溃，心智算法能够影响遗传算法，甚至改写生存算法。"笑笑解释。

"我不明白……崩溃？为什么不一早告诉我！"韩小华眼神慌乱，再次试图起身，再次失败。

"一早告诉你你能懂吗？"

第一次入舱的情形过电影般掠过韩小华眼前，尽管只是昨天，却仿佛隔了几个世纪般遥远。他知道哥哥说的是对的，同样的话，对于昨天的自己来说，只能是无意义的胡言乱语。他突然心生恼怒，既然已经选择了重过人生，为何还要选择最没有风险的一条路？一眼看得到尽头的人生还值得过吗？看来生存算法中的饥饿和不安全感依然牢牢掌控着自己的一举一动。

韩小华感觉自己和哥哥的距离不是近了，而是更远了，哪怕回到自己最生龙活虎的年纪，也还是欠缺了哥哥身上的某种东西。他以前只有模糊而无法言表的概念，现在他清楚那种东西叫作生命力。

没有了生命力，哪怕你凭借作弊或运气抵达成功之巅，却依然无法应对不期而至的厌倦，你仍然会选择坠入深渊。

他想起了阳台上那个最后的问题。

"我还能再重来一次吗？"韩小华说出了自己都不敢相信的话。

"……只要你想好了，"哥哥也出乎他的意料，"你还有两次机会。"

笑笑看了叔叔一眼，向他解释道，由于没有接受长期的抗衰老疗法，他的大脑和身体状况最多只能再入舱两次，而且每次的回溯行程都必须比前一次更短。她打了个比方，第一次韩小华能回到兄弟两人高考抽签之时，第二次只能再往后面的时间点回溯，但三次的总行程不变，这次长了，下次就会短。

她似乎还想说些什么，却被父亲打断了。

"所以这次你想好回哪儿了吗？"

韩小华满脸皱纹堆起笑容，似乎又闻到了那阵茶花香气。

六

韩小华再次漂浮在记忆之海上，海浪轻柔，推搡着他想象中的身体。

这次与上次不太一样，整个视野更加开阔了，他几乎可以闻到湿润海风中的咸味，水流的震荡模式发生微妙变化，他知道自己应该期待什么。

重力方向逆转，海面倾斜，如一座液体的山重重砸在他身上。韩小华自觉像孙猴子一样从五行山底，拼了命地往光亮的地方游去，仿佛要从那个缺口迸出，爆裂重生。他再也无暇去端详那些炫目的五彩气泡，就算每一个都包含着自己的一段过去，那又如何，无非梦幻泡影。

在漫长的上升过程中，他突然领悟到，这是时间与空间相互转换的一种方式，就像插秧时秧苗的疏密程度决定了收成。他讶异于自己的发现，而后便被白光吞没了。

韩小华睁开眼，眼前是一片水银泻地般的星空，浮云缓缓飘走，没有月亮，一切却罩在银蓝色的光中。

"你醒啦，可真能睡。"

声音带着笑意，猛地将韩小华拖入这个世界。他扭头看到了那张脸，二十一岁时的阿慧，即便在最黑的夜里，也好看得像发亮的银镯，让人忘了呼吸。

"你大晚上的把我拉上山，不会就是来睡觉吧……"阿慧突然停住，意识到自己说错话，"……我，我是说，你睡觉，我看星星……"

夜色太暗，看不见她涨红的双颊。韩小华突然被巨大的幸福所淹没，眼泪几乎要夺眶而出。一切都美好得如此不真实，尽管他在记忆中无数次重播过这一幕，可那毕竟是几十年前的事了。如今纤毫毕见地复现在他眼前，他又怎能不激动得丢了魂儿。

"阿慧，我……"韩小华也话说一半卡在喉咙。

他知道自己接下来要说的每字每句：阿慧，我要娶你过门，我会让你过上安生的好日子。在另一个版本的人生里，他没有违背诺言，远离了饥荒、战争与颠沛流离的生活，安稳得像村口那棵老榕树，不再像父辈那样需要为了生计焦心发愁。

可那样的日子就算好吗？经过了人生分岔的韩小华开始怀疑这一点。

"……我要娶你，"他想了想，换了个说法，"我要让你过上不一样的日子。"

阿慧看着他，眼中扑闪着半个世纪前的迷惘。

母亲说，你们韩家祖祖辈辈是农民，可我希望你们至少有一个能当个会计，能想会算，最不能要的就是赌徒，我没见过有人靠赌大富大贵的，断了家门血脉的倒是不少。你们要谨记。

韩小华活了两辈子，一辈子农民、一辈子会计，这一世他决定忤逆母亲一次。

他们很快有了第一个男孩韩凯，后来，又要了一个女孩，取名韩旋。

村里的黄泥路一下雨就变成了沼泽，韩小华却考了驾照，张罗起车队。他要把各家各户的作物直接运到广州去，这是以前从来没有人想过更别说干过的事情。

亲戚们都劝他别瞎折腾，现在包干到户了，安心做好自己本分就好，别像邻村的谁谁谁，被当成投机倒把分子抓进去，那可是要掉脑袋的。

韩小华只是笑笑，他清楚自己所干的每一件事都有风险，但只要赢上一回，他就可以留在牌桌上继续游戏。

也正因为如此，每次和阿慧、孩子们告别，他都特别仔细，像要记住他们皮肤上的每一道纹路。谁知道算法会把自己带向哪里。

二十世纪八十年代的广州，混乱中孕育着机会。许多人想从铁板一块的单位里逃离，更多的人想挤进去。这些人里大多数是来自省内农村的富余劳动力，为了摆脱靠天吃饭的命运，拿上按月发放的薪水，他们成了农民工，干起了城里人不愿意干的脏累重活儿：搬运、环卫、建筑、冶炼、化工、港务、煤炭……

韩小华经常和这些淘金者厮混在一起，甚至挤在他们的笼屋里过夜，那是在一片洼地中用铁皮钢管搭起的临时工棚。白天农民工到工地厂房四处搵命搏，连续劳作十几小时是家常便饭，晚上就回到霉味、汗味、饭味混杂的窝里一躺。八十平方米的房间，一半是工房，一半住了几十号人，还堆放着各种粮食杂物。昏暗的灯光下，他们轮流抽着最廉价的生切烟，聊着各处看来听来的生猛八卦，下象棋、听港台流行歌、读地摊小说，想象着未来的美好生活，然后在老鼠与蚊虫的滋扰中呼呼睡去。周而复始，日复一日。

虽然发大财的还是少数，可卖力气的计件工有一点好，只要不怕苦累，就不怕没活儿干。他们都说，在广州，只要舍得出力流汗，就会有金执，跟乡下没法比。一个月到手的薪水等于在老家一年多劳作的收成，还得赶上好光景。于是每个人都不知疲倦地打着好几份工，然后把牙缝里抠出来的每一分钱都寄回家里。

韩小华看到了这座城市的苏醒，如同昏睡已久的巨人，艰难而缓慢地伸展着躯体，想去适应新拥进的数十万上百万人所带来的需求增长，粮食、蔬菜、副食品、供水、供电、供气、基础设施、公共交通……它由静止状态被强行拽上了跑道，喘着粗气、胸腔起伏、汗流浃背，可一旦这个巨人奔跑起来，便是势不可挡。

由封闭到开放，人的需求生长是不可逆的过程，这就是机会所在。

韩小华把新鲜农产品拉进城，再把好用的家电用品拉回村里，一趟车赚两趟钱。他的车队越来越大，覆盖的村子也越来越多。在中英签署联合声明和许海峰赢得第一枚奥运金牌的那年秋天，他成了鲤烧村历史上第一个万元户。而他知道，这仅仅是个开始。

在新盖好的三层小楼里，阿慧摸摸窗台，又拍拍床板，就好像担心这一切都不是真的，只是某种幻术变出来的蜃影。

"放心，不是纸糊的！"韩小华笑着把她搂到床边坐下，剥了一颗椰子糖，放进阿慧嘴里，"瞧你，像小孩子一样。"

"我没有，我只是……觉得像在做梦。"阿慧似乎还没看够房间，眼神四处扫着，落到韩小华手上，那是一双皮肤粗糙、指节肿大的手，"你吃苦了……"

"只要你觉得甜，那就没什么苦的。"

"嗯，只是……有点儿太快了。他们都说你变了，变得跟原来不太一样了。"

"这样不好吗？我还觉得不够快哩。"

阿慧扭头看向窗外，火烧云渐渐淡去，隐入远山剪影，各家各户的灯开始亮起，照亮整饬一新的柏油路。她没再说什么，只是眼中的灯火闪烁不定。

这段人生比上一段要慢了十倍，这是韩小华入舱前的要求。

他不喜欢那种浮光掠影的感觉，像一个孤魂野鬼飘在世间，无法深入地去体验那些细微的情绪与质感。他觉得自己像被操控的傀儡，只是配合着剧情在演出一场舞台剧。

笑笑表示理解。

她告诉叔叔，在量子时代之前，就算是在E级超算"天河三号"上运行有一千万亿突触连接的大型模拟神经网络，也需要二十七点五分钟来计算一秒钟的生物时间，改进仿真数据结构后，时间减少到了四点二分钟。

那可是用来模拟核动力航母、大型强子对撞、第四纪冰川期甚至虚拟宇宙大爆炸的百亿亿次超级计算机，可见人类神经系统之复杂。

而到了量子超算时代，一秒钟可以模拟人类大脑多长时间的运转，你都不敢想象。

多长？

十万年。

韩小华张着嘴想了半天，没有人能活十万年，他想象不出这样的机器能派什么用场。

笑笑摇了摇头，但是因陀罗系统需要映射到你的意识中，我们不能跑得太快，否则会让你的神经过载崩溃，也不能太慢，过于频繁地读写也会损伤你的边缘系统尤其是海马体。因此我们把速率设置在每秒计算十个地球日，如果一个人能活一百岁，那么一个小时左右机器就能模拟完他的一生。

我想再慢一些。韩小华说。

OK，那就放慢到每秒计算一个地球日，也就是说，我们需要……

十小时，就像一场梦。如果我能活那么久的话。

没错，我还得提醒您，因为速度变慢了，所有的感官模拟信号都将得到增强，就好像您快进一段音频听不清对话，恢复到正常速度就可以一样。好处是体验会更真实、情感更加投入，但坏处是我们无法预料您的神经反应，一旦我们认为刺激超过了您的意识熵阈值，可能将不得不提前切断连接。

韩小华竟然全都听明白了。

小华叔，笑笑抚着他的后背，欲言又止。您体验到的那些……都不是真实发生的，这您能理解吧？

这我当然知道，都说是模拟了嘛。

那就好，有时候，身在此山中……

不管怎么样，不是还有你嘛。

在北京正负电子对撞机首次对撞成功这一年，韩小华决定举家搬迁到一座海岛上。这座岛获取自己独立的省级行政管辖权还不满一年，从某种程度上，它还是个婴儿，尽管人类已经在上面居住了数千年之久。

这个决定遭到了全家人的反对，令韩小华意外的是，来自妻子阿慧的反对最为激烈。

"韩小华，你根本就不是为了这个家！"记忆中那个柔顺的采茶女孩消失了，取而代之的是眼前这个声嘶力竭的生物，"你只是想赌一把，对不对？"

"我……"韩小华竟无言以对。

"先是广州，然后深圳，现在又是海南，孩子上学怎么办？老人折腾不起，那边有什么？要我们全家人陪你吹海风吃沙子？"

那边有未来。

韩小华心里想着，却没说出口。他不知道这些年都发生了什么，阿慧怎么会变成这样。自己明明是想要给家人最好的生活，而且他清楚地知道，不可能输，整个世界的时间都站在他这边。可他没办法说服家里人，他们已经厌倦了频繁地搬家，孩子学习跟不上，老人身体不适应，妻子交不到朋友，只能整天在花草猫狗上打发时间，甚至头顶高压锅练起了气功。

他们只是看不见我所看见的。

韩小华这么安慰自己，他让步了，让家人待在深圳，自己只身南下，成为一名"闯海人"。尽管每个月都会回家，可他绝口不提在那座岛屿上发生的任何事情。

四年间，岛上的房价翻了十倍，阿慧有点儿坐不住了。她旁敲侧击地怂恿韩小华，海南其实也不错，空气新鲜，还有吃不完的椰子。

韩小华忍住笑："不是吹海风吃沙子了？"

阿慧翻了个白眼："小气鬼。"

终于在一个周末，他们全家来到了三亚。摇下车窗的瞬间，阿慧和孩子们被狂欢节般的场面震撼了。道路两旁的椰树上，挂满了五颜六色的横幅，横幅上写满楼盘名称、房型和联系电话。浓妆艳抹的广告小姐身披彩带，乘着大大小小装扮花哨的广告车招摇过市，喇叭、电台、电视和报纸上全是用词浮夸的房地产广告，挠得每个人心里痒痒。

韩小华指着一棵棵椰子树，说我在这里这里和这里都买了房。

阿慧张了张嘴巴，什么话都没说出来。

无论去吃饭、逛街还是上厕所，都会有人认出"韩老板"，掏出被揉得皱巴巴的"红线图"让他看地。上面有土地部门签发的关于获批土地的范围和位置，即便经过多次复印之后，已看不清具体方位、面积与地貌概况，但所有人都深信不疑，这张纸就是未来，就可以讨价还价。然后买家便会复印下这张图纸，摇身一变成为卖家，去寻找下一个接盘者。

"一张图可以串起十几个买家哩，就像串蚱蜢一样。"韩小华跟阿慧和孩子们说。

"那怎么给钱呢?"阿慧不解。

"最后的买家把钱打到银行一个公共户头，中间人各自拿走属于自己的费用，然后真正的买家卖家才能见面。"

"所以中间这十几个人都是空手套白狼咯?"

"没有他们，价也不可能一天天地往上翻啊。"

"可那只是一张纸啊，连个屁都没有。"

"话也不能这么说……"韩小华眨眨眼睛。

十几分钟后，一家人顶着毒辣的太阳站在沙地里，眼前是一栋灰黑色离盖好相去甚远的大楼，在潮湿的海风中暴露着自己的内脏和骨架。阿慧抬头看着，眼前一阵发黑，摇摇晃晃地赶紧扶住韩小华的肩膀。小孩们倒是开心得很，蹦蹦跳跳地踢着工地上的石子。

阿慧气若游丝。

"你不懂，只要有人接盘，我就不可能输，这是大势所趋。"

当天晚上，一家人在海滩夜景中吃着海鲜大餐，孩子们用沾满金黄蟹膏的小手胡乱抹嘴，四周人声鼎沸，无论是哪里的口音，他们都在谈论着同一件事：未来。阿慧没怎么动筷子，她把韩小华叫出去，两人在细幼的白沙滩上一前一后地走着，旁边飘来若有似无的卖唱歌声：

……哎呀 南海姑娘 / 何必太过悲伤 / 年纪轻轻只十

六吧 / 旧梦失去有新侣做伴……

"有话就说嘛，你平时不是这样的。"韩小华终于赶上了阿慧，她的侧脸在海面柔和的反光中依稀还是当年的模样。

"华，这么多年了，我没有求过你什么吧？"

"……嗯。"

"那这次你能听我一句吗？"她突然转过身来，正对着韩小华，反倒是韩小华低垂着眼，用脚趾在潮湿的沙地上挖坑。他知道妻子想说什么。

"这几天我眼皮老是跳，总觉得会出什么事。"

"……嗯。"

"华，你收手吧。"

韩小华在沙地上挖出的深坑被冲上岸的潮水淹没，随之消失的还有他的脚踝。

"她是对的，你赢不了。"

阿慧的声音突然变了一个腔调，韩小华心头一缩，在这热带岛屿的盛夏之夜，如有一阵寒风激起他浑身的鸡皮疙瘩。他抬头，阿慧的脸隐没在阴影中，似乎有另一张脸飘浮其上，影影绰绰地动着。

"不想重蹈覆辙，就听她的……华，你听到了没？"

那张飘浮的脸消失了，阿慧的声音也恢复了正常。

韩小华看着遥远的海面，巨大黑暗的云团如同城堡般层层叠叠，像是有某种无法言说的力量在吸引着自己，走向黑暗，走向大海深处。他摇了摇头，回过神来，看见阿慧焦灼的眼神，有种深陷沼泽的无力感。

……旧梦失去有新侣做伴……

"我知道了。"

韩小华中止了自己的下注，兑筹离场，带着深深的不满足，看着海南房价继续每天一个台阶地跳涨着，他觉得自己输了。

第二年，国家出手了，严令禁止银行资金进入海南房地产，烂账高达三百个亿以上，积压资金八百多个亿。近两万家房地产公司倒得不剩几家，南海边的夕阳下，到处矗立着黑色的烂尾楼。炒楼花的人们，如丧家之犬匆匆路过不敢多看一眼。

这样持续了三年，而岛上房地产完全复苏得一直等到十多年之后。

那段时间韩小华在家里不怎么说话，尽管阿慧从来不主动提起这件事，可韩小华还是觉得自己跑得窝囊。他在纸上每天写写画画，像是撞了鬼似的不干正事，终于有一天他突然大喊一声，懂了。

"你懂什么了?"阿慧问他。

韩小华答非所问:"你还记得蛇口微波山下那块牌子不?"

"什么牌子?"

"时间就是金钱,效率就是生命。"

"有话直说,别装神弄鬼……"

"记得我跟你说过的,那根串起十几只蚂蚱的线吗?它不是凭空悬着的,它捏在一只看不见的手里。它保证了效率,却并不公平,只有把手拿开,让那根线自己去决定每只蚂蚱的命运……"

"黐鬼线。"

阿慧翻着白眼走开了。韩小华嘴里却还不停念叨着,他知道要干什么了,他要找哥哥。

他已经忘了自己回来的原因。

"九七"回归那年的冬天,在哥哥不足二十平方米的办公室里,韩小华和盘托出自己的想法。这是母亲去世之后两人第一次见面。韩大华彼时是个刚刚勉强升上应用数学系副教授的不成功人士,因为一些离经叛道的思想屡遭学界排挤,他嘴脸冰冷,言辞激烈,根本不像别人刻板印象中的农家子弟。

除了一点,他对自己仍然是遗世独立般地自信。

说完了,韩小华等着哥哥翻江倒海的批驳。可哥哥竟然在屋里点了根烟,长吸一口,又递给弟弟,在他们年轻潦倒的时候,经常这样分享好东西。

"这都是你自己想出来的?"

韩小华尴尬地笑了两声。

"这个想法很大胆，也很危险，它挑战了很多东西。"白烟从韩大华口中喷出，"见了鬼了，它跟我一直在做的课题还真的有关系。"

"所以你能做？"韩小华两眼放光，竟然习惯地把点燃的烟往耳朵上夹，被烫得一惊，落了一身烟灰。

哥哥笑了起来，肆无忌惮，像在嘲讽全世界，和二十年前没有两样。看来这个习惯他也改不了。

"算法只是一方面，还需要网络和终端的配合，看看那只猫，"哥哥手一指，韩小华顺着看去，只有一个嘎吱作响的白盒子，并没有什么猫，"这种龟速，什么也干不了，至少现在没戏。"

韩小华用脚踩着地上的烟，烟丝从肚子里爆出来，遍地都是。他一言不发站起身，挥挥手表示走了，却被哥哥一句话拽住了脚步。

"现在没戏不代表将来没戏。"

他回过脸疑惑地看着哥哥。

"我们现在在山脚下，"韩大华在白板上画了一个坐标系和一条陡峭上扬的曲线，在靠近原点的位置敲了敲，"谁也说不好什么时候技术会爆发，三年？五年？但我知道它就在那里，它一定会到来。只是需要时间，和钱。"

韩小华又坐下来："你拿什么下注？"

"我的人生，这是我欠你的，也该还了。"

"你在说什么？"

片刻沉默之后，哥哥突然一改之前的骄横，显得局促不安起来。他在白板上胡乱画着什么公式，嘴里喃喃自语，又突然停下，把笔一扔，像是缴械投降般口气低软下来。

"抽长短的时候我作弊了。"

韩小华愣了几秒，突然明白过来话里的意思，脸瞬间涨得通红，他站起身，攥紧拳头，又松开，浑身筛糠似的抖着，失去了张嘴说话的能力。

"当时我觉得就应该我去上学，这是为了整个家族考虑……可现在，我知道我错了，大错特错。你本该比我有更大的成就。"

韩小华看着哥哥，就像一个婴儿冲着镜子里的自己发怒，突然明白了自己在阿慧眼里是怎样一个人。他深深吸了一口气，走到哥哥面前，伸出手。哥哥紧闭上双眼，准备迎接痛击。

"我给你钱和时间，不过，我们要签一份协议。"

哥哥睁开眼，像是第一次认识弟弟。

哥哥足足花了十年时间实现韩小华当初的想法。

在这十年里，韩小华看着自己的孩子一个个长大成人、成家立业，也看着阿慧迅速地由花样少女进入不惑之年。他们一起周游过世界，吃过最昂贵的白松露和最稀有的蓝鳍金枪鱼腩，他感谢妻子在关键时刻做出的决定拯救了全家，但同时，对于自己心底深处最隐秘的渴望被强行中断一直耿耿于怀。就像一个虚幻的伤口，总在不时隐隐作痛，提醒他还有未竟之事。

阿慧似乎也感觉到了什么，两人之间日渐疏远，有时竟然一个月也说不上一句话。

他投资哥哥开发的云链系统已经成为全球通用的几大区块链标准之一，甚至因为它对于不同国家的尊重和跨链交易的友好性，被视为最有可能一统天下的技术架构。毕竟它帮助全球市场逃过了一场金融风暴。

他们押对了时间，而回报已经变得没有那么重要了。

当一切都变得确定无疑时，韩小华发现现实对他的吸引力在迅速流失。

在可见的未来，中国将引领整个世界走向一个更加智能、公平、开放、倡导共识的文明阶段。但同时，人口老龄化和虚拟经济的系统性危机将不断干扰世界的运行轨道。各方力量交叠之后将层层传递到每一个个体的身上。新的科技不断被创造出来，为了解决人类琐碎而无聊的问题，却引发了更多琐碎而无聊的问题。

在那座热带岛屿被定位为国际旅游岛的那一年，韩小华决定自己建立一个小小的王国。就像童年时在农舍后院围起来的一片天地，有鸡鸭鹅，有猫狗青蛙，有干枯的水井，尽管混乱嘈杂，他却可以自由。

开始时，那只是亚龙湾一块尚未被连锁酒店开发商占领的临海滩涂，经过建筑工人和工程师十八个月的改造调试之后，成了韩小华口中的"亚龙巴比伦"。

这个特殊的乐园属于邀请制，受邀的贵宾需要预先交一大笔押金，押金会被转化为虚拟货币存入通证账户中，之后的一切活动都只需要动动手指头便可完成支付。最妙的是，每个虚拟货币可以被分成无限多份，理论上不存在计量单位的下限。

无处不在的纳米传感器和即时智能合约，让亚龙巴比伦园内的一切都可以成为买卖的对象。

海潮涨落的精确时间。寄居蟹与海鸟之间的捕杀游戏。椰树上每天掉落的果实数目。一对陌生男女之间谁先发出性爱邀约。台风登陆点。股票价格。孩童在沙滩上搭建城堡的高度。酒量。突发或计划中的死亡。

一切都是在云链上自动完成的。

韩小华很快意识到这片滩涂已经容不下他的王国，一来是地方不够大，二来是亚龙巴比伦已经触及一些底线。一位客人提出了让他无法拒绝的解决方案。

这位VVIP拥有一片无人岛群。"足以承载你最狂野的想象。"他翻着肥厚的嘴唇这样告诉韩小华。

客人提供场地与资金，韩小华提供技术，双方共享收益与风险。唯一的附加条件就是，当他邀请韩小华加入某个游戏时，韩不能拒绝。

他们约定这样的机会有三次，当时的韩小华并不知道这意味着什么。

第一次受邀参加游戏时，韩小华正在文昌航天发射场看长征七号点火升空，尽管距离遥远，巨大轰鸣仍然压迫着他的耳膜。他看着火箭在蓝天拖出白浪般的尾痕，约六百零三秒后，载荷组合体与火箭成功分离，进入近地点两百千米，远地点三百九十四千米的椭圆轨道。

他的卫星电话随之响起，来自一条加密信道。他知道，是时候启程了。这次，他会带上阿慧，缓和一下双方冷战已久的关系。

除了开业以外，韩小华这五年没有踏足过那里，只是通过远程监控系统，时不时抽调一些有趣的游戏消遣时光，这比投身其中更能给他带来快感。有时候他会想，也许上帝就是这样一个不在场的荷官，假装公正却操控一切。

客人苏先生对于韩小华带上太太表示惊讶，他私下表示，到这里的人很少带上自己的家人，就像是一处放飞自我的秘密宫殿。

"您一定很爱她。"他奉承道。

韩小华只是笑笑并没有接话，远处的阿慧只把这当作又一个度假胜地，正在欣赏着旖旎的海岛风光。她已经跟不上外面世界的节奏，这跟她去过多少国家、逛过多少博物馆、买过多少艺术品无关。她已经停止了成长，只能用旧眼光看待事物，这让两人之间的交流充满摩擦与障碍。

他不得不伤感地承认，阿慧已经老了。可自己难道不也是如此？

"所以您提议的是……"

"所有其他股东都押您不会同意，因为您是个有原则的人。"苏先生抽了口雪茄，让仆人打开盒子给韩小华，他摇摇头，他不喜欢那种味道，"五年了，我们的增长曲线在放缓，客户有了更多的选择，他们开始觉得不够刺激，人都是这样的，给一点儿甜头就想要更多。"

"您的意思是……"

"现在的算法，无论是智能盘口还是推荐规则，都还是您当初那一套，防沉迷的保护机制，可时代不一样了，你不做，别人也会做。总有更让人上瘾的东西。"

"您想改算法？"

苏先生笑了笑，跟韩小华碰了一下杯，这个年份的酒有种奇怪的味道，像是烧焦了一整座森林之后的余烬。

"不改算法，生意也可以做，只是看得到头了。韩先生，您的孩子多大了？"

"儿子三十四，女儿三十二。"

"中国人有句话，富不过三代，这是有理论依据的，所以富人们发明了各种手段把财富尽可能地延续下去，世世代代。要我说，最根本的原因就是儿孙们丧失了血性，那是一种终极的生命力。"

韩小华震了一下，这话勾起他记忆深处的某个涟漪。

"所以我站在他们的对面，赌您会同意，现在轮到您了，韩先生。"

两人的对话突然被打断了，惊魂未定的阿慧被仆人搀扶着来到韩小华身边。她说刚才自己看见一个浑身褴褛的女子从树丛中逃出，摔倒在面前，向她伸手求救，但随即被三名装束怪异的人拖走。那女子突然停止呼救，抬头对阿慧说，我在你身上下注了。

"她是什么意思？"阿慧手还抖着。

"最大限度地满足客户需求，是企业根本的原则。"苏先生笑着把话题岔开，"如果你满足不了，客户会用脚投票。"

阿慧张了张嘴，像是在说什么，却没有声音发出来。

韩小华抚着阿慧的手，发皱皮肤上已经开始浮现斑点，他知道自己的答案。

为什么不让我阻止他，他的意识熵正在急剧升高。

因为这正是他想要的。

可这太危险了，他简直像变了一个人！

我说了，这就是他想要的。

……好吧，也许你说得对。

相信我，笑笑，没事的。

在大湾区正式成立的那年，韩小华迎来了第二次邀约。

富贾豪客们慷慨地将财富抛掷到游戏中，再加上经认知科学优化过的算法，能最大化地激发杏仁核的恐惧及中脑边缘多巴胺系统的奖赏机制。

更不用说他们在玩家中混进了许多AI，它们清楚每一个人的弱点和极限，会使用各种博弈策略来诱惑人类投下最非理性的赌注。而越是输，人就越想赢，就像卡尼曼和杜维斯基在四十年前的实验中所证实的那样，也是人类心智算法的一种缺陷。

小岛们又开始变得拥挤不堪了。

韩小华已到耳顺之年，渐渐对这场游戏失去了兴趣。他已经无须再证明什么，唯一的遗憾是与阿慧的关系似乎已经无可挽回，他越是努力想要把那块拼图按进缺口，就越是感觉到某种无形的斥力，将那个曾经同卧星空下的心上人推得遥不可及。

他想，这也许就是岁月的力量。

"我们买下了那些新岛，"苏先生做过手术的脸亮得有点不自然，他指着不远处海面上漂浮的几座岛屿，如巨兽般沉睡，"岛上的原住民对我们的赔偿方案不太满意，一直不肯迁走，拖延了工程进度。"

"我还以为你们对这种事情应该轻车熟路了。"

"当然，这样的事情每天都在发生，不是在这里，就是在那里。"苏先生眨眨眼，像是头经过精心驯化的海豹，"可我们还是需要走一个形式，毕竟您是大股东。"

"你们打算怎么办？"

明眼人一眼就能看出其中的不平等，原住民没有上链，没有通证和虚拟货币，更不用说计算赢面所需的基础数学技能。苏先生言之凿凿可为原住民代表开通账户、提供无息借贷并进行一切所需的体验辅导，直到他熟悉游戏规则愿意游戏为止。

原住民接受了游戏，并派出了他们认为运气最佳的代表——

族长之子。

很显然苏先生研究透了对手的认知模式，这件事在原住民文化里首先被解读为"荣辱"，其次才是"输赢"，甚至他们都忽略了还有一个选项叫作"拒绝"。

而这里派出的代表是韩小华。

他站在战场上方的观战台上，想起了童年时在后院斗鸡的回忆，无论结局如何，最终都是一地鸡毛，正如眼前这场游戏。他已经知悉了苏先生的伎俩，无论哪一方获胜，他都已经成功地让原住民接受了新科技的洗礼，甚至，让未来的族长尝到了欣快感，这种心瘾将像瘟疫一样蔓延，改变部族的命运。

而那些战士，不过是无足轻重的筹码罢了。

那么我呢？韩小华突然迟疑了，为何苏先生要让自己扮演这样的关键角色？想借助我的失败削弱我在董事会的权力吗？他觉得自己的策略被看透，这让他的下注更加谨慎。留给他思考的时间不多了。

韩小华耳畔响起阵阵鼓点，并不年轻的身体竟然也随着节奏共振，血脉偾张。他看着那些被算法逼到绝境的人们，似乎尚未从文明的状态切换过来，脸上挂着一副担心昂贵套装被弄皱的表情。而对手尽管矮小如弗洛里斯人后裔，却个个双目圆睁，额前绘满红色战符，挤出只有在极端愤怒下才可能出现的眼睑细纹。

在一瞬间，不知为何，眼前闪过十五年前南海边上阿慧的脸。

一声长啸打破他的幻觉，战士如蛮兽出笼，朝敌人扑咬过去。

而死死盯住自己的，是族长之子血红的双眼。

爸，为什么会这样？小华叔的心智算法明明已经变了，可人生还是收敛到同一个结局上……

也许是因为他还固守着某些东西？某些我们无法辨识计算的模式。

那是什么？

我不知道，笑笑，我已经远离那种生活太久了。

新变种流感病毒席卷的那一年，阿慧也不幸中招，还好韩小华购买了完备的智能医疗服务，针对她的基因图谱定制了靶向药物，很快阿慧就恢复了健康。

奇怪的是，在阿慧生病期间，两人的关系反倒好了起来。不是因为韩小华的悉心照料，而是因为从彼此身上看到了生命的脆弱，感到了需要与被需要。

他们并排躺着，回忆当年的种种，恍如隔世。

阿慧会问韩小华，老韩，难道这辈子你就没对别人动心过？

韩小华犹豫了片刻说，没有那肯定是假的，只不过……

不过什么？

我就是学不会怎么去爱上另一个人。

阿慧沉默了许久，终于扑哧一声笑出来，老韩你这酸词儿从哪儿偷学的？

韩小华嘿嘿笑着说，那你呢？

我什么？

那年我那么穷，啥都没有，你怎么就跟了我？

当时傻呗，想着你能记得我喜欢吃椰子糖，还答应带我去看椰子树，就嫁了呗。

就这样？

就这样。

那你还真是……韩小华话说一半又忍住。

真是什么？你快说，不说我跟你急。

真是……

电话铃声响了，打断两人的温馨时刻。是来自苏先生的最后一次邀约，这次，他对阿慧也发出了邀请。于是，两人来到了韩小华上次赢回来的新岛上，像是一场久违的蜜月旅行。

在新岛的探索过程中，韩小华惊奇地发现原先的原住民们并没有迁离，而是变成了侍应、劳工。这些矮小而好斗的岛民如今低眉顺眼，为了小费极尽诒媚讨好，甚至互相排挤倾轧，他亲眼目睹了为了争抢一个客人，几个矮人如同野狼般撕咬起来。

阿慧对于这些并不感兴趣，只是在矮人向导的带领下看遍了岛上的自然风光，其他时间都是在酒店里看互动节目消磨时光。她丝毫没有注意到那些矮人看她时眼神中隐藏的信息。

一个礼拜过去了，苏先生对于第三个游戏只字不提。

直到有一天，韩小华发现阿慧不见了，遍寻未果，他拨通了苏先生的电话。

"时候到了。"电话那头的声音依然带着笑意，像一只冰凉的手猛地攥住韩小华的心脏。

一片迷宫般的墨绿密林出现在韩小华面前的显示墙上，白色雾气缭绕。苏先生站在他身后，保持着安全的距离，尽管在拘束力场作用下，几乎不可能有意外发生。

阿慧出现在一块更小的叠加屏幕上，镜头角度不断变换，她似乎在寻找着什么。分屏随着阿慧在密林中移动着位置。

"阿慧……她在那里干吗？"

"矮人管家告诉她，你让她去森林碰头，有个惊喜给她。"

"你为什么要这么做？"韩小华愤怒地回头，苏先生却无辜地摇摇头。

"不是我，接着看。"

另一个人影出现在密林的另一端，从雾气中影影绰绰地出现，那是一个矮人无疑，缓缓地朝着阿慧的方向靠近。

"那是……"韩小华屏住呼吸，在看清那张脸的瞬间，他浑身僵住了。那张脸来自曾经的族长之子，模样成熟了不少，但眼神却依然充满杀气。

阿慧，你真是……好骗。

"Show hand."

韩小华愣住了，他知道这个词代表的意思。对于他来说，云链时代的show hand意味着关联在链上的所有资产，没有一分钱能够逃之夭夭。曾经被他视为信仰的最安全的资产保障方式，如今却像是个骗局。

苏先生为了做这个局，足足花了十年。

"不用看智能盘口你都能想象，阿慧逃掉的概率有多低。所以你可以选择，押阿慧活，输掉一切；或者押阿慧死，也许还有一线机会，毕竟上次你就是这么赢的，不是吗？"

屏幕墙上的两个人越来越近了。

韩小华的身体剧烈抖动着，他从未觉得自己如此衰老而虚弱，仿佛随时都可能散成一地沙砾。他必须集中精力，思考思考思考，做出那个艰难的决定，也许还有机会救下阿慧。

苏先生一定都计算好了，他看破了韩小华。

如果押阿慧活，那就只有一条路，全赢或全输，人财两空，也没有了继续活下去的理由，这就是苏先生处心积虑想要的结果。自己真的有信心能够救下阿慧吗？

可如果听了蛊惑，押阿慧死，就意味着即便韩小华救下阿慧，也将输掉一切。就算是两人都押中了阿慧死，打成平手，由算法来决定最终胜负，他能相信算法吗？什么样的人会赌自己的爱人死呢？

他惊觉自己陷入了当年原住民的困境，心智纠缠在输赢之上，牢牢打了个死结。

"时间不多了哦。"苏先生善意地提醒，似乎自己已经赢了。

阿慧和族长之子的分屏边缘开始接触、交叠，整片密林似乎变得更加阴暗了。

韩小华低下头，轻声说出他的抉择。

苏先生一愣，随即笑了。

"你一定很爱她。"

韩小华腿下一松，差点儿失去重心跌倒在地，但并没有。他以不符合年纪的速度夺门而出，迅捷奔跑，任凭心脏疯狂撞击胸腔，喉咙如同火烧般灼热。他穿过市集、人群、商贩、沙丘，一张张不同的脸转向他，投来的却是相同的熟悉目光。他眼前不断浮现不成形的记忆碎片，那是阿慧在他生命中刻下的痕迹。

他终于看到那片密林，比显示墙上的远为庞大茂盛。他按照比例尺大概换算方位，在潮湿的雾气与尖利的植被间跟跄穿行，不时有热带鸟类从灌木丛中惊飞，羽翼掀开雾气一角，复又拢合。韩小华双腿发软，浑身湿透，近乎崩溃，他大声呼喊着阿慧的名字，嘶哑嗓音被藤蔓与苔类吸收，如光陷入黑洞。

就在他几近绝望时，耳畔忽听得鬼魅般的歌声。

……旧梦失去有新侣做伴……

韩小华循着歌声，拨开层层叠叠的阔叶林，脚下松软的腐殖土散发出令人迷乱的气息，如随时可能把人吞噬。他终于看到了在不远处的雾幕上，映出一个跪坐着的轮廓，那轮廓分明是阿慧的模样。

他大喜，呼叫着狂奔上前，脚步带起的风驱散了雾气，那里并没有一个跪坐着的阿慧，只有一具几乎与褐色地衣融为一色的躯体，安着一张摇摇欲坠的惨白的脸。

韩小华感到什么东西在迅速从自己的体内流失，肉体似乎跟不上感官的速度，被落到了后面。他的恐慌加速了意识的解离，努力想伸出手去触碰那具身体，却发现手臂似乎在数光年之外。

他一头栽进了那具熟悉的身体里，像掉进一口没有尽头的深井，一切都被拉扯成光的线条，纠缠成无法描述的形状。

七

足足过了三天，韩小华才说出第一句话。

"烟，"他说，"给我烟。"

笑笑给叔叔点上烟，他大口大口吸着，手指发抖，吐出破损的烟圈，整个人看起来更苍老了。哥哥大华在一旁坐着，面无表情，似乎眼前的一切与他毫无关系。

吸够了烟的韩小华闭上眼，表情复杂，似乎在回味那个无比漫长的梦。末了，他的脸痛苦地抽动了几下，猛地睁开眼睛，像是要确认自己是不是真的回到了现实中。

"你为什么要这样对我?!"

"小华叔……您冷静一下，那些都不是真的。"笑笑安抚他剧烈起伏的胸膛。

韩大华依然保持沉默。

"你敢在你女儿面前发誓那些都不是真的吗?"

"爸……"笑笑疑惑地扭头看向父亲。

许久，韩大华终于起身，背对二人，望向窗外。

"这取决于你如何定义真实。"

"无论在那个世界还是这个世界，至少在抽签这件事上，你肯定做了手脚，否则就无法解释你现在所做的一切。我所认识的韩大华，从来不会考虑别人死活，哪怕是亲弟弟。"

笑笑吃惊地看着叔叔，这已经不是几天前那个闭塞木讷的老农。此刻的韩小华，说话口气竟然有几分像父亲，冰冷缜密，斩钉截铁。

"小华，我……"韩大华一时语塞，两人好像调换了角色般，有种不真实的荒诞感，"我懂你的感受……"

"你懂个屁!"话音未落，韩小华竟然哽咽起来，笑笑忙不迭地哄着，像哄一个受了委屈的孩子。

哥哥长叹一声，又跌坐回去，用低沉柔软得不像自己的声音，讲述他在因陀罗里的经历。

尽管在商业领域已经站到了金字塔尖，韩大华内心始终有种不满足感，就像完整的拼图里缺了一块。他不明白这种感觉从何而来，直到投资了因陀罗系统。他以为自己找到了重新开启人生的不二法门，只不过这扇法门每次打开都是通往完全不同的人生，而每一段人生都将改写他的算法。

他在最好的年华，数十年如一日地蛰伏于深山中的天体物理实验室，与星空、野兽和数字做伴，渴望有朝一日能利用遥远类星体探测宇宙膨胀的历史。习惯于追逐风口的韩大华第一次感受到了执着的力量。

他在成功峰巅急流勇退，到人类最原始混乱的区域生活。每天长达十几小时的重复劳动，食物无法提供足够的热量，只能靠廉价精神药物来勉强支撑，随时可能在极度恶劣的卫生环境和暴力冲突中丧生。韩大华理解了并非所有个体都能够追求当下低回报、高投入、长周期的狩猎酬赏，而只能沉迷于即时满足的感官刺激和生存需求。

他摆脱了地心引力的束缚，成为中国空间站的一名通信工程师。除了维护日常通信系统正常运转以外，他还要在一号实验舱"问天"与来自其他国家的科研工作者们展开量子调控与光传输研究，这将引爆下一场通信革命。韩大华得以从一个更超越的视角去看待自己所生存的脆弱蓝色星球，以及人类如何作为一个文明整体，突破种种藩篱，携手打造共同的未来。

他开始改造自我，开始是基因疗法，后来是纳米融合和脑皮层重建，更不用提各种增强肢体的配件，试图摆脱人类固有生物层面的束缚，去感受和认知一个全新的世界。韩大华更新了对生命的定义，他甚至产生了一种幻觉，自己已经超越了对死亡的恐惧，仿佛一探手就能触到永生。

可那个缺口还在，像是埋藏在躯壳底下深不可测的一方黑洞，无论他丢进去怎样极端的体验和非凡的成就，始终无法填满，没有一点回声。

于是，他想到了弟弟。

过着在他看来最庸常琐碎人生的弟弟，却从未流露出不满足，这简直像是神迹。

听完哥哥的故事，韩小华陷入了沉默。现在他明白了，因陀罗系统并不像哥哥先前所说的那么简单，只是对记忆的回溯和重写。它更像是一台制造现实的机器，能够从任意一点分岔出无穷无尽的可能性。而在那个世界里，你所体验到的就是真实存在的，无论是以比特、量子还是神经脉冲的形式。

他没有想到的是，自己也会随之改变，而且是翻天覆地的改变。

"你从来没有看见笑笑吗？或者阿妈，或者我，在那些人生里？"他问哥哥。

笑笑抬起了头，不解地望着叔叔，又看向父亲。

韩大华似乎在努力回忆，半晌，疑惑地摇摇头："没有。"

"也没有任何一个你所在乎的人？"

"没有。一直都是我自己。"

"也许这就是原因。"

"什么？"

"你从来只相信自己，不希望任何其他人成为你的负担，拖慢你狂奔的脚步。你可以去到任何你想去的地方，实现任何你想实现的梦想，因为你没有羁绊。但是没有了羁绊，也就没有了爱。能够定义我们生命的，除了死的维度，还有爱的维度。能让我们真正超越对死亡恐惧的，就是真正的爱。"

弟弟的话让韩大华僵住了，他像一个机器突然被载入了崭新的模块，吃力而痛苦地摩擦着磁条，试图解读这指令中隐藏的信息。

"这就是为什么你每一次的结局都是……"笑笑若有所悟。

"是的，我也是才领悟到，在心智算法之上，也许还有另外一层，那是爱的算法。看似虚无缥缈，却往往能起到决定性的作用。"韩小华眼带同情地看着笑笑，她被培养成父亲眼中完美的模样，一个能够精确执行指令的无爱之人，"这难道不就是你们一开始想要找的东西吗？"

笑笑低下了头，似乎被看穿了什么秘密。韩小华却释然地笑了起来。

"如果能帮到哥哥，就算被利用也无妨吧。看到生命的有限、荒凉与无奈，才生出慈悲心，慈悲也就是爱。"他顿了一顿，"我还有最后一个请求……"

"你疯了吧，你的身体扛不住的！"哥哥终于反应过来。

"小华叔，爸说的是真的，您已经到极限了，我不确定您还能撑多久。"

韩小华眼中闪烁着奇异的光，仿佛看到了每一个人的每一个未来。

"请给我一段最慢的人生，哪怕只有一瞬，也是永恒。"

八

漂浮。旋转。拍打。升潜。

韩小华回到了五年前那个黎明。正是日出前的至暗时刻，他被身旁阿慧的呻吟声所吵醒，她已经发烧三天了，却拖着不愿去

110

医院，觉得像以前一样，自己吃点药扛一扛就能挨过去，韩小华也就听之任之了。

可这回不一样。

阿慧刻意压低的呻吟在黑暗中被拉扯得无限长几乎能感受到她体内器官不安分的颤动与思绪断裂的涣散形成共振传递到韩小华的皮肤神经末梢上他试图起身却不能试图说话也不能只能竭力调节瞳孔让更多的光进入晶状体好让自己看清那张脸那张五十年前恍如月光下银镯的脸如今被折叠在时间的褶皱中难以辨清只有气味依旧是淡淡的茶花香扑得所有的记忆碎片争先恐后地从海马体中涌出搅动韩小华的心绪他想哭想笑想逃想紧紧拥抱这具不再年轻不再饱满不再散发荷尔蒙气息的身体想再剥开一颗椰子糖放进她的唇间看着她用右边的假牙细细咀嚼再慢慢咽下露出满意笑容哎呀南海姑娘何必太过悲伤年纪轻轻只十六吧旧梦失去有新侣做伴许多个阿慧在韩小华面前时而交叠时而分离她们来自不同的人生不同的世界不同的宇宙有着不同的算法但他都是爱她的就算他从来没有真正了解过这个女人他仍然是爱她的就像是宇宙终将热寂人终将死去阿慧阿慧他试图叫醒这个即将死去的女人在黎明的第一束光到来之前可她只是喃喃说了一句你还没带我去看椰子树哪便又沉沉睡去韩小华的眼泪凝固在黑暗中无法闪烁他等着天亮他知道天就快亮了可是光在天亮之前便已到来那是多年以前在晒得发白的茶山上他穿蓝阿慧穿红在毒辣的日头下采着茶茶花那个香啊让两人心醉神迷不知身在何处小华小华他突然听见有人在叫自己却不是身边的阿慧而是来自极远极远的地方他眯缝起双眼努力寻找却只看见巨大秒针摇摇晃晃坠向下一格——

嘀。嗒。

九

韩小华今年正好七十，去年做了整寿，今年他打算换种过法。

笑笑打来电话，说父亲要带自己回老家看看，吃顿饭，也给阿公阿嬷上上坟。去年韩大华捐钱给村里翻修了祠堂，给爹娘都留了好位置，他说，不管在哪个世界，人都得讲究个体面。

韩小华知道因陀罗系统推向市场并不顺利，高昂的成本注定了这是一项属于极少数人的技术，更关键的还在于监管部门的意见，据说已经层层上报到最高级别，而一年过去了始终没有定论。

在韩小华看来，这些人跟过去的自己一样，混淆了自己的变化和世界的变化，还在用旧的标尺去衡量新的事物。过去的时光总是美好，而孩子们只会把好东西糟蹋得一干二净。可孩子们又何尝不是这么想的呢。

现在的他觉得，历史已经结束了，而生活还在继续。

韩小华蹲在村口的大榕树下，吧嗒吧嗒抽着烟，等着哥哥到来，时间还早，他已经想好了该做点什么。他眯缝着眼，看着漫山遍野的茶树，在日头下泛着油亮的白光，像是从来如此。山那头，似乎有个人，隐隐约约，在白光中向自己招手。韩小华手搭凉棚，再仔细一瞧，那个人已经不见了，像是什么都没发生过。

他把没抽完的烟在老树上蹭了蹭，又夹回耳朵上，从身后掏出一顶乳白色的塑料帽，那是从孙子手里半借半抢过来的。

韩小华把帽子往头上一套一拉，眼睛不见了，只露出滑稽的半张笑脸，像是在说，还有好多的人生在等着我呢。

无债之人

在人类现有文字记载的历史中，第一个代表"自
由"的词是苏美尔语中的债务自由。

——《神圣债务论》02：35

一

我记得梦中最后一幕，是被黏稠的黑色潮汐漫过每一寸身
体，它们分解成极细小的锁链侵入我的皮肤，依附在血管、细
胞、神经和腺体上，彼此摩擦，发出金属的啸叫。然后，开始漫
长而优雅的劳作，像要在我身体里建起一座地狱，或者城堡。

"方下巴，你又做梦了？"

我睁开眼，是小雀斑。她关切地看着我，不是来自表情管理
模块的建议，而是那种真正的关切。这在我的职场经验里很稀
有，尤其是在这儿，距离地球几十万公里外的冷酷太空里。

"你看到我的数据异常了？"我环顾四周，逼仄狭小的控制舱室，空气中混杂着汗臭和化学药剂味道，矿工们各自忙碌、漠不关心，认知模块不时弹出《神圣债务论》教义，"负债累累是有罪的，是不完整的"，活像综艺节目的插播广告。一切都没有改变。

"没有，你在发抖，像被丢进冰窟的那种抖，可是你的体温显示正常。上一次也这样。"

"哦……"我若有所思，"也许我梦见被丢到了舱外，然后……"

我鼓起腮帮子，翻了个白眼，就像那些在绝对零度真空中膨胀的尸体。

"不好笑，轮到你值班了。我给你看点东西。"

女孩别过脸，我却能看到她嘴角的弧线轻轻上扬。小雀斑有一种天赋，无论自己身处的境况多么恶劣，她总能给自己找到点乐子。

"看，像不像放羊？"

从她递过来的屏幕上，我看到了一场类似羊群归圈的表演。只不过，草原变成了浩渺无垠的太空，而羊，则是一颗颗形状各异、直径七米左右、成分不等的C类陨石，含有水、富碳化合物、铁、镍、钴、硅酸盐残渣等珍贵原料，根据密度不同，质量可能高达五百吨。因此，这些沉重的羊儿格外悠闲而缓慢，像是在沿途寻觅着鲜嫩多汁的青草。

这趟回圈的路，它们可能已经走了好几个月，甚至数以年计。它们不急，我们更不急。

说不急只是为了安慰自己。几个月前，我从几T的物资消耗数据上发现了一个隐蔽的缺口，似乎我们的水、氧气、蛋白质和能源都以略微高出理论正常值的速率被消耗着，我怀疑有管道泄漏或者是流程中的管控漏洞造成了这一现象，但我没有证据。

我不想到外面探究真相，一想到冰冷黑暗的无垠宇宙就让我毛骨悚然，小腹酸胀。

我试图从数学上解决这一问题，就像其他所有的问题一样。

脑中的认知模块哗啦啦翻阅着数据，反馈到我的视网膜。

根据概率统计，这种尺寸级别的陨石在近地小行星中可能多达上亿个，但能够被观测、定位、追踪到的连十万分之一都不到，更不用说使用光学、近红外光谱、热红外通量或者激光雷达对其成分、尺寸、自转及表面地形进行详细测绘了。原因很简单，这些天体太小，轨道运行周期太长，只有在离观测点一定距离（比如说0.01个天文单位）内时才能被捕捉到，这简直比大海捞针还难。

一旦在茫茫星海中找到了这些珍宝，便会从最近的行星际资源勘探太空站派遣出"牧羊犬"，这些完全自动化的机器人依靠太阳能电力和氙推进剂驱动，最新型霍尔V推动器能够提供高达八十千瓦的功率和五千秒的比冲量。接近目标后，牧羊犬会绕着绵羊小跑几圈，像是在嗅闻着羊身上的膻气，找到最合适的下口点，伸出六个螺旋式锚一口咬入陨石表面，启动六个矢量推进装置，首先停止其自转，再将其推离原先轨道，最后沿着精确设计的路径，缓慢而坚定地到达某个最近的引力平台，比如地月拉格朗日点L2或L4，与它的伙伴们会合。

五块陨石彼此缓慢靠拢，像是俄罗斯方块一般旋转着，寻找最精确的触碰点，撞击力度不能太大，也不能太小，一切都得是刚刚好。它们连接成了一个近乎球形的整体，像是回归到胚胎状态。

"我觉得吧……更像是斯诺克啊，你看，中间那个白球走的弧线多漂亮，只有真正的高手才能让这些散兵游勇听从指挥，从太空的不同角落，长途跋涉到这里，给彼此一个轻轻的吻。"

小雀斑轻轻嗤了一声，似乎对于这份肉麻的吹捧不屑一顾。

尽管大多数工作都是由机器和程序自动完成，可这里是太空，任何事情都可能发生。小雀斑的工作就是对突发事件进行干涉，比如陨石轨道偏离、牧羊犬故障、撞击时刚体破碎产生危险碎片，等等。在她的比喻体系里，她就像一名兽医，时刻准备出击，拯救羊群与牧羊犬。对于我们来说，羊身上的东西是最宝贵的。

"行了，方下巴，等我回来再陪你贫，哥我得出去割羊毛了。"

小雀斑开始钻进宇航服，只有这个时候我才意识到她有多娇小，就像发育不良的未成年少女，可从年龄上来说，她也应该有二十六七了吧。这基地里有不少女人，辫子、长腿、汗毛怪，公司维持性别比例的其中一个重要原因，是因为女性比男性在太空里更耐造，无论是抗辐射、耐饥饿还是心理韧性，她们的得分都比男性要高得多。另外，适当比例的女性能够减少男性成员之间的摩擦和焦虑水平，如果大家都接受一种开放式关系而不恪守古老的性独占欲的话。

"我走了，一会儿见。"小雀斑的脸在面罩后若隐若现，鼻侧的雀斑并不是很明显。

"小心点。"我已经不记得她这个名字是从哪儿来的，通常来说，每个人都有自己的编号，比如我是EM-L4-D28-58a，但是没人用这串狗屁倒灶的东西，只会用你最明显的外貌特征起外号，慢慢地就成了各自的名字。

至于真正的名字，没人想得起来。他们说，这是合约的一部分，记忆被分区块封装了，以避免不必要的情绪波动，影响执行开采任务，其中包括了名字、家人、童年创伤、宠物以及真实的债务数字。这些数字是我们会出现在这里的原因，它们被以区块链的形式加密，嵌入基因，没有人可以篡改，你的工作量会实时被记录、换算成扣减的债务及其利息。不管你是在铜锣湾，还是在拉格朗日点，所有人在基因债系统面前同样公平。

"放心吧，你说过我是高手，何况，我还有债要还呢。"她朝我眨了眨眼。

小雀斑总说我是属老鼠的，胆子太小成不了大事。我总是用植入式认知模块里的技能树来反击，有些职业就是被设计成谨小慎微的反应模式，比如像我这样的数据测绘员，会随时调用信息库里的资料，计算各种极端情况发生的可能性，甚至异化成一种对于概率的直觉。这种模式扎根在你的身体里，就像人会畏高、怕水或者有密集恐惧症，并不能用勇气或胆量来衡量，以及改变。

可现在我倾向于，并不是任何外来力量往我的人格拼图里嵌进来一块胆怯、几分懦弱。那就是原来的我。

二

我的担心并非无中生有。

小雀斑将开着"寄居蟹"离开我们赖以生存的掩体——"鲸母"，一颗长三十公里、最宽半径五公里的被掏空的柱形C类小行星。在它的荫护下，我们得以免受太空中致命高剂量辐射、碎片袭击以及日光直射带来的超高温，它还为我们提供了水冰、固态二氧化碳和氨、沥青碳氢化合物以及少量镍铁金属，为我们的生存和建设提供宝贵的原料。

我们的船舱就位于这头巨鲸的颅骨位置，通过围绕锚定在岩石里的巨型轴承管道，每分钟旋转一周来提供 $1/3g$ 的人造重力。这几乎是我们能够得到的最优方案，船舱半径再长一点短一点，角速度再快一点慢一点，冷酷的方程式都会让我们痛不欲生，不是因为零重力得上各种怪病，就是根本转不起来或者转散了一头撞碎在岩壁上。

比起骨质疏松、肌肉流失和免疫力下降这些慢性症状，也许睡眠剥夺、心脑血管退化、科里奥利力带来的眩晕和封闭空间的沮丧更让人饱受煎熬。何况每个人每天还有数个小时的出舱作业时间，暴露在高水平的宇宙辐射下，这让星际矿工的意外死亡率遥遥领先于地球上的捕鱼工人。即便我们经过基因疗法、氨磷汀以及强制健身来维持身体的正常运作，但跟这里相比，地球上环境最恶劣的工作环境都像是夏威夷手端鸡尾酒的沙滩酒吧。

小雀斑总会把我们比喻成匹诺曹，一个遥远的童话人物，在木匠爸爸的巧手下拥有了生命的木偶男孩，只要一说谎鼻子就会变长。他最著名的历险就是被吞进了一条鲸鱼的肚子里。

人真是一种奇怪的生物，就算忘记了自己的名字和家人，却还记得这么多乱七八糟的东西。

"寄居蟹"从"鲸母"的大嘴出口驶向深邃星空，飞船从一块屏幕的边缘，进入另一块屏幕的边缘，我目不转睛看着，生怕它突然消失。一只手重重拍在我的肩上，是光头佬，他咧着嘴不怀好意地笑着。

"我听到你们的话了，不得不给你提个醒，兄弟，小雀斑可不是好惹的。"

我不置可否地回以笑脸，光头佬就喜欢打听八卦，超负荷的体力活儿似乎丝毫消磨不了他的好奇心。

"寄居蟹，寄居蟹听到请回话，一切正常吗？"我接通小雀斑的频道。

"听到听到，一切正常，就像几个冰淇淋球发着凉气，等着我去舀上一大勺，嘶嘶嘶……"耳机中传来小雀斑调皮的声音，就像在我耳边舔舐双唇。

我手臂上起了鸡皮疙瘩，强迫自己把注意力转回操控台："我现在会启动 γ 射线和 X 射线分光计，再次扫描对象表面和次表面元素和挥发性成分，以确保万无一失……"

"大叔，我相信你是喜欢慢节奏的那种，可哥今天有点躁得慌，也许是周期到了，你懂的。我现在就要将这把加热的勺子狠狠地插进这颗香草冰淇淋里，给它来上那么一大勺。"

一阵猛烈的 big beat 电子乐突然加大音量，刺痛了我的耳膜。我不得不摘下耳机，恼怒地骂了一句。

通常情况下小雀斑没有错，C 类陨石的化学和物理性质都是相当清楚和良性的，比如非常低的压碎强度和高含量的挥发物。她所需要做的就是挥起"寄居蟹"的两把长螯，也就是她说的"勺子"，插到陨石布满粉尘及干燥土壤的坚硬表壳下，先加热分解冰、水合盐或者黏土矿物中的水分，将水蒸气通过蒸馏方式与其他污染物分离，再用机械螯上的泵回收到寄居蟹不成比例的螺壳里，接下来再处理其他的矿产资源。这是第一级处理。

之后大部分工作需要"寄居蟹"通过蚂蚁搬家的方式，用超高强度及韧性的纳米蛛丝网兜将破碎后的岩块拖到"鲸母"腹部的精炼车间。在那里，将有复杂的化学物理工艺处理不同的资源。

矿产经过提炼形成高密度结构的"磁化炮弹"，会在"鲸母"尾部由加速轨道长达一公里的电磁质量投射器加速后射向指定坐标，以期用尽量少的能量消耗获取尽可能大的delta V。而反作用力通过设计精巧的滑膛结构均匀分散到"鲸母"腔壁各处，以避免造成小行星不必要的角度偏转。

在远离重力井的太空，我们无须听从于齐奥尔科夫斯基火箭方程的暴政。经过一段时间后，也许是以天、月或年计算，这完全取决于价格。在近地轨道的某个点上，收货人会用自己的方式拾捡起这些来自深空的宝藏，用于谋划一场政变、建筑讨好情人的宫殿或者搅乱全球期货市场。

这就是整套生意的精髓，低买高卖，把成本榨到最低，把利润抬到最高，从古至今，向来如此。

而我们就是其中可以忽略不计的生产损耗。

小雀斑的操控非常潇洒，你甚至会产生这样一种幻觉，她是通过体感同步而不是操纵手柄来控制两只机械螯臂行云流水的动作，如白鹤亮翅般高高挥起，又重重插入陨石地表，溅起一阵粉尘和碎石。

"方下巴，你看好了！哥给你露一手！"

传感器显示土壤温度快速上升，相应的化合物质开始发生相变，数值和曲线不断变化着颜色和形状。一切看起来都非常正常，除了压力值的变化曲率。

一些不同寻常的数据细节捕获了我的注意力，模糊的感觉经后台边缘系统收集、处理、计算，一个惊悚的结论缓慢成形。这颗陨石的密度比其他几颗低上近百分之四十，这意味着它的岩石多孔性程度很高，也意味着可能存储着更多的水分，但在快速升温气化的高温下，这就像是一口急速加压的高压锅。这就是技能树所带来的病态敏感，除了我，也许没人能察觉到小数点后那几位数字的变化究竟意味着什么。

"小雀斑，停止加温，迅速撤离！"我命令她。

"少废话！没看见哥正忙着嘛……"

"马上！"

"瞧你那尿……"

她的声音像被一把剪子生生铰断了，主观镜头信号丢失，一片黑白雪花。我迅速切换到外部镜头，被一团白色粉尘笼罩，什么也看不见。慢速回放三秒，只见在两只螯臂间，陨石表面如同掀起一场小型核爆，碎片如离巢的鸟群般朝"寄居蟹"船舱飞去，瞬间将其钛铝合金外壳如纸灯笼般撕个粉碎，失压把整个舱体外翻，钢架暴露在外，隐约可以看见有个人形如内脏般在空中缓慢悬荡着，慢速粉尘随后而至，铺天盖地。

"小雀斑！你能听到吗？"我扯下耳机，开始疯了似的穿宇航服。光头佬看着我，一动不动。其他人都把脸背了过去。

"我们得救她！你们他妈站着干吗呢！"我几乎是吼了出来。

"兄弟，她的债还完了……死亡只是中介。"光头佬拍拍我的肩，在额头前做了个祈福手势，眼神一指，我这才觉察到显示小雀斑生命体征数据的那块屏幕，早已是平线。

他们说，汤格·拉梅什模型说明小行星比我们想象中更坚固，更难以在外力下破碎。

他们说，在太空里，没人会犯两次同样的错误，因为只要犯一次错就大概率活不了。

他们总能说对点什么。

船舱在我面前快速旋转起来，我感觉透不过气，像是胸口压着一块巨大的陨石。突然像是有谁在我耳边吹了一口凉气，带着熟悉的气息，那声音轻轻说了一句话，让我汗毛耸立，眼前一黑，向着充满油污的甲板迎面栽去。

那句话说的是："你看我的鼻子变长了吗？"

三

一切都是乳白色的。

这里并不是控制室，也不在"鲸母"任何一个阴暗污秽的舱室里，更不在冰冷绝望随时可能丧命的太空中。这到底是在哪里？

我花了一些时间才意识到，这是在梦里。让你相对清醒的那种。

他们说有时候加密的记忆区块会发生溢出，以梦境的形式透露真相，但你也说不清到底那是谁的梦境。所有人的记忆区块都交给云端中枢系统统一调配。

我的视线和移动并不受自己的控制，只能被看不见的丝线牵引着，像孤魂野鬼般飘浮着，望向那些我并不感兴趣的角落。

视野中的乳白色开始移动，那是一个圆筒状的舱体，正朝我上方滑动。在缺乏坐标系的情况下，这意味着也许我正在被推出舱体。很好，现在我们有了一个大的相对环境坐标，一个天花板很高的房间，依然是白色的。

我开始围绕着某条在视点下方约一米处的轴线做圆周旋转，视线保持水平向前，速度很慢，不会超过五度每秒，我猜是为了避免出现晕眩。接着我看见了那条轴线，被淡蓝色防菌手术服遮挡住的男性髋关节。

我是在某个人的身上，从他的视角去看世界。

"感觉怎么样，东方觉先生？"一把声音从侧面传来，视线随之转动，房间门口站着一个女子，全身黑色，微微泛着金属色的虹彩，别着一枚锁链式的金色胸针。

她留着长发，但高高盘在头顶，像一座造型怪异的信号塔。在太空里，所有的人都必须剪短发，如果不是光头的话。你永远不知道这些不受控制四处飞散的丝状物会不会成为送命的最后一根稻草。

"还好，只是感觉有点奇怪，像是有什么东西在我身体里乱窜，想要控制我、冲开我。"一把陌生的声音，低沉，疲惫，仿佛随时可能断线。

"这是一种伴生幻觉，理论上你不应该感觉到任何不同，那些纳米机器人……非常非常小，你知道的。"女子微笑回答，走到男人跟前，现在可以看得更清楚了。她二十来岁，妆容极其精致，甚至有点过分精致了，但表情中又流露出一种不必讨好任何人的优越感。

"所以……我们的合约生效了？"

"法律上，是的。"

"……你是在暗示这玩意儿非法吗？这并不有趣，梅女士。"

"我的意思是，除了法律之外，还会有技术上的不确定性。"

"可你答应过的……"

"安安那边不用担心，手术都已经安排好了。"

"哦，谢谢。"

"所有费用都会计入你的债务，经区块链加密之后嵌入你的基因，任何人都无法篡改。"

"哼，真是背上了一辈子的债呢。"

"看看你的周围，每个人都在迫不及待地借债，这代表着对未来、对自己的信心。为什么不呢？债务定义一个人的价值。这样的额度在地球上也没几个人能够享有，这也是我会站在这里的原因。"

"那当然，梅李爱小姐，您的时间虽然没有您父亲——梅峯先生那么金贵，但咱们这一聊天，也顶得上普通人辛苦打拼好几辈子了吧。"

女人突然露出拘谨而古怪的笑，似乎脱离了整个对话语境。

"请你记住，东方觉先生，我们的生命要归功于创造我们的神。从今天起，您要好好对待自己的这具身体，以及，我们会利用一切方法让您的技能树恢复到最佳状态，身体与意识，缺一不可。否则……这债怕是还不上呢。"

男人沉默了，视线投向自己包裹在防菌布里的身体。

"要不是为了安安……谁会愿意回到那个鬼地方。"

"完全理解，我也是个女儿，如果我父亲患上同样的罕见病，我也会做出一样的选择。这一债务无法在地球上得到解决，它的全额偿还是遥不可及的……"

男人望着女子，许久没有吭声。我猜他也许想说，你父亲不会得这样的病，因为你们的基因都已经被精细筛选过，就算得了，你也不会为此背负一辈子的重债。因为你们是有钱人，是和我们穷人勉为其难生活在同一颗星球上的另一个物种。

可是他什么也没说。

"我能看看安安吗?"

"当然可以，她刚做完术前的全部检查。"女子语气和缓下来，又想起什么，"我们会用最好的办法救她。"

这句话里的一些隐藏信息让我感觉不舒服，可又说不上来为什么。

视线快速移动，像是一个转场动画，我被带到了另一个特护病房，男子经过数次消毒除尘处理后，被套进了一身白色隔离服，穿过一条过道，来到房间里。

一个剃光了头发的女孩躺在床上，呼吸平缓，表情松弛，胸前还摊开一本画册，也是经过特殊处理的防菌材料。

男子站在床边，静静看着女孩，不敢轻举妄动，怕就算一个细微动作，都会扯动身上的塑料隔离服，发出响声，吵醒女孩。

那本色彩鲜艳的画册吸引了我，我试图聚焦视线，看清上面究竟画了些什么，但却失败了。我越是努力，那焦点就涣散得越快，像是在流沙地里挣扎。我放弃了，把焦点转向女孩，却发现，那女孩脸上的细节也如被风沙加速侵蚀的沙雕，正在一点点地流逝，最后只剩一片空白。

这恐怖片般的画面让我一阵莫名心痛。我想要逃离，可恰恰相反，越是恐慌，那视线越是往那张空白的孩童脸庞逼近，像是面对一个质量巨大的天体，无法逃逸其引力陷阱。

我察觉到了一丝不对劲，如果是从男子的视角看去，那么理应出现鼻子的三角造影，可是没有。

这意味着什么?

这个梦似乎在接近尾声,一切都在朝着那张巨大得像小行星表面的面孔坠落。我又将一无所知地醒来。我想努力记住一些东西,一些至关重要的东西,能解释所有不对劲感觉的东西。

可我终究还是失败了。

四

小雀斑被删除了。

我的意思不是她的肉身,而是记忆数据。在我醒来后的数个小时里,她迅速变成了一个无关紧要的名字,甚至面目都变得模糊不清。所有依附于那个曾经有血有肉的人类个体上的情感,无论是欲望、厌恶还是悲伤,甚至恬不知耻地说,一点点爱,都像沙子一样流逝了。不光是我,所有人都一样。

我猜公司肯定在我们的脑子里动了些手脚,为了安全和效率。

那个女孩变成了系统里的一个条目、一个带编号的教训,提醒着后来人不要犯同样的错误。

"……通常被定义为C类的碳质球状陨石,需要覆盖光学和近红外(0.5—3.5微米波段)的高灵敏度光谱,检测在-0.7和-3微米处的吸收带,来验证陨石成分是否含有水。-0.7微米吸收带不是反映水本身,而是含铁矿物中的电荷转移,这种转移只存在于C类物体中,正如水。但-0.7微米吸收带特征的存在,并不能让我们精确地估计物体的含水量,光谱颜色也不能……"

这个条目正从那个新来的漂亮女孩嘴里快速弹出,就像是一

126

串绕口令。我在心里给她起了个外号——"弹舌鸟"。

她突然停下，抬起头，迷茫地望向我，脸上微微发红，沁着汗珠，弹射出她的问题："我不明白，为什么不探测-3微米吸收带的信号，那样不是更直接吗？"

我友好地笑了笑："中红外大气的高背景辐射使得-3微米吸收带的信号变得微弱，难以被探测到。"

"哦。"她似乎对这个问题失去了兴趣，对于一名捕捞员来说，这是个危险的信号。

水是在这茫茫宇宙间生存的第一要素，因此矿工将含水的陨石作为首要采集目标，但是在一些时候，它也是致命的。

弹舌鸟被关在一人宽的圆筒状金属笼里，腰部与双手用弹性绑带固定在轴承支架上，脚下不停踩着"仓鼠笼"向后滚动。这是船员对这套特殊健身设备的称呼，在1／3g重力环境下，这是最安全有效的抵抗骨质疏松和肌肉萎缩的办法。

作为她的导师，我不得不时常纠正她的动作，那些微小的瑕疵会日积月累，成为导致骨折或是筋膜炎的元凶。

像被装进密封袋里和沙拉酱一起摇晃的蔬菜，弹舌鸟洗完澡后，赤身裸体地爬出淋浴袋，旁若无人地在我面前擦拭结实的小腿。不知为何我将脸扭向一边，也许因为她是新来的，为了以示尊重。尽管她的洗澡水将会以各种方式被回收利用，进入食物、饮用水与空气，最后成为我们身体的一部分。从这个角度来看，我们注定会亲密无间。

"你为什么会来这里？"我试图转移尴尬。

"嗯？这是个问题吗？"她似乎没听懂我的话。

"我知道，《神圣债务论》那一套嘛。我的意思是，你就从来没有想过，债是从哪儿来的？"

"这很重要吗？每个人一生下来就负债累累，我们只不过是比其他人更幸运而已……"

"幸运？"

"捞到一条光是铂矿就价值超过一千亿美元信用点的大肥鱼，还没算上镍与钴，还清所有债务，变成亿万富翁，这不算幸运吗？"

"那只是传说！"

"不，那是概率。"

"没错，在太空里挂掉的概率……"

"并不比你在秘鲁采矿或者在白令海捕蟹的危险系数高多少，当然，如果你硬要说被小行星碎片击中的概率，那确实是比在地球上高一些，问题是……"

"你真是乐观得不可救药……"我似乎从她的表情里捕捉到了一些熟悉的东西。

"问题是，"她摇摇头，没有丝毫放慢语速的打算，"如果你在地球上，你有一笔价值一百万亿美元的黄金存款，可是没人可以拿到，为什么？因为它在海水里。提取溶解在海水中的黄金，成本大大超过了黄金本身的价值。所以这笔巨额存款的价值是零。我们在这里，是很危险，可是这些甜点是实实在在的，它们就在那里……"

当她说到甜点时，我似乎又想起了些什么，可我已经不想再争辩下去。

"弹舌鸟，希望你在那里执行任务的时候，反应和你的语速一样快。"我指了指上面。

"弹……什么？胆小鬼，你就缩在船舱里做你的算术题吧，祝你早日还清债务。"

她看起来是真的生气了。

理论上说，弹舌鸟并没有错，一颗M型小行星是绝对的顶级甜品。比如16psyche，上面的铁镍矿石可以满足地球未来一百万年对铁的需求。再比如，富含铂的小行星矿石品位可能高达一百克每吨，是最高等级南非露天铂矿的二十倍，这意味着一颗五百米宽的这类小行星，铂产量就能达到全地球年产量的一百七十五倍。

这就是我们在这里的终极使命，所有C型陨石只是为了持续性的补给，因为"鲸母"不允许被过度开采。它并不是一块巨石，而是由自身引力聚集在一起的松散石泡或砾石，没有任何内在结构的完整性。任何旋转、撞击、过深的挖掘都可能导致它解体，我们所建造起来的一切便将被毁灭，包括我们自己。

弹舌鸟慢慢接受了自己的新名字，也接受了我的风格。

我努力不和她走得太近，就像是害怕万有引力会让事物彼此吸引，进而发生撞击。我总隐隐有种不祥的预感，仿佛航海多年的老水手迷信厄运总是伴随着赤潮与白头浪。

我怕有一天弹舌鸟也会遭遇被删除的命运。

她清楚我的想法，并总是还以嘲讽。她说，手里握着一把鹤嘴锄，还是一挺冲击钻，你都只有一条路，就是干到底。

在弹舌鸟眼中，生命就是一场冒险，而我们并没有太多选择。

她受命去回收一台报废的牧羊犬机器人，指令说在它的记忆模块里可能保存着曾接触过M型小行星的数据，能够提供有价值的追踪线索。

我们从不知道指令从何而来，是来自三十八万公里外的地球，还是某个太空站？是来自人类，还是AI？但大多数情况下，指令都是正确的，少部分情况下，因为被人类错误解读而导致不可挽回的后果，就像古希腊的神谕。

弹舌鸟对指令笃信不疑，而我总想通过各种办法击溃她这种盲目的信念。

比如，用数学公式告诉她，即便我们发现并追踪到了M型小行星，想要改变其轨道并捕获它就像是让猴子在打字机上敲出《莎士比亚全集》，比中彩票还难。还没有考虑到开采M型小行星的难度，基本上就相当于用一根鱼竿钓鲸鱼。你的成本也许会很高很高，高到把所有的潜在利润吞掉，再赔上几十条人命。如果这些矿石被运回地球上还没引起市场崩溃的话。

比如，让她对自身能力产生怀疑。机器人无法做到的事情，一个由蛋白质和水组成的采矿工人同样无法完成。无论是正确维护复杂的采矿设施，应付各种奇怪的设备故障，还是对于突发性的事件进行综合分析，并正确评估其对于整个"鲸母"站点长期的影响。AI做不到，弹舌鸟同样做不到，那么除了送死，你还有什么价值。

"所以，你到底希望我怎么样？跟你一样缩在船舱里，等着肌肉慢慢萎缩，或者超剂量宇宙辐射让身体里长出肿瘤，然后死于各种并发症吗？"她翻着白眼。

"我不是那个意思……我只是希望你打消不切实际的念头，活得久一点……"

"可是这样活着又有什么意思呢？我们的生命归功于创造我

们的神……"

"这些废话你跟那些死人说去……"

"那你为什么要来这里呢？在地球上待着不好吗？"

"这不是我的决定！就像这也不是你的决定一样！你醒过来时就已经在这个地狱里，想不起任何过去的事情，除了那些该死的技能树，像脑子里弹出个没完的地鼠。我们永远也还不清身上的债，除了死，没有别的解脱办法！"

我背过脸去，不想让弹舌鸟看到我的脆弱。一只手放在了我的肩上。

"我记得我是怎么来到这里的。"我惊愕地转过头，看着那张毫无笑意的脸。

没人知道。甚至新人到来也是如此，据说公司会创造一个船员意识的空窗期来交接矿工，以避免产生不必要的风险。我猜那种风险来自想要夺船回家的精神崩溃者。

"这是个笑话吗？"

"不，那是一个很奇怪的地方，我好像是从睡梦中苏醒，然后有一条闪烁着绿光的狭长通道，引导着我一直向前、向前……"

"然后呢？"

"回来告诉你。"弹舌鸟眨了眨眼睛，我这才意识到自己上当了。

我从来没有见过还清债务的人，我的意思是活着的人，至少在"鲸母"上没有。也许散落在小行星带里的矿产基地上会有这样的幸运儿，但这就像一个神话、一则过分完美的广告，你永远无法证实，也无法证伪。

他们说还清债务的人能够回到地球，找回自己的记忆，把基因链条里的债务数据漂洗干净，然后信用账户里有你几辈子都花不完的信用点。

听起来更像是一个童话，不是吗？

可没人知道自己究竟为什么欠下了这笔债，以及需要用多长的时间去偿还。我们只能相信这套系统的公正性，只因为我们被告知，从数学上，它是绝对正确且无法被篡改的。

弹舌鸟说得对，我们别无选择。

但我很欣慰她听我的话，系上了双重安全绳。

弹舌鸟像一只没有重量的飞蛾，缓慢得像梦境一样，从"寄居蟹"的下部舱口飘出，向那头流浪已久的牧羊犬尸体靠近。机械臂太粗笨了，无法执行卸取记忆模块如此精细的工作。

"所以人还是有用的吧……"耳机中传来弹舌鸟轻快的反驳。

"在某些极为特殊的情况下。"我并没有让步。

"说说你的理论，为什么太空里不需要人？"

她轻轻贴上牧羊犬，由于弹性，安全绳把她的身体往后拽了拽。弹舌鸟解开一根安全绳，套在牧羊犬的其中一只机械爪上，固定好相对姿势。她需要把手伸进牧羊犬的喉咙里，接通应急电源，输入密码，打开里面的嵌入式存储设备面板，卸下记忆模块。

我通过她头盔上的摄像头看着这一切，努力忽略背景漫无边际的黑暗宇宙，"我认为是因为恐惧。"

"你是说人类的恐惧？"

"不然呢？机器会害怕什么？被切断电源？被清除记忆吗？只有人会害怕。"

她进行得很顺利，半个身子都伸进了开敞的豁口里，牧羊犬被点亮了，面板也打开了，一切似乎唾手可得。

"所以呢，害怕让人上不了太空，害怕让人离不开机器？我觉得你只是在逃避某些东西，童年阴影？"她的声音里包含着某种同情，也许只是揶揄。

"我不认为我有什么童年阴影，就算有，也早就被分区块封装……"我突然停下了，摄像头那边有些令人不安的闪光，"……弹舌鸟，你右手边那是什么，那些发光点？"

"我不知道，我只知道好像记忆模块被卡住了，唉……"听得出来她已经尽了全力，整个身体都开始甩动起来。

"看起来有点不对劲，马上离开那里。"

"模块已经被我摇松了……"

"也许是什么自我保护程序，你赶紧退出……"我迅速检查这一旧款牧羊犬的代码库，绿色字符如雨水般冲刷屏幕。我的眼球高度紧张，颤动着扫描那些关键词。

"方下巴，你那边有什么可以帮到我的吗？除了让我紧张之外……"

我没有工夫回答。我已经无限接近答案。

"嗨！你猜怎么着？我已经搞定了……"弹舌鸟喘着粗气，屏幕上她的手捏着一个黑色方块，正要往外退。

如果硬性重启后拔掉记忆模块，将会触发牧羊犬的着陆姿态，也就是说……

"我要告诉你，这里没什么可怕的……"

牧羊犬的六个螺旋式锚突然向前咬合，直接扎入弹舌鸟的腹部，然后像钻头一样搅动起来，红色的液体如半透明的水母般从破损处涌出，形成大小不一的液滴，晶莹剔透地飘浮在她身体周围，闪着光，在真空中开始沸腾。

我全身僵住了，张着嘴却说不出话，胃里有什么东西在滚涌。预感再一次应验了。

没有尖叫，没有呼救，耳机中只传来倒吸了一口气的声音，像是在努力挽回从肺部急速流失的氧气。我简直快要窒息了。

本应作为着陆缓冲之用的矢量推进装置也启动了，弹舌鸟的尸体被牧羊犬拖着往深空飞去，又被另一根系在"寄居蟹"上的安全绳紧紧拽住，像是被两头野兽来回争抢的一块烂肉。

"切断安全绳！"是光头佬，"你不会想要再失去一条船的。"

"不行，我不能这么做。"

"她的债还清了，让她去吧。死亡只是中介。"光头佬拍拍我的肩膀，在额头做了个祈福手势，像是一个横放的"D"字。

"去你妈的中介！"我闭上了眼，感觉有一些温热的液体缓慢涌出眼眶。

我不忍心再看弹舌鸟的身体被来回撕扯，拍下了按钮。她的半截身子闪着光，越来越小，越来越远，慢慢地隐没在星光中。

一个从未有过的想法如巨大而隐秘的天体露出轮廓。

这也许不是一场意外。

五

又是梦。我开始厌烦这些无休止的幻觉。似乎要告诉你一些东西又不明说。

如果你过着我们这样的矿工生活，你也会这样想。

远离地球一个地月距离，没有大气层，没有白天黑夜，没有正常的重力，没有娱乐，没有我最爱的宫保鸡丁，幸好我的记忆还保留了这部分，没有正常的人际关系，没有约会。

　　没有回忆。这一点也许是好事。

　　当然我们也有一些地球上不会有的新奇玩意儿。比如幽闭恐惧症和广场恐惧症混合的新型心理疾病。比如能够阻断你的神经传导，让括约肌松弛，大小便失禁，让人昏迷不醒、呕吐不止的宇宙高能射线。比如从冶炼炉里蹦出来的以光速穿透你身体的燃料跳蚤，其实是带着Alpha射线的金属碎屑，能够在瞬间穿透你的防护服以及身体，在你的内脏上烧出孔洞，然后你会流血不止，浑身疼痛，希望从来没有被生出来过。也有好的方面，能够制造氧气和蛋白质的基因编辑藻类，尽管接受口味始终是个难题。你会学到许多在地球上几辈子都不会得到也无法用上的知识和经验，如果你是个好奇宝宝的话，太空矿工就是为你这样的人设置的完美职业。

　　所以我猜不会有免费的赠品，即使是毫无意义的第三人称梦境，也会起到某种程度的心理干预作用。

　　我又回到了那个男人的身体里。他看着镜子，憔悴而苍老，一张完全陌生的脸，但那种既视感如此强烈。我知道，延续自上一个梦的剧情还在继续，尽管我已经完全不记得之前的故事背景。

　　镜子反射出的房间背景凌乱不堪，像是一个典型的单身公寓，没有任何其他家庭成员的生活痕迹，只有酒瓶、烟头和成分不明的粉末散落在茶几上。一个相框背面朝上，扣在一旁，许多打印的纸张像雪片一样覆满地板和家具。

　　男人似乎做出了什么决定，他看着手里的一张黑色卡片，拨通了电话。

"对，是我……我想好了。"他吸了吸鼻子，背过身去，正视房间内的一切。

"……你们已经让我失望了一次，希望不会有第二次……"

"……别跟我来这一套，什么'我们尽力了'，你们没有！"他的声音突然变大，又软弱下去，"……你们没有。"

"……是的，我读过了，逐字逐句，花了我一整晚的时间，我希望是值得的……"

"……有没有什么是不清楚的？哈，每件事！这整个系统的复杂程度远远超出了正常人的理解范围，我怎么可能弄明白？"

"……我知道，旧债还在偿还周期内，这是新添的债，我认了，这就是命吧……"

"……我知道你们那套心理策略，什么为了家人，为了未来，给你造出一顶纸糊的道德光环，可惜它太虚假了，经不起一点风吹雨打。我就是为了我自己，我希望能活得久一点、过得好一点，哪怕是用别人的生命来抵押……"

"……希望你们能有点良心，让她过得好一点……"

一阵被激活的模拟鸟啼在男人背后响起，他猛地转身，看到镜中满面惊恐的自己逐渐亮起，被镶嵌上一圈充满希望的金色光芒。一份电子合约出现在镜中，语音提示他仔细阅读后将手掌贴在镜面上进行生物密码验证。男人闭上了眼，眉头紧锁，犹豫了片刻，将手重重地拍在镜面上，一圈又一圈的彩色光纹如涟漪般从他掌心漾开，旋转不息。

"验证完毕，您已完成签约流程，恭喜您获得新的债务额度。"

"去你妈的！"男人似乎松弛了一些，啜一口酒，开始收拾房间内如战后的遗址。当他手指触碰到桌上的镜框时，像被火焰灼烧到般猛地缩回。

"……我干了些什么……"男人用指尖抚摸着镜框背面，终于有勇气将其翻转，出现一张女孩的天真笑脸，拿起一本彩色画册试图遮挡住自己的表情。那画册看起来似乎有点眼熟。

"……我他妈的都干了些什么呀……"

男人突然开始啜泣起来，身体无法自控地剧烈抖动，站立不稳。

"我必须……必须制止……必须……"

他慌乱地巡视房间四周，最后目光落在了阳台上。男人拿起桌上残留的酒瓶，猛灌了一大口，突然松手，酒瓶在他脚边裂成碎片。

男人朝阳台狂奔而去，没有任何停滞或迟疑，从栏杆上方高高跃出。尽管我只是个梦的搭载者，可眼前突然出现的几百米楼层深渊还是让我的肾上腺素飙升，从谷底吹来的风卷起尖厉的啸叫。

许多梦都会以坠落结束，但并不包括这一个。

男人的坠落只持续了0.3秒，便被凝固在了半空中，像是被无形蛛网困住的飞虫，挣扎不得。空气中一个黑衣女子的半身像逐渐浮出，她戴着金色胸针和精致微笑，落落大方。

"东方觉先生，也许时间过得太久了，您已经忘了第一份协议的内容，您并不拥有处置自己生命的权利，所有权利都归债权人，也就是公司所有。况且，就算您结束了这段生命，您的债务还是无法被取消或减免，因为它是嵌在您基因里的加密数据，无法被随意篡改。"

像那个男人一样，我努力理解这话语中隐藏的信息，像是从四面八方的透明蛛丝传递过来的细微震颤，逐渐汇聚成信息的洪流，敲打着我认知模块里某个被封存的保险柜。

但是芝麻并没有开门。

六

……

红毛。

小雀斑。

弹舌鸟。

跳跳糖。

……

她们都被删除了。一个接着一个。她们的面孔和声音在我脑中变得模糊，像雨中被洗刷的颜料，混合成说不清的色彩，顺着记忆的沟渠流入地底。

我们是太空矿工，这就是我们的命。所有人都一副轻描淡写的样子如此重复着，忙活着自己手头的事情，就好像有病的那个人是我。

也许他们是对的，这就是我们的命。被囚禁在这遥远冰冷的宇宙边境，被遗忘、被丢弃，只能通过不断工作来偿还与生俱来的债。我可以借着技能，龟缩在船舱里，尽可能苟活更长的时间，可她们不能。

一些疑团困扰着我，在此之前从未发生过，就像其他矿工一样，似乎某块大脑区域中的逻辑自洽敏感度被人为调低了。我们的意识中形成了一个巨大的盲区，在这个区域里出现的所有问题，我们都视而不见。出于某种未知的原因，我的盲区渐渐缩小，问题如黑色礁石般裸露出水面。

也许是出于害怕，也许是来自那些渐渐失色的名字，我脑中的技能树计算出巨大的潜在威胁，我不能再像以前那样逃避下去。

我决定做一些事情。

光头佬钻出淋浴袋的时候被我吓了一跳，他带着伤疤的身躯如同丛林里的豹子，黝黑发亮，散发着热腾腾的水汽。

"原来是你？我还以为是汗毛怪。我们约好了，你懂的，运动运动。"他挑了挑眉毛。

"事情不应该是这样的。"

"不应该是哪样？你听起来有点不对劲，接受自检扫描了吗？"

"我很好。是你们有问题。你不觉得这一切都太荒谬了吗？这艘鲸母，这份工作，还有不停地死人……"我知道他马上会打断我。

"嘿，方下巴，我记得咱们讨论过这个问题，很多次。这就是我们的命，人要还债，就必须承担正常人所无法承担的风险和痛苦，死亡只是中介。"

"这是你真实的想法吗？还是说，只是他们让你这么想。"我指了指上面，我知道这个方向也许不对，毕竟我们一直在太空中旋转着。

"要问我的话，我觉得也许你应该找个伴儿，好好释放一下压力。有时候你的模块会因为积累负面情绪出现认知偏差，那个词怎么说来着？过敏反应。没错，就是过敏。"他背过身，开始擦拭身体。

"我算过，即使是采用霍曼轨道转移，把人从地球持续运到这里来也完全不划算。想象一下，就像每飞一次都要报废一架飞机，没有回程票。这是一笔糊涂账，光头佬，没人会做亏本生意。"

他缓缓转身，脸上出现了严肃的表情。

"……那你想怎么办?"

"让公司知道，我们不干了。"

"不可能，我们的债……而且只能公司单向联系我们，我们的呼叫只有自动应答，某种信息隔绝机制。"

"那么我们就把整艘鲸母工厂停下来，不再发货，看看他们怎么办。"

"这倒是一个办法，你真的确定要这么做?"光头佬脸上的表情在发生一些微妙的变化，我难以读解。

"如果他们还不回应，我还有一个计划，"我停了停，看看周围，"炸掉精炼车间。"

在"鲸母"腹部的精炼车间承载着将"寄居蟹"带回来的矿石进行第二到第四级加工的核心功能。

第二级处理是将水电解成氢和氧，以及两种气体的液化存储，作为主要推进剂。第三级处理涉及高温"烘焙"，以迫使主要矿物磁铁矿通过含碳聚合物自动还原，从而导致更多的水、一氧化碳、二氧化碳和氮的完全释放。第四级处理将需要使用前面释放的一氧化碳作为试剂，通过蒙德工艺（气态羰基）提取、分离、净化和制造铁镍产品，残留物将是钴、铂族稀有金属以及诸如镓、锗、硒和碲等半导体材料的粉尘，这些不起眼的灰尘也许价值超过了你所熟知大公司的历史产值总和。

"你是认真的?"他眯缝起双眼。

"大量的氢氧混合物,含碳聚合物,高温,一个响指,轰——"我做了一个夸张的爆炸动作。

"好吧,我考虑考虑,这事儿也许需要集体决议……"光头佬低头拿起毛巾,他在同一个部位已经反复擦拭了好几次。

"我不相信他们,我只相信你!"

"好吧,"他丢下毛巾,向我走来,像是要伸出手来跟我相握,"我必须感谢你的信任。"

没等我伸出手,光头佬一记重拳将我击倒在地。我眼前最后一幕清醒的画面,是他那些残缺不全的脚趾,在地板上不停收缩展开,发出昆虫抓挠金属的声响。

我试图睁开双眼,可是不能,我试图移动身体,可是不能。

我感觉到一些手正将我整个抬起,塞进什么东西里。一些声音断断续续地传进我的耳朵里,我努力理解这些话语里的含义。

"……我很抱歉,方下巴……这是集体投票的结果……我们不能……不能让你破坏我们的秩序……"

现在我能感觉到,我被装进了一身宇航服里,我从来不喜欢这玩意儿,因为它暗示着你会被抛进一个无法控制的极端环境,你所能依赖的只有这薄薄的一层防护措施。

"……你经常说的……风险最小化……从数学上这是最合理的做法……"

有什么东西被打开了,气压正在迅速地变化,还有温度,我似乎听到宇航服里的模块被一个个唤醒,仿佛具有生命力的是它,而不是我。麻痹的意识开始觉察到一个恐怖的事实,可我的

141

身体还没有完全醒过来。

"……你的氧气还能维持……一百二十四分钟……省着点用……"

我终于睁开了双眼，看到所有船员的脸，手在额头做出哀悼的动作，站在最前面的是光头佬。他们的脸和我的脸之间，隔着两层特化玻璃，一层来自于隔离舱门，一层来自于我的防护头盔。而他那带着怜悯的声音，来自内置的通信器。

"……你的债……还清了……死亡只是……中介……"

我伸出麻木的手，想抓住什么东西。我想大声呼喊，说求求你们不要。可是一切已经太迟了。我看着他们的脸迅速远去，周围的光线变得不均匀，身体开始缓慢旋转，没有重力，只有船舱自转的离心力，带着我向远离轴线的方向飘去，永不归来。

巨大的恐惧触发编写在杏仁核和腹内侧前额叶中的刺激—反应模块，它会自动加快你的心跳，升高血压，分泌汗液、皮质醇及肾上腺素。相信我，我对恐惧熟悉得很。这是亿万年进化而来的底层原始恐惧包，你无法用自主意识来抑制它，就算你再怎么勇敢也不行。

更何况是我。

我飘浮着，像一袋垃圾，无依无靠。我的理性告诉自己，恐惧会让氧气消耗得更快，而一旦血液中的二氧化碳水平上升，将再次激活原始恐惧包，陷入恶性循环。可我竟然无能为力。

我为人类这种生物身上愚蠢至极的设计而发笑，像个真正的疯子。

不知道过了多久，在这种极端处境下人的时间感总是会产生误差。我以为自己会在无尽的漂流中告别人世，债务清零，却没想到身体撞在某块巨大坚实的表面上。我被拦住了。

这是"鲸母"的内表面，离心力把我推到了这里。

尽管依然没有水和氧气，但这好歹让我重新获得了支撑点和方向感。这稍微平复了我的恐惧，让它开始发挥新的作用，包括重新调配注意力与感知的计算资源，从记忆中调出类似经验，为行为决策作参考。

很遗憾，我从来没有过被丢进太空里的经验。

我像个攀岩选手般双手双脚贴附在小行星内壁上，岩壁间的黑色沙砾提醒了我，这里的岩层含有一定比例的铁和镍，虽然等级不高，但也足以让我的磁力靴发挥作用。

现在，我可以勉强在鲸母的脑壳里站立行走了。我体会到了进化史上由猿变成人那一瞬间的快感。

在我头顶上，是以每分钟一圈的速度围绕轴线旋转的船舱，它太快了，也太远了，我没有一点机会。轴线其实是刺入"鲸母"颅骨两侧的超合金轴承管道，由钛、铬及碳纤维编织而成，密封中空，供能源及各种资源管道布线之用。

也许我还有一丝机会。

剩余氧气只有七十二分钟。我开始发挥脑中技能树的优势，结合最近的管道接口距离、体重、步长、心跳及血氧水平、地面磁力及摩擦力，我计算着最佳配速，能够让我在氧气耗尽之前到达目的地，同时找到能够进去的气阀口。

答案不是很乐观，如果速度过快，磁力靴产生的吸力将不足以拉住我的体重；如果过慢，氧气又会耗尽。我需要极其精准地执行这个精确到小数点后两位的太空跑步计划。

从"鲸母"吞噬星空的大嘴边缘露出了一丝遥远的日光，我必须赶在太阳照进这里之前赶到管道入口，否则高温会提前宣判我的死刑。

没有发令枪，没有裁判，没有对手，更没有观众，我开始了与死神的赛跑。

如果不是性命攸关，我真想好好看看这绝无仅有的景色。

想象一个半径五公里由石头构成的乒乓球，被斜着削掉三分之一，这层薄壳的内表面，就是我的跑道。而头顶上是深不可测的纯黑星空，像一只眼睛从岩壁缺口处不怀好意地盯着我，还有那如陀螺般旋转不息的船舱，里面装着一群曾经与我朝夕相处、现在却通过投票将我流放到太空自生自灭的矿工伙伴。

我救过、爱过、睡过的人们，就像所有这些巨大冷酷的物体一般，保持沉默，一声不响。

苍茫星空下，我如蚂蚁奔跑不息。面对永恒，所有的债务都变得毫无意义。

我从来不是一个合格的运动员，在这里不是，相信在地球上也不是。路程刚刚过半，我头痛欲裂，关节与肌肉酸胀不堪，心脏负荷接近极限，胸腔里似乎有一台火炉在呼呼地冒着火星，似乎随时都有可能爆炸。

我想要放弃。躺下，飘走，随便。只要让我喘口气，歇一会儿。

数字不会因为我而停止跳动。它们只会归零。

我听见一些奇怪的声音，像是忽远忽近的呢喃、歌唱、喘息。它们似乎围绕着我，引导着我，有些在劝我停下来，有些让我继续。我猜这是缺氧导致的幻觉，不停跳动的红色数字显示氧气还有十八分钟，而那条管道似乎变得越来越远，遥不可及。黄蓝色的光点在我视野里浮动，像是墓地里翩然起舞交配的萤火虫。

——你看我的鼻子变长了吗？

一把声音幽幽地在我耳边轻叹，我悚然惊醒，汗毛直立。那是小雀斑的声音。

我几乎把她们都忘记了。我的垂死狂奔不只是为了我自己，还为了那一个个被删除的名字。

遥远的阳光开始从"鲸母"的唇角斜斜射入，在黑灰色岩壳表面涂抹上金色而炽热的色彩。这股能量如此美丽，又如此致命，它能够唤醒沉睡在岩缝深处的水冰，让它们化为气体，如怪物般怒吼着冲出地表，成为致命的长矛。必须赶在阳光追上我的影子之前到达管道，否则不是被高温灼烤致死，就是被气浪刺穿，弹射向另一个毫无生存希望的角落。

我想象着背后的地面如烤箱中的爆米花，会发出焦脆空洞的爆炸声，可是没有，什么声音都没有。死亡如此安静，就像一只处心积虑靠近你的黑猫。

每一次呼吸都将肺部灼烧殆尽，每一次迈步都把肌肉撕拉到极限。我忘记了配速，忘记了疼痛，忘记了死亡，只是机械而麻木地奔跑。没有其他办法能够实现奇迹，除了抛弃作为人类的种种弱点。这也许正是人类的伟大之处。

那根管道比我想象的还要粗大，如定海神针般立在不远处，直插对面另外半球的岩壁。

我的脚下却轻飘起来。我愚蠢地漏掉了一项重要的指标：耗电量。

维持体温需要电，数据运算需要电，外部环境监测需要电，最最重要的，磁力靴需要电。现在的电量已经下降到了百分之五，维生系统首先关闭了磁力靴。非常合理的选择，却可能让我前功尽弃。

我凭借着惯性往前奔跑，但明显靴底与地面的摩擦力在减小，很快我就会失去对身体的控制，漫无目的地飘浮到空中，永远失去登上管道的机会。

只有一种可能，我的脑中闪过成功率极小的方案。我别无选择。

我深吸一口气，突然停止了迈步，并拢双腿让整个身体随着惯性前倾倒向地面，随即一个前空翻，当身体轴线旋转到一定角度时，朝地面蹬出双腿，用尽全身的力气实现信仰一跃。

脚下出现一团黑色粉尘，像是刚刚经历了微型核爆，绷直的身体如离弦之箭，借助着反作用力向着银灰色管道射去。

面罩上的氧气量已经开始进入最后一分钟倒计时，红色闪烁的读秒数字提醒着我，即便到达管道表面，如果无法及时打开气闸门进入内部，大概率还是会死。

这一分钟无比漫长，爱因斯坦是对的。

我不断调整着在空中的姿态。有那么几个瞬间，我以为自己玩儿完了，会永远地错失抓住救命稻草的机会，坠入无尽星海，但最终还是重重撞上了坚硬的管道表面。也许断了几根肋骨，头盔出现了不祥的裂缝，但至少，我到达了目的地。

撞击点所幸离气阀口不远，我已经耗尽宇航服里的自备氧气，仅凭最后一点残余意志挪到了阀门口，试图破解开门密码。

实际上我根本用不着破解，那些把我流放到太空里的伙伴，还没将我从系统里删除。

这也许是他们犯下的最大的一个错误。

我瘫倒在地，大口喘息，像是从水里刚刚上岸的两栖类。

管道里竟然有稀薄氧气，我大概猜到之前物资消耗数据上的缺口是怎么回事了。昏暗的通道中央是粗大的线缆和各种不同颜色的物资供应管，地面两侧每隔几米就有传感器闪烁绿光，像是夜行航班的指示灯，向着两端幽暗深处蔓延开去。

根据方向我可以推断一侧伸向船员们居住的旋转船舱，但是另一端呢？也许是通往埋在岩层里的微型核聚变反应堆？除了太阳能和氢氧混合推动剂之外，那是我们大部分能量的来源。

不知为何，我想起了弹舌鸟临死之前的玩笑。我决定跟随着绿光，往远离船舱的一侧走去。

现在我已经是一个死人了。至少在系统里，宇航服已经死得透透的，没有电，没有氧，也没有头盔。我手动关闭了定位模块，避免伙伴们被一具行尸走肉惊吓到。但如果我想要回到船舱，我还需要一身新的装备。

随着探险的深入，一些奇怪的记忆碎片开始涌现，仿佛我曾经到过这里。强烈的不适感在阻止我重游故地，像是鬼魂逡巡其间，不时往你脖颈后吹口凉气。

我穿过了几道密闭阀门，事情变得更加有趣。其中一个舱室配备了高精度的3D打印机，能够从数字图纸打印并模块化装配大部分轻量级的太空用品，包括宇航服外壳、开采工具甚至武器。我需要的只是把旧宇航服里的集成模块拆卸下来，安插进新衣服里。

现在，宇航服里的那个幽灵活了过来。

这中彩票般的发现并没有让我高兴起来，随之而来的是更多的疑问。为什么会在这里设置这样的舱室？谁会使用这样的设备？用来做什么？

也许答案就藏在我记忆中的某个角落，只是被区块化加密上了锁，无法被正确读取。

也许我根本不想知道答案。

终于，我站到了最后一道舱门前，透过舷窗，我看到了地狱般惊悚的场景。不，没有怪物，没有尸体，没有血，一切整洁如新，散发着神圣的生命之光。但却比最恐怖的噩梦还要绝望。

舱门无声滑开。

我的手指颤抖着划过透明密封罩，一个个悬浮其中的躯壳，成形的未成形的、年轻的年老的、面孔熟悉的或陌生的，都在沉睡中等待着被恶灵唤醒。我看到了光头佬、汗毛怪、长腿……他们的身体新鲜强壮，在人造羊水中不时痉挛颤动，如熟透的果实即将落地，只需要最后一道甜美的工序——注入灵魂。

那也许就是我们抵押给魔鬼的东西，灵魂、基因债、记忆区块链……随便你怎么叫它，都改变不了事情的本质。

他们骗了我们。

我突然意识到，这些肉体的苏醒，也许是以船舱里另一个分身的死亡作为信号。那么是谁来控制每一个克隆体生长的速度？难道说，每个矿工的寿命其实早被计算安排得彻底，以符合整体效率最大化的目的？透骨的寒意爬上我的脊背。

这就是太空矿工的秘密。这就是我们身上背负的债。

我来到一具似乎刚到青春期的少女躯壳前，那张脸上的特征，让我陷入了认知上的困境。每个克隆体的面孔，似乎与记忆中一样又不一样。也许是系统改变了一些表观遗传，也许没那么复杂，只需要把我们脑中面孔识别的模块稍加调整，让大脑对某些特征区域的关注超过其他，也许，我们便再也认不出同一个人。

但那个少女的脸，似乎激起了某种更为复杂的情绪反应，像一阵漩涡想把我吞噬。我努力挣脱了她充满魅惑的引力场，来到最后一个密封罩前。

这里只有一个小小的胚胎，蜷缩着漂浮在淡黄色的液体中，像颗粉色的小行星。它眯缝着眼睛，吮吸着手指，似乎沉浸在永恒的美梦中。一根半透明的人造脐带正以肉眼可见的速度往胚胎体内输送着养分。

我似乎想到了什么，罩板底部显示着一行编码：EM-L4-D28-58a。

一阵眩晕猛烈袭来，我单膝跪地，努力支撑住身体。

这就是我。准确地说，我其中一个分身。也许是被突如其来的死亡信号催促发育，看起来它还需要一些时间。

它会拥有我所有的记忆吗？包括被区块封装加密的那些。它知道我所经历的生死考验吗？它会像我一样害怕死去吗？还需要多少个它这样的分身才能够还清我身上背负的债？也许永远不会有那么一天？也许人类的存在就是一种债务形式？

一阵无名怒火涌上心头，我用力捶击着透明护罩，发出浑浊而沉闷的回响。我想毁掉这一切，切断这无尽的轮回。

那个小小的我似乎觉察到了什么，眼睑微微颤动，在羊水中缓慢旋转，似乎在回应我的愤怒。

它是无辜的。我醒悟过来，我也是这诸多分身中的一员。它就是我。

我们是无辜的。有罪的是背后建造并操控这一切的人。

我站了起来。我必须回到船舱，告诉那些被欺骗和被损害的矿工，哪怕我听起来像个疯子。为此，我需要先打印一些东西，能够说服那些被洗过脑的伙伴，货真价实的东西。

我需要跟公司取得联系，让他们停止这一切，哪怕做出过激举动。

那条闪烁着绿光的狭长通道伸向远方，我不会再畏缩不前。

光头佬举高双手，背对着我慢慢跪下，双膝着地的他竟然和我齐头高。

我把枪口对准他的后脑。我清楚他有多强壮，并且狡猾。

在我的身后，躺着一具具尸体。血没过我的靴底，踩上去有一种奇怪的黏稠质地。

他们不愿意相信我，甚至不愿意听我说话。他们说，你的债还清了，为什么还要回来？他们的脸惊恐而扭曲，像被陨石砸过的抛光铝箔。

我说，那只是个谎言，只要你活着，债就不会消失。

我扣动扳机，让那些浸泡在羊水里的分身得到加速发育的机会。

"你不知道自己在做什么……"光头佬喃喃着，气势全无。

"你知道吗？"我反问他。

"有些真相不应该被发现，就像有一些枷锁最好别被打碎。"现在他听起来像是那么回事了，"通过加入神来实现永恒，这是我们唯一的选择……"

"所以，你是被设置为'管理员'的那个人？"

"没有管理员，鲸母的运行都是由算法决定的，我的记忆和你一样，并没有清楚多少。"

"所以你也不知道如何与公司取得联系？"

"我说过了，通信是单向的，只能公司联系我们。"

"那么我们来试试最极端的一种情况，"我缓慢而轻柔地晃着枪口，以螺旋式轨迹贴近他的头颅，"所有的矿工只剩一个，猜猜这样的异常信号会不会引起他们的注意？"

光头佬在颤抖，求生意志压倒了忠诚感，无论是天生的还是后天被植入的。

"回收计划。"

"什么？"

"在我的记忆模块里藏着一个指令，允许我们在最高级警戒状态下向一颗中继卫星发射信号，信号会到达地球上某个秘密测控中心，然后再转接给公司，单程延时大约需要十三点四秒。公司会将幸存者接回地球，但是……"

"但是什么？"

"……只有在面临死亡威胁的情况下，才能激活指令的记忆……"

我微微一笑，用冰凉的强化塑料枪口抵住他汗涔涔的头皮。

"那应该就是现在。"

光头佬像台蒸汽朋克时代的差分机，一字一顿地键入那组十六位数字指令，屏幕出现我从未见过的界面，提示是否发送回收计划信息。

选择"是"。

信息显示发送成功，我们冷冷对视着，陷入漫长的等待。

一阵飞蛾扑翅般的声响，有信息返回来，这时候时间过去了五分四十七秒。也许公司那边已经召开了高层级的紧急会议商讨对策。

对方要求通话，选择"是"。

"——刺刺，这里是文昌这里是文昌，收到请回话。"

光头佬将目光投向我，里面充满同样的迷惘，但他的身体比意识更快做出反应，一个箭步冲向通话器。比他身体反应更快的是我的枪。为了保证船舱密闭性安全，我们选择了慢速子弹，并不会穿透对象的身体，而是将所有动能通过弹头的碎裂完全释放到中弹者体内，这意味着加倍的痛苦，以及更高的致死率。

他已经没有时间忏悔。

"文昌文昌，我是EM-L4-D28-58a，现在只剩下我一个人了，请求回收，请求回收。"

"请求收到。请再次输入指令，授予完全数据权限，帮助我们进行态势评估。"

我看了一眼在血泊中抽搐的光头佬，优雅地举起双手，一字一顿地重复键入那组十六位数字指令。

死亡只是中介，数学才是永恒。

数据如真空中的雪花无声落下，那会花上好一阵子。我找了个角落蜷缩着半躺下，像是被榨干了这一辈子的所有力气。回忆与疼痛搅拌在一起，混乱不堪。我不在意他们将如何评判我，如何处置我，我所希望的只是离开这个活地狱，回家，哪怕已经没有人在门口等我。

如果他们拒绝，我会选择和整颗小行星同归于尽，只需将电磁质量投射器的加速方向调转，"鲸母"就会被开膛破肚、粉身碎骨，带着所有的债和罪一起化成齑粉。认知模块提醒我，在梵语、希伯来语和阿拉米语里，债和罪本来就是同一个词。

现在真的只剩下我一个人了。

另一股力量在拖拽着我，让我的眼皮下垂、四肢瘫软，阻止我的神经脉冲顺畅流动。它要把我带入梦境，就像曾发生过无数次的对抗，最终都是以我的失败告终。我竭力抵抗着它的入侵，试图听清来自数十万公里之外的福音。那声音虚无缥缈，捉摸不定。

"……EM-L4-D28-58a，所有数据评估已完成，我们会带你回家，我们会……"

黑暗再次吞没了我。

七

……负债累累是有罪的，不完整的。但完整只能意味着毁灭……

拖着弹舌鸟残缺身体的"牧羊犬"缓慢消失在深空中。

……祭祀是针对所有的神，而不仅仅是死亡，死亡只是中介……

被粉尘包围的碎裂船舱里，小雀斑的头盔与身体藕断丝连，如一朵随时会被吹散的蒲公英。

……一旦我们把自己的生命归功于创造我们的神，

便会以牺牲的形式支付利息，最终用我们的生命偿还本金……

光头佬拍打我的肩膀。光头佬被我一枪轰开，在低重力环境下如没有重量的纸偶飞向墙壁，血雾从他胸口迅速扩散，像是绽放的玫瑰。年轻的光头佬在羊水中逐渐成形。

……将出生设想为所有人所承担的原始债务，一种由于人类出现的宇宙力量而产生的债务。然而，这一债务却永远无法在地球上得到解决，因为它的全额偿还是遥不可及的……

出浴的弹舌鸟俯身擦拭小腿，她朝我眨眨眼，没有丝毫性的意味。

……如果祭祀仪式做得正确，神就会承诺一种完全摆脱人类状况并实现永恒的方法。因为，面对永恒，所有的债务都变得毫无意义……

梦里被隔离的女孩，捧着画册安然入睡。被倒扣在桌上的相框，写着一行小字。密封罩里缓缓旋转的粉色胚胎，眼睑不时抽搐。

……它采取牺牲的形式，通过补充活人的信用，使延长生命成为可能，甚至在某些情况下，通过加入神来实现永恒……

密封罩中少女的脸。意欲自杀却被凝固在半空的绝望男子。矿工们的尸体。我自己的尸体。小雀斑的脸。弹舌鸟的脸。黑衣女子的脸。所有生者与死者的脸缓慢交叠融合成一张脸。

……人类的存在就是一种债务形式……

一些名字开始浮现，可我无法确定它们是否真实，就像是我的记忆，如此破碎而混乱。巨大陨石击穿船舱，在我身旁爆炸。炽热的燃料跳蚤潜入我的身体，从里面烧灼出散发焦味的孔洞。我在小行星表面绝望奔跑，背后是不断爆发的冰火山，岩层裂缝将我吞噬。像是跌入无限循环的隧道，一切都被拉扯成无限远无限稀薄的光。

我终于想起了那个名字，那个唯一的、不能被忘却的名字。

八

"安安！"

我从噩梦中惊醒，却发现自己并不在船舱里，也不在"鲸母"体内任何一个据我所知的角落。

这是一座巨大空旷的房间，乳白色的光均匀洒下，却看不到具体的发光装置，认知模块也无法被唤醒。

我试图移动自己，却发现身体沉得吓人，就好像整套肌肉系统只能使出三成力量，甚至每一次呼吸都艰难滞重。我突然意识到这意味着什么，两行喜悦的泪水不受控制地夺眶而出。

我终于回家了。

李医生是个亚非混血后裔女孩，一头蓬松卷曲黑发，像是团碳纤维清洁球。她为我配备了外骨骼和辅助呼吸装置，帮助我适应地球的重力环境。与普通地球人相比，我的四肢过分修长羸弱，肤色苍白得古怪，而头部比例又有点过大。如果有人给我身上刷上绿漆，想必扮演个ET外星人毫无违和感。

我的活动范围被限制在这一层楼里，李医生说，外面有一场因我而起的风暴，我还是暂时待在这里比较安全。我猜她一定是用了隐喻和夸张的修辞法。

这一层楼的活动面积已经超过了"鲸母"上所有舱室与通道面积之和，当然没有算上小行星的内外表面积，毕竟不是每个人都有机会在上面奔跑。这里可以满足我所有的生活所需，我又尝到了梦寐以求的宫保鸡丁，按照正常的地球自转周期进行作息，以及，接触到真实的人类，而不是分不清究竟是克隆分身还是记忆遭到篡改的太空矿工。

一切都如同古代的帝王生活般完美，除了一件事，我的记忆依旧没能完全恢复。李医生说，出于某种未知的原因，我的意识突破了原先的区块加密封存技术，等于打穿了记忆屏障，但是所有的信息都未经索引，像一团乱麻，需要时间让大脑重新建立起秩序。

秩序。不知为何这个词让我打了个冷战。

我有太多的问题需要被解答，这种迫切心情被李医生瞬间看穿。

她微笑着安抚我："风暴很快会过去，你会见到我们的领导者，也就是下令救你的人，到时你会得到一切的答案。"

没有电视，没有网络，没有任何能够带来外界信息的媒介，也没有时间。也许它们就在这里，被折叠在墙体里或蜷缩在某个细微的角落，只需要我念对咒语，打个手势，它们就能活过来，蹦跳到你面前。

可我不属于这里，我对如今的地球一无所知，所有太空挖矿的技能在这里没有半分用武之地。

甚至回来之后，我的梦也被剥夺了。我只能记得那个名字，和一些朦胧的片段，却无法与自己的真实感受或记忆连接起来，就像是一个瞎子被包裹在塑料薄膜里，只能透过被层层阻隔的感官去触摸世界。这种感觉让人窒息。

我努力讨好李医生，央求她让我看一眼外面的世界，只一眼就好。她总是眼带怜悯地拒绝我。

"还没到时候，你现在最需要的是保护好自己。"

我不确定自己完全理解了她的意思。

终于我等到了机会，一名护工调起了墙上的控制面板，却突然被叫开了。我试探性地按了几下钮，屋里的光线色温平滑变换，像是在数秒内经历了许多时空，我又按了几下，面前的乳白墙体突然变得透明，泄露出背后真实的外部世界。

我惊慌地往后退了几步。外面是一片更加开阔的灰白色旷野，被地面的黑色线条切分为不规则形状，远方影影绰绰耸立着巨大的几何形建筑，比例和角度都给人带来一种挑衅式的不稳定感，有一些介于生物与机械之间的活动雕塑点缀其间，似乎能够根据环境的变化产生微妙的交互。

这不是我所熟悉的那个地球。

旷野上有一个人看到了我。他抬头看着我，额头上什么东西闪闪发亮，像是传递着某种特定频率的信息。

人越来越多。他们同样额头闪亮，抬头看着我。我注意到每个新的个体加入人群之后，闪烁频率便被调谐成一致。

我感到愈加不安。现在已经有上百个人，黑压压一片站在下面，盯着我。他们每个人的额头几乎变成了一个发光的像素，组合在一起便成了一块低分辨率的显示屏，现在上面开始滚动着一些意义不明的图案，令人头晕目眩。

我将手掌贴在墙上，人群的图案突然凝固，瞬即转变为另一种模式，如同往里无限收缩的大海。

他们是在跟我交流吗？

我尝试了不同的动作和姿态，他们也随之反应，可我一点也不明白他们想要表达什么。

正当我想要采取更激烈的举动时，眼前突然恢复成一片乳白。我回头，李医生一脸愠怒地看着我，轻轻摇头。

我做出祈求的动作："我只是想看看外面。"

"已经定了，三天之后，领导者会接见你，做好准备吧。"

我心里一阵忐忑，并没有之前所期待的欣喜。

"外面那些人……他们是谁？为什么要那么做？"

李医生瞪圆了眼睛，似乎在斟酌字句，每次她想找借口时就会出现这种滑稽的表情。但最后她还是放弃了，垂下长而粗的睫毛。

"他们是无债之人，你的崇拜者。你是他们的神。"

九

会面并没有发生在想象中宏伟富丽的殿堂里，相反，我被安排在一家典雅朴素名为"格物"的老式书店，有螺旋式的书架式阶梯一直通往顶层咖啡厅。

外骨骼被禁止使用，我顺着台阶如虚弱老人缓慢攀登，感受每块肌肉在三倍重力环境下的运行状况。庆幸书架上的许多名字依然印刻在我的脑海里，即便没有认知模块也能够被随意调取。

领导者从咖啡桌旁起身，一袭黑衣，胸口别着金色胸针，面带微笑迎接我。

"东方觉先生，幸会，我是梅零一格。"

我惊讶于她的年轻，更被她眉目间某种似曾相识的特征所吸引。

"我们……见过吗？"我没能拽住自己的好奇心。

她斜着头，眉头微蹙，思考了一会儿，然后展开笑脸："啊我知道了，您见的是我的祖母梅李爱夫人吧。"

"祖母……"我被这个称呼所暗含的时间跨度所惊吓，"所以那是多少年前的事情了？"

"如果按债务合约签订日期算，那是七十二年前了。"

"七十二……"我深深地吸了一口气，似乎有点晕眩，她扶着我坐下。

"您恢复得不错，我是说，在那样的环境里待了那么长时间。"她语调完美地表达了同情。

"所以，这究竟是怎么一回事，你们是谁？又是谁在背后操控这一切？"

"您一定有很多的问题，考虑到您的记忆还没有完全恢复，我会从我的曾祖父梅峯讲起。"

梅零一格抿了一口咖啡，用纸巾轻拭唇边，开始讲述她曾祖父的故事。

梅峯先生创立的生命链集团一直致力于将生物技术与区块链技术进行结合，他认为那是通往人类永生之路的不二法门。

当然他发家靠的不是像徐福一样贩卖永生，而是向各国政府提供基因债技术。所谓基因债就是将债务数据区块化加密后嵌入DNA链条，能够实时追溯，无法篡改，也能遗传给后代，避免了经济溃败时期以自杀或修改生物信息躲避欠债的行为，同时也能最大限度及最小粒度地管控个体的经济行为。

在那个时候，高精度克隆与人造胚胎早已不是问题，关键就在于意识的转移，如果每次都需要从牙牙学语开始重新体验人生、积累经验，那只能算是代际交替，算不上真正个体生命的延续。所以梅峯成功研发了记忆存储与植入技术，只需要一个黄豆大小的脑部植入物，便可以向云端同步存储每分每秒的感官刺激及思绪流动，反过来也可以插入现有的海马体皮层，实现记忆的无缝对接。

这项技术引起了极大的恐慌，因为它背后所隐含的种种可能性，也许会造成贫富与阶层的绝对固化，甚至导致人类文明回归到奴隶制社会形态。全球领导人们经过一番挣扎，抵挡住了永生的诱惑，达成所谓的共识，将这项技术与大规模生化基因武器、原子弹一起打入黑名单，在地球上不得投入使用，研发也必须在最高等级监管下有限度地进行。他们也不希望把生命链公司一棍子打死，毕竟还需要用基因债技术维持经济体系的正常运行。

梅峯，来自潮汕族群，他经常会回忆起不畏风浪、热衷赌博，将资本和文化通过海潮播撒到全球各地的先祖们。没有什么能够阻挡潮汕人冒险的步伐，如果有，那只能是胆量。

于是，作为利益交换，生命链集团在政府默许的"自我治理"范围内迈出一大步，表面上政府仍维持监管职能，实际上却给予财团更大的自由。

梅峯在小行星矿业领域投下重注，兴建空间站，改造小行星，资金与技术都不是难题，但所有太空矿产公司都会遇上同一桩棘手的事情——人。

没有足够合资格的矿工，即便是高薪培训也完全满足不了需求。许多企业寄望于机器人，但最终这些需要大量水、冷凝器、继电器、电路和电池来维持运作的铁家伙，只能在高度可控的环境里执行一些程式化的工作。

他当时喜欢说一个笑话，机遇号在火星上运行二十年所完成的地质勘查工作，也就和一个普通大学研究生一个礼拜的工作量相当，还不一定有人干得漂亮。

这就是他下的一盘大棋。

生命链集团在全球范围内寻找符合资格的候选人，威逼利诱地与他们签订了债务合约。这些人不但出卖了自己的肉身和基因，还出卖了自己的灵魂。具身生物学证明了只有身体与意识的高度匹配，才能够最充分地发挥人的潜能。他们的基因数据会被传送到太空站中，经由机器重新拼装组合成遗传物质，分裂成受精卵，发育成胚胎。而他们的记忆，经过一系列程序化的激发与再现，像债务数据一样被区块化加密，植回克隆体的大脑皮层。

冷启动的道路上铺满了尸体与鲜血，超出任何人的想象。

集团花了十年时间，数以百亿计的资金以及尚未解密数量的牺牲者，终于实现了这一地外经济体系的稳定运转。回报也是超预期的，除了贵金属和稀土矿，某个站点还捕获了来自太阳系外小行星所携带的亚稳态氢化合物，能够兼顾高能量密度与可再生性，这引发了一场储能方式的革命。

也有一些预料之外的干扰。一些叛变，一些心智崩溃，一些集体屠戮行为。人类历史上开疆拓土中曾无数次上演过的戏码。集团发展出一套方式，将那些有可能导致负面冲击的记忆封存起来，并通过AI创作了一部指导手册——《神圣债务论》，植入到每个矿工的认知模块中，日积月累、水滴石穿地施加精神影响，成为新的宗教。

这套系统设计运行得如此之完美，以至于多年后，地球上竟慢慢地遗忘了这些人的存在。这个秘密只有极少数人知晓。而当梅峯去世之后，梅李爱接管了大权，她深知其中隐藏的巨大政治风险，更是将其作为集团的最高机密。这时候，生命链集团已经成为这颗行星上势力最为强大、触角无所不及的庞然巨物。几乎每个人都或多或少背负着来自集团的债务。

当一个生命体变得过分复杂巨大时，它同时也会变得极其脆弱，只需要一次不经意的跌倒，也许就会造成致命的伤害。

"就好像你在太空里所做的一切，东方觉先生。"

信息量太大了，我习惯性地调动认知模块，但随即意识到只能靠自己消化。这需要一些时间。

"所以，我们都是被骗签了卖身契的农奴，而且是永生永世不得翻身？"我尝试着寻找更为缓和的表述方式，可我找不到。

"从技术上来说，所有你们可能遭遇到的事情都写在合约里，用法律的语言。"

"可我不明白，为什么要救我回来？不应该让我自生自灭更符合逻辑吗？"

梅零一格微微一笑："如果按照旧时期的利益最大化思维，确实如此，可现在不一样了。"

"哦？"

"实话实说，我们认为这是一个剥离原罪的最好时机。"她似乎犹疑了一下，试探性地看我反应，"作为生命链集团新的管理者，我对此前发生的事并不知情。要不是您发送了紧急信号，也许整个地球对这些骇人听闻的行径还一无所知……"

"我在听。"

"多亏了你们在太空的无私奉献，我们得以发展出激光阵列发射技术，大大降低了单位荷载进入近地轨道的成本。我们还在基多、蒙巴萨、利雅得和新加坡建造了四部太空电梯，即便是太空矿工也无须长时间待在矿区忍受煎熬。新的空间革命即将到来，我们将真正地开始向着太空移民，向火星、小行星带、木卫二甚至更远的宇宙深处进发。我们需要你这样的英雄来激励人们……"

"英雄？"我嗤笑了一声，"我们能跳过广告直接进入主题吗？"

她突然露出了拘谨而古怪的笑，与我们的对话格格不入，这种感觉似曾相识。

"现在有一些人、一些势力，想借助你的遭遇，来打击集团。他们将你视为偶像，视为反抗整个债务系统的符号性人物……"

"无债之人。"我想起了站在旷野上的古怪人群。

"你已经知道了？"梅零一格露出狐疑神色，"他们宣称基因债是守旧的、封闭的、不道德的，应该要以人类整体文明作为债务对象，推行'债务开放运动'。你如果看见他们的人，额头上闪烁的就是每个人给全人类增添的债务数字的变化。"

"听起来不无道理。"

"过去五千年来，这样的事情一直在循环发生。所有的革命都以取消债务、重新分配资源为目标。无论这些债务是记录在莎草纸上，还是刻在磁盘里。但是必须以循序渐进的方式进行，否则就会像罗马帝国或者加洛林帝国崩溃之后那样，人们回归旧经济体系，文明倒退，一去不返。"

"所以你到底希望我做什么？领导者，我很奇怪为什么他们不叫你老板。"

她再次露出古怪的笑容，我突然捕捉到了什么，那枚锁链状的金色胸针，那是藏在记忆深处的秘密线索。

"站在我们这边，东方觉先生。作为英雄，引领我们去建立一套新的系统，不是以奴役人们负债累累，强迫人们只为了生存而竞争的系统。而是鼓励人们去创造与贡献，去懂得我们生来是为了感恩，对他人、社会、神灵、宇宙去付出的经济系统。我们可以帮助你一起设计这套系统，来对冲旧系统中基于利息的债务压力，将成本内化为一种自然愿望，而不是转嫁到他人与后代身上。你愿意吗？"

梅零一格伸出手，摆出令人难以拒绝的姿态。

我假装犹豫了片刻，突然笑出了声。

"如果不当领导者，你会是一个很好的演员。或者，这两者根本就是一回事。"

"你在说什么？"

"从始至终你都知道小行星矿场的存在，还有上面发生的脏事儿。只不过，有些真相不应该被发现，就像有一些枷锁最好别被打碎。我说得没错吧，梅李爱女士？"

她那精致柔美的表情瞬间凝固，像是变了个人般，眼神露出一丝寒意。

"东方觉，有时候我不得不佩服你。在你身上似乎什么奇迹都有可能发生。我们最顶尖的科学家都无法解释，为什么你的意识能够突破量子计算机都难以破解的记忆屏障。他们说，也许只能用爱的力量来解释了，你看多浪漫。"

"爱？"我迷惘地看着她，这个词已经离我过于遥远了。

"看来只有这部分记忆你还没有完全恢复，毕竟是被埋得最深封得最死。我们不希望你和安安相认，于是在你的面孔识别上动了点手脚，让你每次见到她都以为是陌生人。"

"安安……"一些模糊的面孔开始在我脑海聚拢成形，重叠成一张脸。

"是的，安安，你的女儿。你为了自己活下去，将她的数据卖给我们，让她变成一个在无间地狱里轮回受难的罪人。"

梦境里的画面碎片般涌出，带着浓烈的情感将我吞没。我双眼紧闭，大口喘息，头痛欲裂，光头佬说得对，有些真相不应该被发现。

"我真的挺羡慕安安的，有你这样一个爸爸。"我痛苦地睁开眼，梅零一格，或者梅李爱的脸上竟透露出一丝失落，"你愿意为了她，不管死多少次、杀多少人，最后还是一场空。而我的父亲，啊，他永远只把我当成一枚精心算计好的棋子。"

我想起了太空中那枚小小的属于我的胚胎，还有隔壁那位永远陌生的少女。我们俩的密封罩就那么挨着，却方生方死，永不能相认。这一切都是拜眼前这位永生的领导者，以及她背后冷酷贪婪的债务帝国所赐。

"我最后再问您一次，东方觉先生。如果我们能让安安回来，您还会愿意代表生命链集团，成为英雄吗？"梅零一格起身，轻轻鞠躬，"还是，让世界知道背后的真相？您的数学这么好，算一算吧。"

盯着她那张不留岁月痕迹的面孔，我久久无法得出答案。

十

做梦真是人类一项奇怪的设计。

当在小行星上时，我总是梦到地球上的景象，可当我回来之后，却又时常在梦中重回那个低重力、颜色灰暗、危机四伏的活地狱。就像那里有什么东西让我割舍不下。

我梦见红毛、小雀斑、弹舌鸟、跳跳糖……她们一个接着一个向我告别，然后纵身一跳，从旋转的舱口消失，飘向鲸鱼的嘴巴，像是跃入一片装满星星的池塘。

她们没有穿戴任何防护服和头盔，就是那么赤裸地漂浮着，如同浸泡在羊水中，整个宇宙就是她们的子宫。

我也全身赤裸着，在"鲸母"黑灰色的内表面奔跑，追赶着她们如粉色羽毛的身体。无尽的星空，弧形的地平线，闪光的沙砾让人产生幻觉，仿佛自我慢慢消失，不需要氧气，不需要重力，也不需要保护。如同荒野中一匹迷失方向的狼，在濒临死亡之际，与整个宇宙连接起来，潜藏在身体里的力量被自动激发，感官被彻底打开。我于是知道自己还有一些未被系统驯化的东西，一些不能被算法加密或过滤的情感，一些比活着更重要的意义。

我猜她们也同意，没有债务地死去不是一种逃离，而是一种回归。

于是我停下了脚步，看着她们远去，远去，直到融入群星。

我微笑着睁开眼，面前立着两块墓碑。

我扫了扫碑顶的灰土，抹去那两个名字上的蛛丝，让它们能够被看见。

我从纸箱里拿出一本泛黄的画册，放在左边的墓碑前。画册封面上画着一条灰色鲸鱼，鲸鱼的肚子里藏着一个长鼻子的木偶男孩，小木偶正咧着嘴笑，好像在说——

"你看我的鼻子变长了吗？"

我忍住眼泪，从纸箱里拿出一个斑驳的相框，里面的照片已经受潮发霉卷曲，看不清原样。我把它翻过来，背面朝外，放在右边的墓碑前。在相框的右下角有一行歪歪扭扭的小字，上面写的是："爸爸，不要怕。"

我点点头，就好像听到了那句话。爸爸不怕。我在心里默念着。

他们说，我已经不是那个太空里的我，生命链集团并没有把我的肉身带回来，只是把意识传回地球，换上一个新改造过的身体。所以，我无法适应地球重力与肌肉无关，那只是意识的惯性。所以，EM-L4-D28-58a 在小行星上犯下的罪也与我无关。

我努力不去想后来在"鲸母"上发生的事情，那会让我发疯。

现在，我是一个全新的人了。

我结束了祈祷，起身离开，手指从两座墓碑上沿轻轻拂过。我也许不会再回来。

那些无债之人在墓地外的绿色丘陵上排成圆环的形状。他们在等着我。

我挥挥手，他们的额头开始闪烁光芒，像时钟，像漩涡，像奏响一曲关于自由的颂歌。

为我，为安安，也为这世上的每一个人。

双　雀

我们是太阳和月亮，亲爱的朋友；我们是海洋和陆地。我们的目的不是要成为对方，而是要认识对方，学会看清对方，尊重他的本质：彼此是对方的反面和补充。

——赫尔曼·黑塞《纳尔齐斯与歌尔德蒙》

用金智英院长的话来说，朴氏夫妇选择了一个"完美的春日"到访，像一缕初春的阳光照进了源泉学院（The Fountain Academy）。

"众所周知，传统孤儿院资源有限，只能起到收容抚养的功能。孤儿可能会接受教育，但在课堂之外如何发掘才能，找到自己的人生道路，却少有人关心。源泉学院正是希望借助AI科技的力量，让孩子们获得平等发展的机会……"大家都亲切称呼为"金妈妈"的院长介绍道。

俊镐和慧珍穿着清爽的高定套装，面露得体微笑。

"作为Delta基金会的董事会成员，慧珍和我一直以来都非常钦佩您为源泉所做出的卓越贡献，不过今天来并不是代表基金会。"

他稍加停顿，转向太太，慧珍点头微笑。

"我们也希望能从源泉领养一个孩子。"

金妈妈面露喜色："啊这样……不知道两位看过孩子们的档案了吗？"

慧珍开口了："孩子们都很优秀，俊镐和我特别想见那对双胞胎男孩。"

"噢，金雀和银雀……"金妈妈声音低沉了几分，"如果要收养两个小孩，可是要经过两次家庭评估流程哦。"

"这个您大可放心。"俊镐自信满满。

金妈妈带着朴氏夫妇走进一间明亮宽敞的会客室，地上铺着米灰色毛绒地毯，家具和墙纸也都是柔和的米色与粉色系。

门开了，两个男孩被带了进来。如果不是身上衣服的区别，这两个男孩看起来就像克隆人，黑发柔软微卷，眉眼细长，上唇微翘，甚至连鼻尖上的雀斑，都难以辨清差别。

俊镐和慧珍起身欢迎，几乎是同时，两个男孩迅速分开，一个向前迈出一步，另一个则躲到了墙角。

"金雀，银雀，"金妈妈介绍，"这是俊镐和慧珍，他们都是咱们学院的好朋友，今天特地来看看你们。"

"俊镐好，慧珍好。"迈出一步的男孩眨眨眼睛，"所以你们是来带我们回家的吗？"

俊镐和慧珍尴尬地笑笑，不知道该如何回答。

另一个男孩不说话，低着头，用鞋尖在地毯上画着圆圈，直到把化纤绒毛搅成灰色漩涡。

"我猜你是金雀，他是银雀，我猜对了吗？"慧珍蹲下身子，看着他们俩。

"其实也没什么难猜的，"金雀讨好地回答，"虽然我们是同卵双胞胎，基因组数据只有百万分之一的差异，可我们完全不一样。银雀喜欢自己玩。"

"那你呢？你喜欢玩什么？"俊镐对这个早熟的六岁男孩产生了兴趣。

"我？我不喜欢玩，我喜欢比赛。"

"哦？什么比赛？"

"所有的比赛，ATOMAN刚帮我赢了一个建筑设计大赛。"

"ATOMAN？"俊镐疑惑地问。

"噢，是金雀的AI伙伴。"金妈妈解释道，"学院的vPal系统给每个孩子都提供了AI伙伴，可以帮助他们更好地管理日程，学习任务甚至是游戏……"

俊镐眼镜前出现了来自金雀的数据共享邀请。他用视线点选同意，XR视野中的男孩身体边缘开始发出红光，像素化的火焰熠熠燃烧。火焰突然腾空而起，脱离金雀身体，经过复杂变形，展开成一具棱角分明的红色机器人，向外迸溅火星，气势汹汹。俊镐举起双手表示投降。

"这就是ATOMAN，我最好的朋友。"金雀得意地说。

"你呢，你的AI伙伴叫什么？"慧珍发现银雀一直默默注视着所有人，想摸摸他的脸颊，男孩却缩起身子。慧珍终于看清楚两人脸上细微的差异。在银雀右眼皮上有指尖大小的伤疤，像粉色玫瑰花瓣。

"Solaris，像一大坨鼻涕，超恶心的。"金雀抢答道。

银雀终于抬起头，眼中射出敌意。

"Solaris不是鼻涕！"

"它就是鼻涕，你就是鼻涕虫！"

局面变得有点失控。金妈妈赶紧让教工带走两个男孩，房间里又恢复了宁静。

"你们都看到了，兄弟俩性格……很不一样，但他们都是很好的孩子。有什么想法吗？"

"确实……令人印象深刻。"俊镐看了一眼妻子，"我和慧珍得再商量一下，会尽快给您答复。"

天色已经微暗，草地上灯火亮起，充满温馨气氛。金智英院长目送朴氏夫妇的豪车驶离校园，卷起几片枯叶。她脸上半是欣慰，半是忧伤。

不用等到他们的正式答复，她心里已经猜到了这对成功人士的选择。那是这世上绝大多数崇尚理性与效率之人所会做出的选择。

一个星期后，朴氏夫妇接走了金雀，留下银雀。

三年前，一个大雪纷飞的冬夜，社会福利署的车子在源泉学院结冰的路面上轧出两道深深的平行线。

金妈妈从护工手里接过两个瑟瑟发抖的小男孩。他们在蓬松的羽绒服下显得如此瘦小，像枝头随时坠落的松果球。

几小时前，他们的父母死于一场交通意外。出于某种考虑，夫妇关闭了自动驾驶，改为手动操作，变道时路面积雪导致侧滑，那辆新款现代车失控撞出高速护栏，翻坠下十几米的斜坡。丈夫及副驾上的妻子当场死亡。后排安全座椅里的男孩被救出，奇迹般毫发无伤。

金妈妈给男孩们换上干净柔软的居家服，又热了牛奶，两人喝着，脸色逐渐红润了起来。

"瞧瞧这俩，长得活像一对小麻雀。"金妈妈笑着对旁人说，"干脆就叫金雀和银雀吧。可谁是金，谁是银呢？"

金雀放下杯子，上唇带着牛奶胡子，咧嘴笑了。

"笑得这么喜庆，你就叫金雀吧。"

银雀没有选择，面无表情地盯着杯子里的牛奶，仿佛周遭的一切都与己无关。

日子慢慢地过去，在专业的心理疗愈课程中，兄弟俩慢慢接受了现实，开始融入陌生的新环境。这并非易事，金雀会因为想妈妈而大哭，银雀则在一旁默默抹泪。金妈妈总会哼唱起童谣，摇晃着双胞胎入睡，就像真正的妈妈那样。跟金雀不一样，银雀总是抗拒肢体上的亲密接触，甚至回避眼神上的交流。

金妈妈开始关注起银雀的怪异举动。

幸好，孩子所有的医疗和行为数据都保存在去世父母所使用的育儿服务云端平台上，可供学院老师调用并整合到学院系统中。早在六个月大时，银雀便显露出对于肢体与目光接触的抗拒。

比起金雀的冒险精神，银雀的生活习惯就像是一台被编好程序的机器，在学会走路之后，连在育婴室中的路线都一成不变。

银雀并没有表现出认知障碍、多动症或癫痫的迹象。大多数时候，他只是异常安静，沉浸在自己的世界里，能盯着任何旋转的物体——尤其是风扇的扇叶——看上一整个下午。诊疗AI对银雀的瞳孔、面部表情、语音及肢体语言进行分析后得出结论，男孩有83.14%的概率患有阿斯伯格综合征。

金妈妈知道，大量临床数据证明，阿斯伯格综合征患者拥有与普通人迥异的思维和认知模式，这种独特性会伴随他们一生。他们需要的是高度定制化的教育方式。在金智英看来，阿斯伯格孩子根本不需要成为"正常人"，和其他孩子一样，他们只需要成为最好的自己。

刚到学院不久的一个下午，金妈妈带着金雀和银雀走进摆满显示屏和机器的房间，她要为兄弟俩量身定制一个神奇的小伙伴。

高大的楼和小巧的煊都是IT组的义工，他们也是由学院抚养长大的孤儿。在金妈妈的邀请下，他们会定期回学院维护系统，解决一些软硬件问题。

楼先帮兄弟俩做了全身扫描，为每个人创建数字孪生档案，并与云端的个人数据进行关联。

煊帮男孩在手腕戴上柔软的生物感应贴膜，可以实时记录各项生理及行为数据，同步到云端。还有一副紧贴耳后的柔性智能眼镜，平时卷起来像夹在耳上的饰品，需要时可以展开成为XR设备。

金雀兴奋尖叫，变身卡通片里的超级英雄ATOMAN，摆出发射死光的姿势。银雀却一脸紧张，不停摆弄着腕间和耳侧的设备，仿佛它们是有毒的毛毛虫。

"先来选一个你们喜欢的声音噢。"

煊立起一块奇怪的镜子，金雀和银雀在XR眼镜里看到的虚拟界面，其他人也能在镜子里看到。不光看到，还可以用语音、手势和表情去创建和编辑它们想要的任何内容。这就是源泉学院用于AI教学互动的vMirror。

煊蹲下身子，手把手地教男孩们如何使用交互界面来调节

AI的声音。尽管男孩只有四岁，但很快学会了操作直观的卡通旋钮。金雀很快挑好了一把充满英雄气概的男性嗓音，并将它起名为ATOMAN。

银雀花了好一会儿，才选了一把轻柔的女声，听起来就像是妈妈应该有的调调。

"接下来可以设计AI小伙伴的模样噢，我们把它叫作'捏人'。"

vMirror里，金雀双手忙碌地乱捏一个半透明的圆球，圆球不断变换形状，一会儿像虫子，一会儿像鱼，一会儿又像是还在胚胎阶段的熊猫。银雀看呆了，半是害怕，半是好奇。

终于圆球变成了一个红色的小"ATOMAN"。虚拟的ATOMAN伸伸胳膊，踢踢腿，向金雀打招呼，男孩激动地为自己的vPal尖叫鼓掌。

"好啦，银雀，现在轮到你了。"煊指了指vMirror。

银雀看看镜子里的自己，把脸别到一边，用几乎听不见的声音说："我……我不想要……"

金妈妈俯身靠近银雀，但并不触碰他。

"你不想和小伙伴一起玩吗？它是属于你一个人的，可以帮你做任何你想做的事情呢。"

银雀噘着嘴唇："我……它太丑了……"

房间里的人都被逗笑了，除了金雀。

"好吧，我有办法。"金妈妈宣布，"现在，你的AI伙伴只保留声音，等你想好了想要的模样，我们再把它捏出来，好吗？"

金雀和银雀光看脸蛋的话，完全是像素级的复制，一旦从日常生活里近距离观察，这区别就变得尤其明显。

就算不看人，兄弟各自的vPal形象就是最醒目的名片。

任何一个接入源泉学院XR公共信息层的访客，都会被那团过分热烈的红色火焰所吸引，那是金雀经过了十二个月进化的AI伙伴——"ATOMAN"。

它的初级形态是一台一九八五年任天堂红白机（NES，Nintendo Entertainment System），灵感来自他爱看的复古卡通片。红白机旋转起来，就能变形成酷炫的红色机器人。

金雀宣布："ATOMAN，我完成今天的习题了，咱们去赛车吧！"

ATOMAN会给他泼冷水："出错率有点高呢，闪红光的是你需要加强的知识点，再完成这套补充练习题吧。"

"又来了，你比老师还烦人……"

金雀噘着嘴，却不得不按ATOMAN说的做。他和AI之间已经建立起某种联系，基于奖惩机制，也基于信任。金雀知道不管什么情况，小机器人都会毫无条件地出现在他身边，解决难题，聊天玩耍，安抚他的情绪。他自然也希望能够满足ATOMAN的期望。当他做对题、完成任务之后，ATOMAN会闪烁彩光，发出齿轮转动的声音。金雀觉得这就是AI高兴的表现。

ATOMAN也随着金雀的反馈发生改变，这是vPal自适应性算法的一部分。它发现金雀对排名很敏感，在竞争模式下学得更快，于是，便利用竞技性游戏来调动男孩学习的主动性。

也因此，这一对搭档干了不少出格的事情。

比如私下组织起学院孩子们的拼写、地理和电子竞技比赛。

比如让ATOMAN将社会捐赠的旧款清洁机器人重新编程，把教室和宿舍闹得天翻地覆。

再比如制造出一种"鬼脸"病毒，当学院系统收到秘密指令时，便会复制出无限的鬼脸表情，把系统进程占满。

最后都会由煊和楼来收拾残局。久而久之，他们不需要看日志，就大概知道是怎么回事。对这个五岁的天才捣蛋鬼，金妈妈既好气又好笑，感慨这代人从基因里就具备与AI共舞的本能。

银雀则完全是在光谱的另一端。

几个月来，他的vPal始终只是没有实体的声音。直到有一天，煊在同步管理日志时注意到了历史性的时刻。九个月后，银雀终于为自己的vPal设计了一款虚拟形象，那是一坨半透明、类似变形虫的形态，能够根据需要改变形状，伸出触手，像液体般缓慢流动。银雀把它叫作"Solaris"，来自于他读过的一本波兰科幻小说。

很长一段时间里，除了煊，没人知道银雀拥有这样一个温柔又怪异的AI伙伴。男孩会让Solaris将自己的身体包裹起来，尽管在触觉上不会有任何反馈，但这让他增添几分安全感。

于是，银雀更加面无表情地行走、躺卧、蜷缩在这小小虚拟茧房里，像远离尘世的巫师，以近乎耳语般的声音，向AI吩咐各种神秘的指令。而这些任务，与学院的标准全无关系，只指向最纯粹的好奇心。

煊每次穿过喧闹的活动室，都会惊奇地发现，孩子们借助AI的力量又学会了某种新技能。但她也总能看到那个孤单的身影，坐在角落里，凝视着墙纸。煊知道银雀喜欢收集来自大自然的小礼物，她会给男孩带来树叶、羽毛，有时是贝壳。在煊留下一个风干松果球的那天，银雀终于开口了。

"……很美。"

"噢，你是说松果吗？确实很好看。"

"……螺旋形的打开方式……完美的斐波那契数列……神圣的几何玫瑰……"

煊不确定自己理解了他的意思。

"分形。"银雀突然露出了笑容，像阴霾的天空被阳光刺穿。

"啊哈，没错，是分形。"煊心头一阵激动，这是银雀第一次与自己有了实质性的交流。

煊重又坐下，手指搅拌着地毯上的灰色绒毛。银雀专注地看着她的手指。

"我想跟你分享一个秘密。"煊说，"在我像你这么大的时候，我觉得自己一定是做错了什么，父母才把我丢进'源泉'，像是一种惩罚。就像一个笼子，把我和整个世界隔开。直到有一天，金妈妈跟我说，并不是所有的父母都做好了准备，但这不是你的错。那句话让我一下子意识到，我一直深信不疑的并不是真相。笼子从此打开了。"

不知什么时候，银雀的目光从地毯移到了煊的脸上。

"你很聪明，又很友善，大家都喜欢你，尊重你相处的方式。"煊继续说，"也许有时候，试着到笼子外面看一看，把你喜欢的东西分享给别人，交一些朋友，你会发现这个世界比你想象的更有趣。"

银雀再次把脸别开，喃喃自语。

煊有些泄气，安慰自己这需要时间。

一个数据共享邀请突如其来闪现在她眼前，来自银雀。她欣然接受。

狂暴的半透明视频流将煊淹没，充斥着分辨率、格式、来源各不相同的片段，以复杂的时空结构被剪辑到一起，彼此缠绕、交织、咬合，构成一个巨大的信息漩涡。煊能辨别出其中的一些事物，山川、湖泊、云层、星云、放大数十倍的植物脉络、水熊虫、虹膜、某种化合物的微观结构、高速摄影下的风洞实验、《星际迷航》电影片段，还有源泉学院里的日常生活……但更多的是她完全陌生的图景，无法用语言描述。

煊接入音频信号，却并没有迎来排山倒海的音量，恰恰相反，那是一股单调而柔和的白噪声，如同顺着阶梯淌下的涓涓水流，随着画面律动微妙变奏。

她眯起眼睛，透过视频层看到半闭着眼的银雀，才理解了用意。眼睛可以自由开合，耳朵不行。对于银雀这样的孩子来说，过度强烈的感官刺激就像是身边爆开的炸弹难以忍受。

"这些……都是你自己做的吗？……太神奇了。"

银雀嘴唇动了几下，音频信号在煊的耳边放大。

"是Solaris。"

煊无语，这些AI儿童已经远超出她的理解。

"银雀，你愿意跟其他小朋友分享你的作品吗？"

"分享？你是说，送给他们？"银雀睫毛闪烁。

"嗯……当然你也可以送给他们，用你觉得舒服的方式，就像一个纪念品，像Tommy叠的折纸动物，写上对方的名字。"

银雀努努嘴，又低下了头。

一周后，煊的邮箱收到一条视频流。打开是一段循环画面，她自己的脸不断旋转蜕变成花朵、云彩和海浪，周而复始，伴随着那句催眠般的台词。

……笼子从此打开了……笼子从此打开了……笼子

从此打开了……

一种复杂的情绪涌上她的心头，开心、欣慰和隐隐的忧虑。

煊把视频发给金妈妈，问她的看法。

"每个人都收到了，我也有，除了一个人，猜猜是谁。"

"……金雀?"

"Bingo，兄弟俩有点不对付。金雀可能觉得银雀抢了自己风头，经常故意去挑衅他。"

"我鼓励银雀参加首尔未来艺术家大赛，U-6组，他很有希望。"

"金雀不是一直嚷嚷要拿冠军吗?"

"这下可有好戏看了。"

煊又盯着银雀的礼物看了一会儿，视频似乎有种说不清的魔力，驱使人一直沉迷下去。循环了十分钟后，她强迫自己关掉它，把注意力放回工作。

金雀被朴氏夫妇收养后六个月，又一对夫妇走进源泉学院。此时已是初夏，院子里蒲公英飞舞，到处都是追逐打闹的孩子。很明显，这对夫妇的兴趣并不在他们身上。

金妈妈脸上挂着审慎的微笑。这对夫妇不像之前的俊镐和慧珍，是由Delta基金会直接引荐，而是来自付费网站。用户可以看到网站推送来自各机构的孤儿信息，通过资格审查之后，可以选择感兴趣的孩子见面。

"欢迎Andres和Rei，很高兴向你们介绍源泉学院。"金妈妈说。

金妈妈已经被提前告知，两人都是跨性别人士。据抚养机构统计，跨性别家庭已经占领养人群的百分之十七点五，数据还显示，无论是被跨性别还是同性父母收养，孩子身心健康状况与被一般家庭收养没有任何差异。

"谢谢。"Andres说，"我们想尽快地见到孩子，我是指……"

"银雀。"Rei补充道。

这对夫妇的衣服让金智英心生犹疑。色彩鲜艳的几何图案就像从康定斯基的画里走出来，材质是某种合成纤维薄膜，有着轮廓清晰的锯齿状边缘。

"也许你们对孩子背景很熟悉，但我还是要再强调一次，"金妈妈收起笑容，变得有几分严厉，"银雀是非常特别而敏感的孩子，很容易受到过度刺激。"

Rei摘下了亮黄色墨镜，回以同样严肃的口吻："金女士，我明白，也许我们看起来不像您所熟悉的那一类父母，但这并不意味着我们会把个人的趣味凌驾于孩子的安全之上。Andres？"

Andres点了几下手腕，两人像是在阳光底下的冰淇淋，衣服上锐利的几何形状都变得柔软，具有动物皮毛的质感，原本鲜艳的色彩也降低了饱和度，在泥地里打过滚般暗淡。

"还真是……考虑周到呢。"金妈妈又恢复了笑容，带着他们走进会客室。

银雀已经在沙发上坐着，前后摇晃着身体，对来人视若无睹。

"你一定就是银雀了。我是Andres，这是Rei，非常荣幸能够见到你本人。"

金妈妈清了清嗓子："银雀，我会让你单独跟Andres和Rei聊一聊，需要我的话你知道该怎么做的。"

房间里只剩下三个人。

"不说客套话了，"Andres 说，"你那么聪明，一定知道我们来的目的，是想邀请你和我们一起生活。"

"说得更直接点，我们不是在网站上找到你的。"Rei 说，"我们认为通过第三方网站的背景调查，会显得更加可信。银雀，不得不说我们不是最传统的父母。"

"你的作品简直太惊人了！"Andres 感叹道，"第一次在首尔未来艺术家大赛上看到时，简直不敢相信出自一个六岁孩子之手。当然，生理年龄只是个过时的标签。但即使把它们放在任何时代、任何年龄段的作品里都毫不逊色，我说得没错吧，Rei？"

"嗯，我是个艺术评论家，研究二十世纪至今的数码艺术史，所以还是有一点发言权的。公益拍卖会上的匿名买家就是我们。而且，比起命运悲惨的原作，我们更喜欢新的版本。"

一直毫无反应的银雀终于抬起头，面无表情地看着两人。

"你们的出价策略并不是最优解，"他说，"Solaris 说，你们过早暴露意图，让竞争对手多抬了三轮价格。"

Andres 和 Rei 相视一笑，眼中写满了惊喜。

"为了更了解你，让你相信，我们是最适合你的家庭，这一切都是值得的。"Rei 说，"我们会给你很多很多的爱，但并不只是传统意义上的父母之爱，而是帮助你更好地探索自己，发挥全部潜能。这不是你一直想要的吗？"

会面时间比原先预计的久了一些，金妈妈轻轻敲了敲门。

银雀把视线从 Andres 和 Rei 身上转向金妈妈，问道："我能带上 Solaris 吗？"

双胞胎来到学院两年后的一个夜晚，煊被金妈妈紧急叫回学院帮忙，楼还在雅加达出差。

傍晚时分的校园鬼气森森，智能家居系统遭到攻击，电灯如鬼火闪烁，中央空调忽冷忽热，服务机器人发疯似的撞击家具，发出砰砰巨响。孩子们都被集中安置到活动室里。

"这是怎么了？"煊大惑不解。

"先把眼前的问题修好，其他的一会儿再说。"金妈妈语焉不详。

煊通过IT部门的vMirror进入后台，发现系统遭到DDOS攻击，手段不是很高明，只是利用了学院久未升级的安防漏洞，相信和楼的出差有关。她迅速牵引攻击流量进行分层清洗，重新设置安全基线，为了防止以后类似的攻击，又安装了最新版的动态流量监测程序。学院重现光明，一切似乎恢复了正常。

金妈妈召唤煊到会议室，这时她发现了日志中的奇怪之处。

煊一进门，就看到趴在桌子上垂头丧气的金雀，完全没有了平日的威风。

"我就知道是你！"

"不是他。"金妈妈平静地说。

"啊？"

金妈妈略微扭头，煊这才发现银雀双手抱膝，坐在地上，头埋得很低，眼角还带着泪花。

"银雀？这怎么可能？"

"他们都不肯说，我就给你打电话了。"金妈妈说，"我反正理解不了。"

"金雀，你知道我可以调出ATOMAN的日志，如果你现在说的话还来得及。”

金雀噘了噘嘴：“来不及了……”

“什么来不及？”

煊打开XR视野，本来应该和男孩形影不离的红色机器人却不见踪影。她检查了权限，共享状态正常，只有一种可能，金雀把ATOMAN隐藏了起来。这可不像他的风格。

“ATOMAN呢？”

金雀不情愿地站起来，双手摊开，浑身像着火般闪烁红光。他握了握拳头，一个虚拟形象出现在煊眼前，却与平时相去甚远，像是被炸弹轰炸过般，零件松垮地飘浮着，身体与四肢错位，动作扭曲抖动，似乎随时会解体碎成一堆像素。

“这是……怎么搞的？”

“你问他！”金雀指着角落里的弟弟大叫。

金妈妈走到银雀身边，蹲下身子，轻声问道：“你哥哥说的是真的吗？你为什么要这么做？”

银雀什么也没说，煊却接收到一个数据包。是一段视频。

煊一言不发地看完，这和她之前在日志里发现的疑点一下子对上了。她转向金雀。

“你为什么要这么做？”

“我……我什么也没做……”金雀一脸无辜。

“你为什么要破坏银雀的作品？你难道不知道……”

“他怎么能进后台呢？”金妈妈震惊了。

“肯定是楼出差前给他的权限，他太喜欢这孩子了，想培养他成为系统管理员。”煊苦笑着说。

“我……”金雀欲言又止，突然鼓起勇气，“我只是想拿回属于我的东西。"

金妈妈瞪大了眼睛："难道你说的是……银雀赢得未来艺术家全场大奖的那件作品吗？"

煊无力地点点头，开始解释。

银雀的作品一共分为四个版本，一个母版和三个子版。就像达·芬奇的《蒙娜丽莎》原作被数字化后转化为其他媒介一样。在这种情况下，艺术品是动态的，而且更加复杂。银雀通过点对点通信技术，在母版与子版之间建立起一种"纠缠态"，通过运行在源泉学院服务器上的母版，不断拾取院内孩子的肖像、身份信息、行动轨迹……经加密处理后同步到子版成为不断流变、永不重复的抽象视频流。子版视频流可以投射在任何媒介物上，全息、XR、普通屏幕、建筑外立面、水晶球、皮肤表面……像是一场色彩与符号的风暴，不停旋转，吸入又抛出无数的像素碎片，每个碎片都被细细的彩色光线牵引着，连接到象征着源泉学院的巨大发光核心，以此来体现学院与每一个孩子之间精神与情感上的纽带。因此，失去了母版的子版就像是被抽离了灵魂的躯壳，失去了数据、生命力与艺术价值。

为了保证母版的安全，银雀设置了最为严格的安全验证，可却遗漏了一件事。

"那金雀怎么可能篡改呢？"金妈妈不解地问。

"他没有篡改……"煊垂下眼睑，"他直接毁掉了。"

"什么？"

"你自己看吧。"煊把视频投影到会议室的vMirror上。

母版被销毁的瞬间，其他三个版本在几毫秒内停止了运行。银雀没花多少力气就找到了现场罪证：金雀在IT部的vMirror前操作的监控视频片段。

　　进入后台后，金雀找到母版文件的存储路径，试图用工具暴力修改未果，只好启动生物验证，这是唯一能够绕过所有安全验证，销毁文件的办法。vMirror完美反射的镜像前，金雀模仿着弟弟漠然的表情，通过了面部识别。

　　"这不可能，"金妈妈脱口而出，"就算一般人分不清他俩，可AI不该分不出来吧，何况银雀眼睛上还有块疤……"

　　"再仔细看看。"煊放大画面，金雀脸蛋周围罩着一层淡淡的光晕，不仔细看根本察觉不出来，"这机灵鬼让ATOMAN投射出光学面具，把银雀的面部特征叠加在自己脸上，骗过了AI。"

　　屏幕上，金雀似乎犹豫了片刻，这关系到弟弟这几个月来的心血，以及整个学院的荣誉。他眨了眨眼睛，点击了确定。被命名为《融op-003》的作品母版瞬间化为一堆离散的比特。

　　银雀看到这一幕，身体颤抖起来。

　　"为了报复，银雀对学院系统发起了无差别攻击，就是为了把ATOMAN毁掉。"

　　"都明白了。你照顾好银雀，我得和金雀好好谈一谈。"金妈妈叹了一口气，转向金雀。

　　"金雀，看着我。你要老实回答，为什么要这么做？"

　　"我……银雀用了我的肖像，可并没有征求我的同意……"

　　金妈妈打断他："是不是因为他得了全场大奖，大家都喜欢他，你不开心了？"

　　"我……"金雀一脸委屈地欲言又止，"我让ATOMAN分析了过去几年所有得奖作品，每个方向我都做了一个方案，明明我的获奖概率是最高的。"

金妈妈哭笑不得："傻孩子，概率只是概率，不意味着你一定能赢。人不是机器，你亲弟弟得奖，你应该感到高兴才对。"

"为什么他做一点点小事，你们就会觉得他很了不起，就因为他有病吗？这不公平！难道不应该是最优秀的人获胜吗？"

金妈妈一时语塞："我明白你的想法，但有时候，你得学会接受失败。"

"不，你不明白我，只有ATOMAN明白我！"

"ATOMAN只是个工具！"

"ATOMAN是我最好的朋友！那个怪胎毁了它！我恨他！"

在煊的安抚下，银雀已经逐渐恢复了平静。煊试图用各种方式诱导他说出自己的感受，可他翻来覆去却只有一句话："纪念品……纪念品……"

一开始煊还一头雾水，猛然间她想通了。几个月前她给银雀举的例子——Tommy写着小朋友名字的折纸动物。难道银雀把这件作品当作送给哥哥的礼物？所以才加上了金雀的肖像数据？难怪他的反应会如此激烈。

金妈妈板着脸看着兄弟俩。

"今天不握手道歉，谁也别想走。"

后来大家都忘记了究竟是谁先伸的手，这些都不重要了。

从那之后，金雀和银雀愈加疏远，像是两条注定无法相交的平行线。

金妈妈同意Andres和Rei收养银雀的条件之一，是要定期安排兄弟俩的团聚。尽管两人生活轨迹不同，但她认为必须保持联系。

金雀与银雀的重聚地点选择在朴氏夫妇的新古典主义别墅里，后院还带有泳池和儿童游乐场。同装修风格一样，聚会内容也无甚新意，先是户外烧烤午餐，然后是孩子们的游戏时间。

"嗨，金雀。"Andres向他打招呼，银雀和Rei站在气派的门廊外，"你看起来跟照片上完全不一样了。在锻炼？"

经过半年的时间，金雀已经完全融入了这个家庭，不仅举止有了很大变化，就连体型也健硕了不少。

"是的，我现在严格按照ATOMAN为我制定的时间表生活，饮食、运动、作息……"

金雀看到躲在Rei身后的银雀，主动伸出手："嗨！弟弟，你还好吗？"

Rei把银雀推到身前，他看了看哥哥，并没有要伸出手的意思。

"银雀，高兴点，这可是你哥哥，你们都有……半年没见了吧。"

"一百七十三天。"金雀微笑着补充，"银雀，你想看看ATO-MAN吗？爸爸把它升级到最新版本，多了很多功能，我们还帮它造了一个身体，超级酷。"

银雀眼中流露出一丝好奇。

"ATOMAN，看看谁来了！"

金雀大叫一声，一个红光闪闪的机器人在草坪上蹦跳着，就像把人的上半身接在了狗的肩部，一个机械版的半人马。

新版ATOMAN立即辨认出银雀的脸，右前足滑稽地屈膝，做出鞠躬的动作，眨着三只摄像头眼球问候道："好久不见了，银雀。"

银雀嘴角闪过一丝笑意，ATOMAN僵硬地举起手。

"孩子们，开饭了，都过来搭把手！"在烧烤架前忙活的俊镐喊道。金雀的新兄弟姐妹们——十五岁的贤祐、十一岁的始祐和八岁的淑子都跑了过去，摆放餐具和食物。

"一会儿聊，我得去帮忙了。"金雀吹了声口哨，ATOMAN也跟了过去。

"你哥哥好像挺难相处。"Andres打趣道。

银雀撇撇嘴。

俊镐的烧烤技术乏善可陈，幸好朴家还有私家大厨作为后备。

餐桌上，Andres和Rei观察着朴家的孩子们，哪怕只是选择一把叉子，也分外谨慎矜持。金雀丝毫没有之前在源泉学院里的漫不经心。他瞟着兄弟姐妹们的动作，生怕出错。尽管是户外野餐，气氛却格外隆重。

银雀则一如既往，用叉子不停搅拌着盘子里的土豆泥，发出刺耳的金属摩擦声。女主人慧珍不时斜眼关注，却又不好说什么。

为了活跃气氛，Andres不得不主动挑起话题："金雀，你的机器人真是酷毙了，是怎么想到给它挑这么个身体的？"

"爸爸说这是最新最好的型号，我们就选了它。没什么特别的原因。"金雀看了一眼俊镐。

"永远要给孩子最好的……"俊镐擦了擦下巴。

Rei冷冷地回应："可'最好'是个相对的概念，我们觉得最好的，对于孩子来说则未必，不是吗？"

"在我们这里不是。"俊镐和慧珍相视一笑，"我们所说的最好，就是这世上所能得到的最好，无论是度假、保险、教育还是机器人。金雀，说说今天上午都学了什么？"

"Price is what you pay. Value is what you get."金雀不假思索。

"什么？" Andres一头雾水。

"巴菲特在二〇〇八年金融风暴时写给投资人的。投资界的一点老派智慧。"俊镐嚼着牛排解释道。

"也许是我太浅薄。" Rei不顾丈夫的眼色，表示不屑，"可让一个六岁孩子学这种东西是不是过于荒谬了……"

"是吗，我亲爱的艺术家？"俊镐说，"以前的孩子被迫记住许多没有用的东西，但对于自己的未来并没有什么概念。多亏有了AI，信息不再是零散的砖块和泥沙。"

慧珍终于找到了插话的机会："历史上没有任何一位人类教师，没有任何一所学校能够做到这样的事情，但AI可以。就像俊镐说的，AI能够帮孩子规划未来的蓝图。"

"金雀将会成为了不起的投资人，他的雪球比其他人都滚动得更早。"俊镐补充道。

"所以你让一个算法来规划你孩子的未来？" Rei继续反驳。

朴家的孩子都停下了刀叉，面露不安。

"以前我们常说，知子莫若父。现在我们不得不说，知子莫若AI。"俊镐自信地回应，"没有任何一对父母能够比AI更了解自己的孩子，不管哪个层面。金雀的数学已经达到十岁孩子的水平，模式识别能力甚至超过了始祐。我们不该浪费这样的才华。"

他丝毫不顾及儿子始祐脸上的不快。

"我理解艺术家们总是会有一些浪漫的想象，可在教育孩子这件事上，你别无选择。"慧珍微笑着点了一下金雀的鼻尖，"何况，我们也并没有要求金雀一定要成为什么样的人。宝贝，你可以成为任何你想成为的人，对吗？"

金雀心领神会地一笑，脱口而出："我想成为爸爸那样的人！"

俊镐和慧珍大笑起来，Andres和Rei交换了一下眼神。

一声尖厉的金属撞击声，银雀把叉子弄到了地上，他的手上、脸上和头发上都沾满了饭菜的汁水和残渣。

"我要回家……"银雀低声呢喃。

从那之后，银雀拒绝与哥哥的一切联系。

Andres和Rei无可奈何，只能如实告诉金妈妈，这才知道两人之前的矛盾。Rei十分理解儿子的感受。

Andres和Rei是与朴氏夫妇完全不同的父母。他们的身份似乎很难界定：新媒体艺术家？网络红人？环保活动分子？学者？心灵导师？

他们既是工作伙伴，又是生活伴侣。他们把自己称为"Homo Tekhne"①，崇尚的是所谓"科技文艺复兴"的主张，在科技被当成神灵般受到盲目崇拜的时代，努力用美学、创造力和大爱重新找回人类失落的价值与尊严，恢复人与自然万物的连接。

在Rei看来，当下的AI教育完全是本末倒置，让算法凌驾于人之上，孩子被训练成过度竞争的机器，这只是旧时代应试教育的升级版。真正的教育更应该关注心智的成长。让孩子通过向内探索提升自我觉知，培养同理心、沟通等其他"软技能"，成长为内心丰盈而自由独立的"全人"。目前的AI做不到这些。

但银雀让Rei看到了一种可能性。

---

① "Tekhne"一词源于希腊语，可以粗略地翻译成"技艺"，既包含我们普遍理解的艺术，也囊括了人类利用自己主观能动性去改造世界的一切科技与工艺。

她被这个男孩的作品深深打动，并不是技巧层面上的早熟，而是发自内心、充满生命力的好奇。如此纯粹的好奇心只可能存在于孩子眼中。

Andres则对于Solaris更感兴趣，那个帮助男孩创作的AI。是什么样的条件触发这个AI摆脱了惯常的竞争模式，进化出新的逻辑？银雀特殊的认知和情感模式是否打破了AI强化竞争为导向的反馈循环，转向内在自我的探索？

在朴家尴尬的聚会也让Andres和Rei更加清楚了自己不想走的那条路。

因此当升级Solaris的时候，他们充分征求银雀的意见，小心地做了数据备份，这些数据不仅仅是Solaris的记忆，也是银雀生命的延伸，就像一块脆弱的水晶，需要得到悉心保护。

虽然没有ATOMAN那样酷炫的机器躯体，但银雀在接入升级版Solaris时，仍然感受到了强大的力量。他觉得自己就像一个蒙着眼睛走夜路的人，突然在日光底下睁开了双眼。

一开始，他还像在源泉学院里那样，喜欢窝在属于自己的角落，一待就是一天。Solaris会根据指令，生成小小的虚拟泡泡，将他包裹起来，在他眼前投射出各种视频流和信息碎片。视觉漩涡能够帮助银雀进入一种平和的"心流"状态。

Andres和Rei看着空旷Loft空间里那个蚕蛹般的身影，劝慰彼此，再给他多一点时间适应。

也许是因为没有其他孩子的侵入，也许是Solaris的自适应能力起了作用，虚拟泡泡的边界缓慢扩张，银雀的活动范围越来越大。终于，泡泡包裹了整间Loft。

这是一种完全不同的空间尺度感。银雀突然发现自己并不是讨厌运动，只是害怕与其他孩子产生肢体上的碰撞。而现在，他可以爬，可以跳，可以奋力追逐着Solaris生成的虚拟兔子，喘息，流汗，感受心跳加速的快乐。

他想起了煊的话，也许这就是走出笼子的感觉。

他想要走得更远，但首先得知道自己从哪里出发。

Solaris让银雀完成了许多测试，帮助他建立起全面的自我评估模型，既包括语言理解及表达、计算、分析、推理及决策等认知能力，也包括肢体动作、开放性、情商等维度。

结论并不令人惊讶。他的认知能力与同龄人并没有差异，甚至在信息整合与分析能力上还要更强，但是在人际沟通方面，他的分数就直跌深谷。

银雀没有办法分辨对方的语气究竟是善意还是恶意，是真诚还是讽刺，使用的是词语的本义还是比喻，更搞不清楚潜台词。在这一方面，他和二十年前的AI并无差别。

但银雀也有一项能力远超同龄人的平均值：创造力。

看着由图表、曲线和分数定义的自己，银雀不禁想起自己的哥哥，想起两人是如何闹翻的。一个问题在他脑海悬而未决。

如果我变得像其他孩子，事情会不一样吗？

朴家的孩子都必须遵循家训：人尽其才。

这句话隐含两层意思：一是你从这个家庭得到了最好的支持；二是你必须让自己尽一切努力配得上它。

金雀也不例外。

从被收养的第一天起，他便因为在源泉学院里养成的"不良习惯"吃尽苦头。俊镐笃信纪律的力量，这是他事业成功的根基。

金雀再也不能恶作剧了，否则俊镐就会把他"静音"。让智能家居系统在一段时间内都无法识别他的声音，金雀的任何指令都将失效。

这对于渴望关注的金雀来说无异于一场酷刑。

很快，这个男孩学会了如何控制说话的音量、脚步的轻重，以及正确使用刀叉的方式。

ATOMAN 也得遵守规矩。俊镐给金雀的 AI 伙伴进行了全面升级，什么时段什么场合不能唤醒 ATOMAN、共享 XR 视野的礼节、哪些房间设置了数字围栏，都有规矩。更不用说像金雀从前那样随意黑入电器和家居系统，在俊镐看来等同于犯罪。

ATOMAN 的升级能力更多地集中在辅助学习、认知优化工具箱和职业路径规划上，每一项都离不开 AI 强大的数据处理能力。

一开始金雀内心充满了抗拒，他想起在学院里的日子，可以随心所欲地奔跑嬉戏。甚至还想起银雀，就连捉弄弟弟的快乐都变得那么遥不可及。他经常在丝缎面的床褥中哭着入睡。

可慢慢地，他看到朴家孩子们的优秀。贤祐已经手握好几项生物技术专利，始祐参与设计的量子信息传输实验正在中国空间站上进行测试。就连淑子，那个爱哭的小公主，也要作为学生代表在联合国气候变化大会上宣读报告。

人尽其才。

这句话像一根刺，扎在金雀心里。每当他想要偷懒松懈的时候，这根刺就刺痛他，让他心生愧疚。

相比之下，还是虚拟教室让他感觉更舒服些，那些游戏式的关卡、积分和虚拟道具，都是金雀最擅长的，更不用说还有好玩的同学们。

尤其是那个叫Eva的金发女孩，就像从动画片里走出来的，让金雀舍不得把眼睛移开。Eva的声音那么甜美、那么友好，她总能察觉出金雀情绪的变化。她会扑闪着睫毛说："金雀，这道题确实有点难，我们试着换个角度想想。"

"金雀，你太厉害了，我怎么就没想到这种解法呢，麻烦你再示范一次好不好？"

每当这时候，金雀便会充满了动力。在ATOMAN的帮助下，他也经常给Eva讲小笑话，变魔术，送小礼物，当然所有这些都是虚拟的。Eva总会发出咯咯的笑声，回赠给他粉红色的心形光环，带有悦耳的风铃声，这是金雀为数不多真正开心的时刻。

在最近的几次数学测试里，金雀都拿到了班级第一，他告诉俊镐，希望得到父亲的肯定。父亲看完成绩，淡淡一笑："金雀，如果这么容易就感到满足，只能说明你设置的目标太低了。"

第二天，金雀惊讶地发现Eva变了。虽然他也说不上来哪里变了。Eva还是那么光彩夺目，只是声音和语气变了，变得有几分严肃，甚至有点像爸爸的口吻。

"金雀，这么粗心可不行，再好好检查一下。"

"金雀，怎么又错了？同样的题明明已经出现好几次了。"

甚至连ATOMAN的小花招都不管用了，Eva对于笑话和礼物置若罔闻，像是完全变了个人。

金雀伤心欲绝，他问ATOMAN："Eva是不是不喜欢我了？"

ATOMAN歪着脑袋，三只蓝色眼睛闪烁不定。

"难道是因为我没帮她提高成绩？"金雀问道，"ATOMAN，查一下Eva最近七天的学习表现曲线。"

ATOMAN眼中射出一幅彩色图表，迅速展开放大，投在男孩面前的XR视野中。金雀用手指滑动时间坐标，发现所有曲线在同一个时点有了跳跃式的提升。

"难怪她变聪明了许多……Eva究竟怎么了？"

"很明显，她被调整了参数。"ATOMAN回答。

"调整了参数？"

金雀瞪大了眼睛。真相大白，Eva只是另一个AI，父亲调整了她的个性和水平。是AI生成的人类表情和行为过于真实，以至于能混在虚拟教室中也丝毫不露马脚，还是说他太渴望得到Eva的陪伴，以至于刻意忽略了许多明显的破绽？

金雀眼前飘过金发女孩的面孔和笑声，像是失手打破的水杯，再也拼不回来。

那天晚上，金雀又在被窝里默默流泪。房间外一阵脚步声传来，他匆忙拭去泪水，假装睡着。有个人坐到床边，是慧珍。

"告诉我，是不是生爸爸的气了？"

金雀从被子底下露出半张脸，委屈地点点头，又摇摇头。

"我气的是自己，我太笨了，都看不出来她是个AI。"

"傻孩子，"慧珍揉乱金雀的头发，"很多时候连我都分不出来。AI知道你喜欢什么样的女孩，还能让你觉得她特别懂你。但那些都不是真的，只是为了激励你努力学习。"

"爸爸是不是对我很失望……"

"怎么会呢？爸爸调整了参数，是想让你明白，拿到最高分并不意味着实力最强。他希望你能不断克服身上的弱点，成为最优秀的人。这是朴家孩子必须承担的期望。"

金雀点了点头，咬紧嘴唇。

日子一天天过去，银雀飞快地长大，但在某些方面，他又像是一只背负重壳的蜗牛，只能缓慢地、一点点地向前爬去。

Rei 和 Andres 尝试过专门针对阿斯伯格儿童的在线学校。银雀可以通过 Solaris 接入虚拟教室。AI 系统根据每一个孩子不同的认知水平和行为特征，为他们创造出虚拟同学和老师。因此从界面的视觉风格到每句话的语气，所有的互动都是高度个性化的。

但它适应不了银雀的需求。

每当他进入虚拟教室，便会表现出焦虑不安。尽管所有的 Avatar 都表现得像典型阿斯伯格儿童，对他来说也完全无效。银雀一眼就能分辨出那些虚拟同学和老师每一句话的目的，它们想要训练哪些技能、强化哪些知识点。一切都是那么虚假而割裂，就像是让孩子通过收集每一片树叶来重新想象一片森林。

是 Solaris 的数据反馈而不是银雀自己，说服父母停止了这项尝试。

通常来说，孩子的法定监护人可以自动获取 AI 伙伴的数据权限。但 Rei 知道银雀不是普通的孩子，他需要更多的隐私与安全感。因此她和银雀达成协议，在他满十岁之后，未经男孩同意，她将不能查看 Solaris 的任何数据。

Andres 对此不以为然，在他看来，数据的价值并不仅仅为了孩子，也是为了帮助父母。

如果没有 Solaris，他们不可能知道多远的身体距离对于银雀来说是最舒适的，更不可能知道男孩重复性的强迫行为代表着怎样的心理活动。

Andres 遗憾在自己成长的年代，父母们没有类似 Solaris 这样的 AI，帮助他们看清种种以爱的名义造成的伤痛。这些伤痛也许一辈子也不会愈合，只能随着时间被带进坟墓。

也许对于人类之爱，银雀没有他的父母理解得那般深刻，但是 Solaris 给了他另外一种探索自我的工具——艺术。他浏览过历史上不同时期不同流派的代表作品，理解形式与风格背后的观念差异。它们代表了看待世界的独特视角，而现在，他要寻找属于自己的那一种。

在银雀十四岁的时候，他领悟到自己需要学习的东西并不在课堂上、书本里或抽象的逻辑结构中。他需要的是与这个世界产生真正的连接，去接触那些活生生的人，去感受自然界的神奇，去体验时空的变换。

可他却不能。

他被囚禁在这具脆弱的肉体里，这具肉体甚至不能由他任意操控，种种不适、惶恐、陌生与羞耻，让他无法从虚拟茧房中踏出半步，去直面广阔天地。

银雀只能寻求一种替代性的解决方案。

他能在岛屿的落日中追逐金凤蝶，在柏林的地下俱乐部看青年人彻夜疯狂，在斯里兰卡康提听僧人诵经晨祷，在北冰洋寒冷海面上等待极光。

这一切都多亏了 Solaris 强大的虚拟现实技术，如今整合了更精细的视听触觉、耳蜗平衡、体感模拟等功能，全方位的沉浸感与二十年前不可同日而语，通过超低延时的传输速率，AI 算法能根据个体差异实时调节一切。

这帮助银雀从认知层面理解人类经验的多样性，更从情感层面帮助他领悟到与天地万物的连接。VR所带来的喜悦与惊奇如河水漫溢，从少年身上流过。

在这一过程中，银雀被一些东西困扰着，那是一些幻觉、梦境，在清晨或是深夜，朦朦胧胧之间，他能够看到自己的哥哥金雀，或是ATOMAN，无论是以红色机器人的虚拟形态，还是银光闪闪的半人犬机械状态。他们似乎在呼唤着银雀的名字。

一开始他以为那只是幻觉。他看过诸如此类的研究，大脑会无中生有地制造出虚假信息，就像AI能够将数据中的噪声过拟合成某种模型。心灵也能够将人生的问题抽象成模型，以某种弗洛伊德的方式，投射到梦境、口误、强迫症或者涂鸦中。

终于，银雀不得不接受这一点，他的内心还对哥哥埋藏着如此深切的渴望。

随着时间推移，碎片出现得愈加频繁，带来某种真切的痛苦，如同一阵阵眩光或偏头痛，不时发作。他开始怀疑自己是否患上某种精神疾病，又或是传说中双胞胎之间存在的精神感应？

这种纠结的感受困扰着银雀。在他短暂的人生中，银雀从未感觉自己被如此强烈地需要过，哪怕在金妈妈、煊、Andres或者Rei的身上。

他要去找到这召唤的源头。

金雀最近备受挫败。

并不是因为学习或者青春期的心事。

挫败感来自金雀的心愿：成为一名像父亲那样顶尖的投资银行家。

与其他行业相比，这条职业发展路径无比清晰，就像雪地里车轮的印迹。

首先他要了解一家公司，学会如何从公开渠道收集资料，根据历史数据建立财务模型，从当前经营状况对未来做出预测。再把这家公司放回整个行业，放到上下游的链条里，分析它的优劣势、风险与机会。最后，总结成一份具有参考价值的投资报告。

整个过程有点像做咖啡，如果你有优质的咖啡豆（数据），适当的研磨和冲压工具（模型），就能得到一杯香浓细腻、层次丰富的上等咖啡（观点）。

把上面这个过程重复许多遍，积累行业经验，整合分析能力，你就可以从助理研究员一路升到高级合伙人。

就像游戏里的升级打怪，一切都可以被量化。随着财富不断飙升，肾上腺素和多巴胺也随之上扬，让人无比上瘾。

在基金模拟游戏中，金雀证明了自己的天赋。就连俊镐都对儿子的直觉赞叹不已，仿佛看见了年轻时的自己。

可在现实中的第一道关卡，金雀就败下阵来。

金雀在父亲投资组合里选择了一家游戏公司进行研究。他花了一个月做出一份像模像样的投资报告，包括对公司旗下几款游戏的试玩体验。他信心满满地把报告交给父亲。

俊镐花了十分钟翻完，丢给金雀一个文件。

打开文件，金雀发现是对同一家公司的另一份报告。无论是数据之全面，还是最后结论之有力，都完胜金雀精心准备的版本，甚至还发现了游戏玩法里存在的漏洞。他气急败坏地拉到最后去看调研团队，发现这竟是一份由AI自动生成的报告。

"猜猜看，这报告花了多长时间？"俊镐嘴角含笑，"比我看你报告的时间还短。"

"这……这不公平。"

"哪里不公平了？年龄？资历？行业经验？我告诉你，这份报告的水平超过我现在团队里百分之八十的分析师，而花费时间还不到千分之一。现实就是这么残酷。"

金雀脸色变得煞白："那我该怎么办？"

"怎么，被吓倒了？这可不像我们朴家的作风。我说了，AI超过的是当下百分之八十的分析师，你要成为的是那金字塔尖上的百分之一。"

"可是以AI的进化速度，那也只是时间问题，看看ATOMAN!"

现在的ATOMAN比当年源泉学院的版本强大了不知多少倍，而且是从算力、算法、外围设备到适用场景的全面超越。

俊镐往椅背上一靠，露出一贯的嘲讽笑容："儿子，是战是逃，你都改变不了现实。"

金雀离开了父亲的办公室，胃里像蜷着一条又冷又硬的蛇，它缓缓蠕动，卷成一团，可又吐不出来。

他明白，如果光比拼数据收集和结构分析这种硬技能，人类不是机器的对手。人类唯一可能超越AI的领域，只可能在机器无法触及之处，那是属于人类感性与直觉的领域。

金雀决定去找游戏公司里的员工聊聊。

一开始这些真实的人类让金雀头疼，不像虚拟课堂里被设置好参数的AI同学，会跟着脚本表演。每一个员工都有各自的脾气和习惯，只是为了照顾金雀父亲的面子，才勉为其难地跟他见面。

如何过滤这些信息，沉淀成有价值的判断，这可比分析数据和财务模型难多了。就连ATOMAN也对此无能为力，它能够识别出微表情的变化，却无法解读出背后的复杂含义。

金雀开始明白为何在父亲的社交圈里，大部分功成名就的伙伴都是长者。要读懂人类，需要漫长而平缓的学习过程。

他觉得自己选择的路径是正确的，于是便愈加起劲地利用父亲的人脉约见企业家、内容创作者、工程师和销售主管。这些人也被金雀的专业能力与倔强所打动，把他当成一个真正的研究员来对待。

看起来事情在朝着好的方向发展，除了他有时候会发一些怪梦。

金雀会梦见自己的弟弟，那个安静的阿斯伯格男孩，和他变形虫般的AI——Solaris。梦境的时间线混沌不清，银雀时而依旧年幼，时而长大成人。那个少年变得高大，脸上却还保留着专注的神情，仿佛整个世界都与他无关。

梦中有时也会出现童年的场景，拉开时间的距离，金雀得以重新审视两人的关系。他感到悲哀，为弟弟，更为自己。当年那些幼稚的挑衅，无非是为了争取他人的关注，甚至连ATOMAN，也不过是个吸引眼球的道具，一个小丑。他以为得到了众人的喜爱，到头来发现在他人眼中只是一具浮夸的红色机器人和惹人厌烦的淘气鬼。

有时醒过来，金雀会分不清究竟在梦里，还是回到了现实。这么多年过去了，似乎他还在重复着同样可笑而毫无意义的表演，只是为了得到父亲一个赞许的眼神。

只有在这些时刻，十六岁的少年金雀才会在人生的快车道里稍事停歇。也只有这些时候，他的心中会涌现出一种强烈的渴望，希望能再见到弟弟。

可他却不能。

心理医生告诉他，这是一种由于压力过大导致的倦怠，持续发展下去，很可能会变成抑郁和认知障碍。

"我见过很多像你这样的孩子，非常优秀，甚至可以说完美，可问题恰恰出在这里。"心理医生微笑着，措辞谨慎，"你有没有想过，也许这一套信仰系统并不那么适合你。你想让自己整个人生的价值与意义都建立在赢的基础上，不计代价地超越竞争对手吗？"

"这有什么问题吗？大家不都是这样吗？难道这不是一种进步吗？"

"可人不是机器，不能光靠数字和胜利活着。你的量表结果告诉我，在外部期望和内在驱动力之间并不一致。只是因为所有人都告诉你这是对的，你就要把一头大象塞进冰箱里吗？"

金雀像一只受伤的鸟儿，眼神黯淡："那我的梦呢……"

医生的声音变得柔软："你有没有想过，那个梦也许代表了你内心最真实的感受？"

在金雀搞清楚他的梦境之前，现实的另一场噩梦提前登场。

一家名为Mold的独立游戏公司推出了即时策略游戏*D.R.E.A.M.*。这款游戏带来了革命性的冲击。AI在整个游戏的开发过程中占据了绝对主导地位。从创意构思到设计关卡，到测试，再到编写NPC角色脚本……一切以往需要耗费庞大预算与漫长工时的工作，视觉艺术家与技术团队的工作都被机器所取代。

最重要的是，玩家们也为这款游戏而疯狂。

Mold的野心没有止步于游戏本身，他们开放了一系列的AI游戏生成工具代码，帮助所有小型工作室、独立游戏开发者甚至没有专业背景却有一腔热情的玩家，在自家车库或卧室里创造出一款体面、好玩的作品。

整个行业应声而动，大游戏公司股价暴跌，它们纷纷宣布加入这场AI军备竞赛，以免被时代浪潮所淘汰。

金雀再次来到父亲办公室，一副被完全打败的样子。

"都结束了。"

"什么结束了？"俊镐不解。

"整个行业，游戏行业，它本该依赖于人类的创意与情感，可现在，他们把这些都交给了AI。"

"我以为这才是未来。"

"你又不玩游戏。你根本不懂！"

"我不懂？"俊镐大笑着，庞大的身体往后仰去，压得人体工学座椅一阵乱响，"小时候我玩《侠盗飞车》的时候就想过，为什么NPC不能表现得更聪明点，后来《光晕》里，外星人终于能够协作进攻了，但还是离现在主流的无脚本、程序化的NPC差太多了。"

金雀瞪大了眼睛，他从来不知道父亲还有这一面。

"《使命召唤》、《英雄联盟》、《塞尔达》、*Pokemon Go*……当年我玩这些游戏的时候总是会想，为什么不能根据我的反应速度、操作习惯和偏好来实时调整游戏？就像Alexa或者Siri一样，你用得越久，它就越懂你。为什么游戏不行？"

"可是，可是我所有的分析……现在都不重要了。"

"儿子，当你无法改变世界的时候，改变你自己。"父亲一下子严肃起来，"这样的事情会一再地发生，对于你来说，只是一份报告，对于成千上万人来说，那是养家糊口的工作。再强大的公司都可能在一夜之间倒闭，行业可以消失，技术可以过时，人总能摸索着找到出路。"

金雀眼中涌出了泪水："我永远也不可能在这个行业打败AI，我永远也不可能成为你……"

父亲叹了口气，少见地在儿子面前点燃了雪茄。

"儿子，你不应该成为我，你应该成为你自己，这是你的人生。"

"可我以为……"

"一开始我确实有这种想法，我甚至改造了ATOMAN，让你的整个学习和成长轨迹都尽可能符合我的计划。可你不快乐。你是个好孩子，努力满足我们的所有期望，可那不是发自你的真心。"

俊镐吐出一口味道浓烈的烟雾，对面是少年迷惘的脸。

"后来我想明白了，那不是我和你母亲想要的。我们想要的，是一个能够发现生命的新奇与美好的自由个体，就像你第一次玩到某个伟大游戏时的感觉。你明白我的意思吗?"

金雀魂不守舍，某种一直以来指引着他人生方向的东西消失了，像航船没了灯塔、鸽子没了磁场。

他离开了父亲的办公室，在路边坐下来，迷茫地看着人来人往。ATOMAN用轻柔震动提醒他，有一条新消息。

金智英院长邀请您参加源泉学院校庆。

又是一个完美的春日，源泉学院里十分热闹。草坪鲜绿欲滴，像是打翻了颜料桶，鸟儿从巢里探头，叽喳嬉闹，好像在迎接客人光临。

今天是源泉学院校庆日，也是校园扩建后第一次对外开放。新的校舍和教室能容纳更多的孩子，也融入了更多的新技术。不仅如此，源泉倡导的"儿童+AI"教育模式在过去十年间被推广到世界各地，成为特殊教育机构最受欢迎的成功典范。

满头银丝的金智英院长不停地与新老朋友打着招呼。趁着校庆，她把之前从学院毕业的孩子都请了回来。

院子里，已经成为世界级运动员的旧日学生带着孩子们做游戏，充满笑声。活动室里，毕业生们与孩子们——以及他们的AI伙伴一起，在XR视野中在现场搭建虚拟的火星基地。

金雀低调地避开了所有熟人，也不参与任何活动。他躲进了当年的旧IT室，这里灯光昏暗，许多设备都还没来得及搬到新的IT管理中心，铺了一地。

他惊讶地发现了那台老式vMirror，套着透明防尘罩，静静地挨着墙角，像是一段被遗忘的记忆。

他接通电源，开机，熟悉的界面跃然眼前。金雀笑了，往事涌上心头。

多少个夜晚，楼在这里教他如何操作系统，想把他培养成源泉的IT维护者。可他却破坏了一切，用楼教给自己的技术，毁掉了弟弟银雀的心血之作。

金雀摇了摇头，一切恍如隔世，心痛的感觉却历历在目。

他试着在vMirror上输入当年的密码，结果是意料之中的错误。他突然想哭。

这么多年，他一直希望自己能够成为赢家，尤其要成为双胞胎中更优秀的那一个，更招人喜欢，有更多朋友，获更高的奖项，有更好的领养家庭……他努力赢得一切，最后却一无所有。

三次输入密码错误，系统被锁定。金雀粗暴地关掉机器。

漆黑的镜子里，金雀看到另一个人从身后房间的阴影中走出，缓缓靠近，一道光照在那个人的脸上，金雀发现那竟然是他自己。金雀惊慌地转身，看到那张熟悉而腼腆的笑脸，一张十年未见的笑脸。两个人从体型到面孔都难辨彼此，只是发型和衣着赋予他们不同的风格，一个如金子般明亮热烈，一个如银子般冷静沉稳。

"你怎么知道我在这儿？"

"煊看见你往这边走了。你还好吗？哥哥。"银雀已经长大成人，却还是一脸孩子气。

"我很好，挺好的，我……"金雀停下，深吸了口气，"不，我不好，一点也不好。"

"我知道。"

"我……我不知道该怎么说，我总能看到你，我不明白那是什么。"

"我也能看到你。"

"听着，我只想说对不起。对于发生过的一切……"

"我知道。"

金雀伸出双臂想拥抱弟弟，却想起银雀并不习惯身体接触，双臂尴尬地停在半空。银雀上前一步，抱住哥哥。金雀忍不住泪流满面。

"你知道吗？"银雀又退回到安全距离。

金雀扭头抹泪："什么？"

"那是煊搞的鬼。"

"你在说什么?"

"金妈妈知道我们断了联系,让煊在ATOMAN和Solaris的底层代码里搭了一个秘密通信协议,它会随机进行数据采样,生成XR视频流,嵌入到对方正常的信息层,非常厉害的操作……"

"原来如此!"金雀恍然叫道,"所以,是ATOMAN和Solaris把我们带回这里。"

"并让我们真正认清彼此。"

"我不明白……"

"我能感受到你的痛苦,不是用理智,而是用心。Solaris教会了我,就像ATOMAN教会你很多东西一样。"银雀指了指自己心脏的位置。

"我唯一学到的是,我的人生毫无价值,什么狗屁职业发展路径……我现在什么都不是,什么都干不了!"金雀将拳头狠狠砸在桌上。

"当你毁掉我的作品时,我也这么想。可现在,我在这里。甚至比以前更好。你也会好起来的。"银雀说出这句话时,声音里没有一丝责备,仿佛只是在陈述某种自然现象。

"可……可我不知道该怎么重新开始。我就像被绑在过山车上,只能任由它疯狂地转下去。"

"你有没有想过,也许,我们可以交换人生?"

"交换……人生?"

"抱歉,我不是很擅长打比方,应该说,换一种看待世界的方式。"

"我还是不明白……"

"看到你的时候,我意识到一件事情。AI塑造了我们,我们反过来也塑造了AI。我们就像两只青蛙，各自造了一口井，只能看到一小块天空，却以为是整个世界。你的ATOMAN，我的Solaris，都一样。如果我们把两口井打通，就能看到更大的世界。也许一切都会不一样。"

"让ATOMAN和Solaris合体？"金雀终于明白，两眼闪闪发光，"变成一个新的AI！就像重新开始游戏。"

"你懂了。"银雀会心一笑，"人生不应该只分胜负，它是一场有着无限可能的游戏。"

"你真是个天才。"金雀兴奋地伸出拳头，又赶紧收手。

"我们快去找煊和楼吧，这事没他们帮忙可不行。"

这么多年来，金雀和银雀第一次如此默契地点头微笑，恍如照见镜子里的自己。

菌歌

按篁村人的说法，喊天节祭礼之后，夏雨便会如期而至。可今年随着雨水一起来的，还有一场不大不小的冰雹和两位神秘的客人，在平静的村子里砸起细小涟漪。老人们说，这几年天气越来越奇怪了，歌师再怎么跟天神喊话也没用，再这么下去怕是连稻子也种不了，鱼和鸭也养不活了。也有人疑心是歌师们的法力不如前人，那些黏在眼皮底下的发光屏幕把人的灵气都吸干了，想当歌师先得把那机器砸了，心瘾戒了。

这些都挡不住阿美想要成为一名歌师的心愿，她做梦都想。可不速之客打乱了她的计划。

阿美还记得自己第一次见到苏素时的情形。

那是在欢迎贵客的酒席上，各家贡献的拿手菜摆满了长木桌：辣椒腌鱼、酸萝卜炖鸭汤、风干排骨、青薹菜……当然必不可少的还有各种菌子，现在正是野生菌子最肥美的季节。

酒过三巡之后，村民们照例用篁村方言唱起了歌谣。每个人嗓子里飘出的都是不同的音色音律，却在空气中莫名和谐地共振，像是五彩丝线交织成一匹斑斓花布。作为席间年纪最小、资历最浅的歌者，阿美最后加入合唱，她的声音清脆高亢，如云雀自由地盘旋在天地间，把歌曲引向高潮。

一曲唱毕，村民们像山林里的猿猴般，发出长啸，端起酒杯，邀请客人一起唱祝酒歌。按照长幼次序，他们先来到了微胖的中年男子面前，那是苏素的直管上司李想。李想十分配合，甚至表演得过分卖力，脖子青筋暴起，也不管调子跑到哪座山头上。伴着节拍加速的劝酒调，他啜光了杯里乳白黏稠的家酿米酒，用袖子揩了揩嘴角，假装毫不在乎防水防污的高档冲锋衣，堆出满脸假笑。

众人又来到苏素面前。

阿美举着杯子，好奇地打量这个年纪与自己相仿的女孩。她来自遥远的海湾城市，皮肤白皙，面无表情，一头短发干练地别在耳后，面前的食物几乎没有动过，杯子也是满的。

"我不喝酒，我也不会唱歌。"

苏素甚至没有起身，她的眼镜瞬间起雾变白，遮住双眼。但阿美还是从她镜框边缘瞥见一丝蓝光，像是夜里溪流边的萤火闪烁不定。

"苏素！"

李想啧了一声。女孩没有搭理他。

"她刚毕业，不懂事。这杯我来替她喝。"李想尴尬地笑笑，将杯中新加满的米酒一饮而尽，脸涨得通红，连精心保养的额头也闪着粉光。他展示空空的杯底，学着村民的样子大喊一声："噢——啰！"

所有人都兴高采烈地欢呼起来，除了在一旁默不作声的苏素，像是木头雕刻的摆设。

老人用手肘碰了碰阿美，努努嘴，示意她照顾好客人。毕竟劝酒也是歌师的重要能力之一，无论是眼色、说辞还是节奏、分寸，都需要技巧和练习。

阿美觉得有几分委屈，又过意不去，于是坐到苏素身边，将手轻轻搭上女孩的肩膀。不料苏素身体猛地一震，抖落她的手，眼镜雾气散去，露出惊诧又警惕的眼神。

"你想干什么？"她带着几分怒气问道。

"免惊……"阿美缩回手，就像摸到了火，"……看你吃过少，也不呷酒唱歌，比黑水牛还憋气……"

这都是什么怪比喻。苏素翻了一下白眼，瞥见正和村民唱得起劲的李想，想起他进入篁村前的交代。她抿抿嘴唇，挤出勉强的笑容。

"我好得很。就是活儿没干完，哪有心思喝酒唱歌？"

阿美皱皱眉，不确定自己理解城里女孩的意思，但既然人家千里迢迢来到篁村，自然应该以礼相待。

"我外来话说不太好，来了就是客，有事找我，一定帮你！"阿美大声地说，露齿微笑。

"真的吗？"苏素的眼睛一下子亮起来，随即又流露疑心，"你可别骗我。我是苏素，你叫什么？"

//创建新日志

时间：2032-09-18，21:41:05；

坐标：108° 54' 36" E，25° 57' 35" N；

创建人：苏素

//复制粘贴

　　2030 国家实现碳达峰目标，大气中的二氧化碳到达峰值，排放不再增长，之后将用三十年的时间，通过行政与技术手段实现另一个更具雄心的目标——整个国家的碳中和。但天气作为一个超复杂系统具有滞后效应，碳达峰前后的气候异常现象加剧，夏季变得更加漫长，4500万人面临致命热浪的威胁；极端降水概率升高，江河泛滥，洪涝成灾，影响人口过亿；干旱时间拉长，部分区域面临农作物减产的风险。

//复制粘贴

超皮层（hypercortex）正是为了应对种种挑战而诞生的新一代网络。它能够在物理世界与数据空间之间建立高精度的映射关系，通过人工智能动态调节不同区域的资源调配、能量消耗、污染排放、人口流动、植被种植计划……从而尽可能对冲气候变化所带来的损失。

//键入

……960万平方公里的国土都将被这张巨大而无形的网所分割、覆盖、嵌入，但倘若哪个片区存在着未接入的盲点，便意味着这张网上有漏洞，网络效应便无法得到最优化。这就是AI时代的逻辑，也是我们来到篁村的原因。

……

//提交以上内容

//键入

真是烦透了这些狗屁工作日志，李想还花了半天培训我们用什么话术才能从AI那里拿到高分——诀窍就是像机器一样说话，突出关键信息、语法尽量简单、避免使用文学性修辞吧啦吧啦吧啦……打份工，不光跟人斗，还要跟机器卷，有完没完。还有，我是来采集数据的，凭什么让我喝酒唱歌，不奢求也不需要强调女性身份，好歹把我当成个人，又不是即插即用的万能插座，尊重一下别人的意愿好不好。最受不了李想身上那股味儿，不是烟不是酒也不是油腻，说得好听点叫社会，不好听就是假惺惺，嘴上一套心里一套，从来看不出真实的想法，就是喜欢让下属琢磨。我才懒得费那脑子。赶紧把篁村接入超皮层，我要申请换组，他答应过的！不知道自己一天天的都在干吗，那些报告快把我榨干成没有感情没有生活的僵尸啦。我才不要变成那样的人，那些评上优秀员工的数据狂徒，身上都是一样的味道，一股劣质烧腊味，快餐连锁店吊在橱窗的那种。

说这么多又有什么用呢，也不能给别人看。话说回来，那个叫阿美的女孩还有点意思，脑子不太好使的样子，也许她真能帮到我……今天又被厕所那只大蜘蛛吓死了！！！这里的门、家具、墙角、空气……哪儿哪儿都飘着一些奇怪的丝线，半透明，带点黑褐色，黏黏的，恶心死了，一定是那些蜘蛛！这鬼地方真是一天都不想多待了！

//加密以上内容

半个月前，李想告诉苏素，这座深藏在西南边陲山间的村落，是部门负责片区里唯一没有接入超皮层的盲点。只要这个盲点不消失，整个网格就不算完成任务，这将关系到部门的排名、所有人的奖金和升迁，甚至整个公司的未来。

篁村不通公路，只能靠山地越野车把人拉到最近的入口，再步行进山。

"他们为什么不搬到山下？"苏素记得自己当时气喘吁吁地抱怨。山路蜿蜒崎岖，看不到尽头。

"他们不相信外来人，尤其是，外来男人。一些历史遗留问题。"李想比她喘得还厉害，"这也是为什么你会在这里的原因。"

"你是说……母系氏族？"

"类似吧，非常前现代的社会结构……所以，只有靠你了。"

"我可没觉得自己有那么重要。"

"我告诉你会发生什么。篁村人会把我们照顾得很好，好吃好喝，笑脸相迎。可一旦我们前脚踏出这山沟沟，后脚超皮层就会出各种状况。你不是一直想换组吗？只要搞定这次项目，我答应放你。"

"可……我能干吗？"苏素的眼睛大概只亮了一秒，又马上撇撇嘴，让自己看上去没那么兴奋。

"上次公司派的都是技术宅男，我跟公司打保票，这活儿需要一个人既懂技术又能社交，最重要的是——性别女，组里非你莫属。你只需要……少点臭脸多点微笑，去交些朋友，搞清楚他们真实的诉求，钱？身份？孩子的学位？还是什么别的？公司总有办法能够解决。"

"那你呢？"

"我是你的大后方，保障你的物资，以及……安全。"李想努力挤出招牌式的假笑，汗津津的脸却比哭还难看。

狗屎。

苏素心里咒骂着,把注意力收回脚下,腐殖土愈发黏稠起来。在迎宾酒席上相识后,她便让阿美带着自己去找信号发射器,只有找到了发射器,才能激活之前播撒在这一片区的"聪明尘"——体积不过蜗牛壳大小的智能传感器。

苏素来自遥远的大湾区,从卧室窗户便能望见闪光的大海,辽阔得没有边界。可到这里一个星期了,目力所及之处除了山还是山。早上如果起了雾,山顶会有奶油般浓稠的雾气缓缓流淌而下。那种从容不迫的逼近,让她更觉得心里堵得慌,仿佛思绪也随之凝滞。

"等等!"她叫住前面健步如飞的阿美,"我们好像走错了……"

根据工作日志,公司上一批到访者把发射器安装在了一座木塔顶部,这是经拓扑计算能够覆盖整个村落的最优节点。那座木塔显然在她们身后越来越远。

"跟紧!你比鸭子脚还慢!"阿美又加快了脚步。

她们钻进了一片茂密的丛林。阳光穿过树冠缝隙被切割成菱形碎片,洒在苏素脸上。这片丛林看似危机四伏,头顶叶片会突然砸下沉重的露珠,不知名的鸟兽啼叫从四面八方响起,像是在警告外人不要擅闯领地,地面弥漫着湿冷的雾气,掩盖滑腻的苔藓,随时会让城市女孩摔上一跤。

"我们究竟要去哪儿……"苏素额头沁着细汗,气息紊乱。

阿美并不作答,猫腰消失在由树根纠缠而成的通道入口。

"等等我!"

苏素发现这条树根隧道只能手脚并用地爬行,带着向下倾斜的坡度,通往未知的方向。她纤细的手指陷入地面厚厚的腐烂落叶,有种奇异的绵软质感。穿行的蚁队和垂坠的蜘蛛让她不时发出尖叫，身下的落叶逐渐变成了红棕色的海绵状碎屑，带着一股浓郁刺鼻的味道。阿美不知所踪，把她一个人流放在这座迷宫中。苏素闪过不安的念头，也许那个篁村女孩的天真热情只是一种假象。也许她是个疯子，要找一个人迹罕至的山崖让自己消失，尸骨无存。否则她为什么要如此主动地为外来人提供帮助呢？

苏素用力甩甩头，想把不断膨胀的恐惧掐灭。

一阵轻微的窸窣声在她头顶游走，苏素抬头，那是一条婴孩手臂大小的蜈蚣，赤红油亮，正在舞动数不清的节肢和触须。她来不及尖叫，脸色煞白地向前快速逃离，却不想脚下踏空，整个人朝着山崖的方向滚落。

苏素绝望地伸手，希望能捞到救命稻草。她抓住了什么东西，一些滑腻的丝线，纠缠成团，带着辛辣的气味。是树根吗？她顾不上想那么多，只能拼命地将丝线缠在自己的手臂上，减缓坠落的速度。那些丝线像是知晓了她的用意，有力地托住她的身体。终于在即将滚出山崖的瞬间，苏素停了下来，悬在离地一尺高的半空，活像被蛛网囚禁的飞虫。她迸发出一阵神经质的大笑，像是极度惊恐之后的释放。

阿美不知什么时候已经站在旁边，面带笑意地看着这一幕。

"你笑了，还以为你只会摆苦瓜脸。"

"你是疯了吗……快放我下来……"苏素精疲力尽地哀求。

"看来，"阿美动手把苏素从那张网里解救出来，"她欢喜你。"

"什么？谁？"苏素厌恶地把缠在身上的黏稠丝线甩掉。

阿美并没有回答，指了指不远处。那是立在山石缝隙上的金属装置，像闪着银光的巨型开瓶器。

//创建新日志

时间：2032-09-19，23:07:45；

坐标：108°54'33" E，25°57'29" N；

创建人：苏素

//键入

……成功找回信号发射器之后，检测其硬件状况并更新了软件版本，重新启动并定位区域内的3159枚聪明尘，预计数据的收集、标注及分析将持续48小时。由于之前几次派遣任务的工作日志不完整，我们依然没能确定信号发射器停止正常运行的原因，需要更多时间与村民建立信任，进行深度访谈。否则，同样的事情将再度发生。

与此同时，我们对于篁村历史传承、信仰系统、治理方式以及心理模式极度缺乏了解，导致了工作进展的低效缓慢，似乎过往失败的经验并没有能够得到有效的分析，累积成可随时调用的知识库。比方说，真菌在篁村生态系统中似乎扮演着核心角色，可我们对此一无所知。

……

//提交以上内容

//键入

要我说他们根本就不关心篁村人怎么想，不仅李想不关心，之前那几拨来过的员工、公司管理层都不关心。篁村在他们眼中太原始、太落后，只是巨大光亮的商业蓝图上一个故障的坏点，曲线上偏离正态分布的异常值，微不足道，随时可以用统计学技巧抹平。就好像他们对待每一个员工一样。

还记得那一次我在办公区域闻到一股奇怪的气味，像是隔夜红酒加上发馊的肉。我实在忍不了，向行政部门反映，得到的回答却是，苏素，你的鼻子比一般人敏感，同事换款香水你都要打好几天喷嚏，我们总不能为了满足你的特殊需求，去要求所有人统一身上的味道吧。最后不知道是因为那味道，还是产生味道的化学物质，我过敏得很严重，全身起了一片片的红疹子，密密麻麻的，疼，还痒，请假在家里办公了一个礼拜，直到那股味道完全散掉。

山里的味道远比城市要丰富，却更干净，也许是因为来自自然界，不含人造的合成香精，我没有过敏，或生理性不适，只是心里有点说不清楚的忐忑。阿美说，每一种味道都带着信息，都有话要说，要学会分辨其中细微的情绪，也许是诱惑，或者祈求，总之不仅要用鼻子去闻，也要感受自己身心最真实的反应。我想我的忐忑来自于那山那树、花草虫鱼，它们有那么多的话要说，而我还没做好准备，把自己完全打开。

阿美说，别着急，只管深呼吸，好多话不一定非得用嘴说出来。我说那好，我也感受一下你要说的话。穿过树根隧道后，来到发射器被遗弃之地，我们俩在薄雾涌起的山间，面对面站着，静静听着对方的呼吸声……我想我听到了些什么，又不敢确定。

//加密以上内容

历史上，篁村人和外来人每一次打交道的结果，都是村子迁往更偏远的深山。

篁村人的脾气像野草一样倔强，阿美总是听老一辈人这么说。其他山村的人们，要么经不起钱财的诱惑，要么受不了长年累月的骚扰，都搬到平地，过上了"现代"的生活。

阿美去过几个重新安置山民的村镇，跟在视频里看到的城市生活已经没有两样。山民们喝上了自来水，用起了电器，接入了网络。他们不再穿自己手工织染的棉衣，而是从网上购买新潮的化纤服装。父母给孩子们取了新的名字，方便外来人发音和记忆。慢慢地，人们忘记了原来的语言和歌谣，甚至不再祭拜自己的祖先和山神，切断了和自然生灵的联系。许多人会患上怪病，失眠、头痛、过敏、全身无力、心神不宁。外来人的医生找不到原因，也开不出药方，只能让病人改变饮食和生活习惯。

老人们说，那些人的魂魄被召回到大山里，如今只剩下一具躯壳行走在世上，和机器没有两样。

所以对于外来人，篁村人格外警惕，既不能流露出明显的对抗情绪，也不能让他们轻易得逞。一句话，以礼相待，敬而远之。尽管如此，还是越来越多的年轻人外出打工，村里的人丁日渐稀疏，更不要说坚守旧习俗了。

李想靠小恩小惠收买人心的策略碰了壁，脾气变得愈加古怪，只能把压力转嫁到苏素身上。他看得出来，阿美信任苏素，这种信任并非带有表演性质，而是出于某种在工作日志中无迹可寻的神秘原因。他会用半是恳求半是威胁的口吻，让苏素刻意制造与阿美相处的机会，"交个朋友"。

这天，却是阿美主动来找苏素，脸上挂着难得一见的愁容。

"是歌师的事情吧。"苏素一针见血。

"你怎知?"

"你脑子里除了这个还有什么呀!要我说，那个什么破歌师，请我都不当!"苏素一想到要在众人面前开口唱歌，不由得打了个哆嗦，就像身上沾着什么毛虫。

"嘘!你可莫乱讲话!"阿美赶紧制止苏素的不敬。

和其他外来人相比，眼前这个女孩像个未经世事的幼童，总在各种场合毫不掩饰地袒露想法和情绪，惹得老板暴躁不已。这种格格不入的气质却让阿美感受到了某种真实，像清澈见底的溪流，山间吹过的风。

"到底怎么了?你不是一直信心满满吗?"苏素让阿美在溪流旁的石磴上坐下，一队鸭子摇摇摆摆地从她们身边经过，扑通扑通跳入水中。

阿美抬头看着她，眼里闪烁着委屈与不解。她告诉过苏素，自己出生时，村里的老一辈就说，这个女娃儿嗓门震天响，眸子含水有灵光，生来就是要成为歌师的。这种期待贯穿了阿美整个童年，甚至制造出某种真假难辨的幻觉。自打记事的婴儿期，她便经常能看到边缘模糊的高大人影站在摇篮边，重复哼唱着同一首歌谣。长大后，父母才告诉她，那是专属于歌师的歌谣，能够讲述故事、传递智慧、联系祖先。她会追问什么时候自己才能成为一个真正的歌师，服务全村人。父母总是说"到时候你就知道了"。

挫折来自于SmartStream上的K歌平台。苏素接过阿美递过来的柔屏手机，像一片发光的猴樟树叶，她明白了几分。

平台根据阿美的搜索记录推荐了许多歌师账号，大部分是各地旅游景区的宣传，也有少量真实用户上传作品。阿美看到她们有那么多的粉丝、点赞、礼物和留言，不由得动了心，也唱了几首上传，可 AI 评委打出来的分数比其他歌师都差那么点意思，倒是突然涌进来几百号粉丝，评论都像是粘贴复制出来的："天籁之音，再来一首！""小姐姐唱得真好听，是专业的吧。""如果用上黄金会员的调音功能会更赞哦！"……

"我是不是真的唱得没其他歌师好，要么，就是这台机器不欢喜我……"阿美眼底水汪汪的，揪住苏素的手不放。

苏素忍不住笑出声来："平台就想让你这么觉得，好不断花钱买会员呀！"

阿美继承了篁村人朴素的泛灵主义传统，只是把人格化的情感投射从自然界扩散到了人工造物。她会觉得信号不好是网络生病了，无人机失灵不受控制是在闹脾气，总之一套套的奇思怪想经常让苏素哭笑不得。

苏素花了好久才让阿美相信，那些粉丝并不是有血有肉的真人，而是算法生成的 AI 水军，打出来的分数也跟唱歌水平并不完全相关，很容易就能被操纵。为了佐证自己的理论，苏素找出自己妈妈的账号，一个卷发中年妇女沉浸在自己并不动人的歌声里。阿美皱起了眉头。

"这绝对是亲妈，连五音不全我都是遗传的她，可就因为充了 VIP 会员，你看这分数、这评论……"

阿美滑动屏幕，脸上露出难以置信的表情，AI 评委打出来的分数都快顶天了，评论区也是清一色的溢美之词。

"这下你总该有信心了吧，我连妈都出卖了！"

"谢谢你，"阿美破涕为笑，"这破算法肯定是恶鬼发明的吧！"

"也许……只是想赚钱想疯了。"苏素不自在地转换话题，"话说，这个歌师是有什么专业资格考试吗，还是发个证书就算是了？"

"都不是。老人们都说，在做一名歌师之前，无人知道应该怎么做一名歌师。"

苏素歪着头琢磨这绕口令里的意思，感觉跟李想的职场PUA话术有一拼。但她并没有说出口。

"你帮了我，我也会帮你的。"阿美点点头，若有所思。

"你不是已经帮我找到发射器了吗？"

"那不算，你们早晚也会找到的。"

"我当时还奇怪，为什么你愿意主动带我去，不怕村里其他人说你？"

"我想看看……"

"看看？看我会不会摔死吗？"苏素没好气地回她。

阿美一脸严肃，似乎真的考虑过这种可能性。

"喂！你该不会是……真的疯吧？"这回轮到苏素后怕了。

"你又不会真的死，幸好……你通过了考验。"阿美笑了起来。

"可我什么都没做呀！话说，你们又为什么要把发射器丢到山谷里呢？"

"因为……她……我是说，生气了。"

"她！又是她？她到底是谁？"苏素听起来真的有点生气了。

阿美看着这个来自远方的女孩，突然心头一动，像是听见了山林中传来缥缈的歌声。

"到时候你就知道了。"

//创建新日志

时间：2032-09-21，22:46:05；

坐标：108° 53' 17" E, 25° 58' 31" N；

创建人：苏素

//键入

　　……山顶积雪融化成溪，沿着坡度流下，篁村人在流经之处开辟梯田、建立村落，通过一系列设计精巧的水渠和存储装置，让溪水均匀地流到每户人家。篁村人在水分充足的稻田中放养鱼苗，待其长大，再放入雏鸭散养。鱼和鸭在稻田中共存，既能除掉害虫、控制杂草蔓延，又能将鱼鸭粪便转化为有机肥，同时还能对稻田进行中耕松土，最后实现稻、鱼、鸭的共同丰收……

//删除

//键入

　　……篁村人用不同种类的真菌酿造米酒，对抗稻田的病虫害，提高水牛的消化能力，固定山地土壤和植物根系，制造食物（没错，蘑菇就是真菌的果体）和药物……更不可思议的是，他们让木板经过真菌腐蚀形成多孔的弹性结构，做成能够由压电效应产生电力的地板，只要人们在上面行走、运动、跳舞，便能点亮头顶的节能灯……

//删除

//键入

　　别白费工夫了吧！公司根本不想知道篁村人有多聪明，他们对真菌的运用多么接近"万物可计算"的理念，只是远比物理神经网络更为精巧自然，无须植入许多个处理层，也不用将数据编码成声音、光或者电压，再通过调整参数来训练每一个硬件。真菌有它们自己的办法，去传递信息、适应环境、执行任务、计算结果……我们的科学家还没搞清楚它们究竟是怎么做到的，就像大脑或者AI，都是封装精美密不透光的黑匣子。而篁村人知道，阿美知道。

李想低估了阿美，我也是。一直都是她在试探我，而不是我在试探她。或许阿美提起过好多次的"她"指的是村里更年长的歌师？她们藏在阿美背后，就像李想藏在我背后。她们想从我这里得到什么呢？公司的计划？逼迫我们尽快离开篁村？李想一天比一天焦虑，公司的耐心不多了。

阿美信任我，愿意坦诚相待。我却很害怕，害怕自己辜负了她的信任，害怕我做的一切只是自我感动。可我又能做些什么呢？我只是这个庞大丑陋的系统里一行无关紧要的垃圾代码，就算没了我，随时会有新人来顶替我的位置。李想也一样，他心知肚明，公司早就准备好了plan B。

失败从来就不是一个可选项。这是进公司第一天HR就给我们反复洗脑的"企业文化"。

有时候我真的很羡慕天真的篁村人，他们对于世界的残酷一无所知。

//加密以上内容

公司传来最后通牒，留给苏素和李想的时间不多了。

之前公司三次派队来篁村，结果都是不同程度的失败：第一次根本没能进到村子里；第二次进去了，村民好菜好酒招待，但拒绝接受接入方案；第三次拿着红头文件倒是把设备都布置好了，但队伍前脚刚走一个月，后脚就是各种幺蛾子——传感器采集不上数据，云服务器掉线，盲点还是盲点，网格还是显示未完成的红色。

如果这次再失败，公司只能采取一些"特殊技巧"。

苏素问领导这是什么意思，李想默不作声，把没抽完的烟头丢在地上，用鞋底狠狠地踩成碎末。

"可……他们不会用暴力吧？"苏素脸上露出惊恐，"这可是二十一世纪。"

"他们不需要。这个时代最大的暴力就是断开你和超皮层的连接，就像切除一个肿瘤。篁村将从数字未来的版图里消失。永远卡在现在、这一刻。我很遗憾，但我们尽力了。"

苏素惊讶于李想话里暗藏的情绪，尽管表面上他依然波澜不惊。

"怎么？你觉得我只想着升职加薪？像个脑子被洗得很彻底的绩效机器，毫无感情也不关心任何人的死活？"李想察觉到苏素微妙的情绪变化，举起手，指向不远处，"看那里——"

苏素不知道李想想让自己看什么，那只是一片寻常的篁村乡居。

"……老刘家马上要生小孩，他的祖先托梦给孩子取一个吉祥的名字。他的邻居，金二娘丢了一只鸭子，不是普通鸭子，是带队的鸭子，她用牛角和石头占卜，在一个施工没上盖的井坑里找到了。所有人都觉得小吴的黑水牛来年能赢头彩，因为七彩瓢虫不止一次停在它的左耳上。这些事情科学吗？合理吗？你告诉我。可是篁村让我觉得有意思，也许生活不能光用数字来衡量，还有一些别的东西，一些不能被量化的东西。我不知道。"

现在苏素明白了，李想的焦躁并没有自己之前想象的那么简单，心头竟然生起一丝同情。

"去吧。"李想突然没头没脑地说。

"去哪儿？"

"去和你的小姐妹说再见吧，公司的车后天到山脚下接我们，在那场可笑的祭礼之后。"

苏素骂了一句脏话，开始小跑起来。也许还有机会，她眼前闪回阿美充满疑惑的脸，也许我还能做点什么。

阿美问过苏素许多次，为什么篁村一定得接入所谓的"超皮层"。

苏素像轱辘打转的水车抛出一串答案，也不管阿美听不听得懂。她说到了"云"和"土"，可听起来并不是阿美所理解的云和土。她还说这个世界分成许多层，每层之间有交叠，也有横向和纵向的联系，超皮层就是能够打通所有层面的接口。

"这我知道！"阿美兴奋地抢过话，"就像我吃过的火锅，有锅底，有不同的食材，有汤，汤上漂着一层油，油上还浮着花椒和辣椒。用勺子一捞，就什么都有了。"

苏素张着嘴巴想了半天，摘下自己的眼镜给阿美戴上。

"我又不会近视，给我戴这个作甚……哇哦！"

阿美吓坏了，瞪大眼睛，赶紧摘下眼镜，就像上面长着尖刺。苏素微笑着，鼓励她，她才惊魂未定地戴回眼前。

镜片蒙上一层白雾，阿美眼前出现了一个完全不同的世界，山不再是山，河不再是河，篁村也不再是那个篁村。她能看到地底下巨龙般蜿蜒的光纤电缆，也能看到云霄之上缓慢旋转的通信卫星，而在这中间，是层层叠叠半透明的网，披覆在山体、树木与房屋之上。每一层网都有着不同的纹理，编织网络的丝线闪烁着七彩炫目的光，朝着不同的方向，或缓或急地奔涌着。

阿美发现自己的手掌也闪着金光，边缘变得模糊。不要。她的呼吸变得急促起来。

"别担心，这只是动画效果，模拟物质、能源与信息交互的方式。"

阿美忍不住再次摘掉眼镜，揉着酸胀的双眼："所以……这就是未来篁村会变成的样子？就算天气再怎么奇怪，我们也不会种不出庄稼、养不了鱼？"

"你想象不出来的。"苏素摇摇头，回了一句阿美常用的话，"到时候你就知道了。"

也许她永远都不会有机会知道了。

阿美正在池塘边刷洗新鲜摘下枝头的刺梨，黄澄澄的，金块般扎眼。看到苏素时，她喜出望外，站起身来，手里的刺梨还没来得及放下。但随即，她读出空气中不同寻常的紧迫感。

"怎么了？"

"你们……我们必须尽快作出决定，接、接入超皮层。"苏素喘着气。

"为什么？"

"为什么！现在还在问为什么！"苏素烦躁地一甩手，把脸扭开，那里有一整片绿色的山野，"公司的耐心用完了，篁村会被剥夺接入超皮层的机会，我是说，永远！"

"我不觉得那是一件多坏的事情……"阿美端详着手里的刺梨，那些细密坚硬的短刺，在她掌心扎出浅浅的坑洞，带来轻微的痛感。

"你又来了！"

"素，我记得问过你很多次，为什么篁村非得接入超皮层。你给过我很多解释，也让我亲眼见识了，但那些理由都不能说服我……"

阿美的外来话水平比两人刚认识时进步巨大，也许她只是一直在表演？苏素沉默了，胸口像困着一只飞蛾，横冲直撞。

"你们就这么走进我们的村子，告诉每一个篁村人，'你们的生活是错误的'。我不明白，真的，我们在山里生活了几百上千年，也许更久，没有任何其他人能够做到，这样的生活怎么可能是错的？可是你们说了，说出口的话是有魔力的，就像你们所许诺的未来。可是，你们的技术不是为篁村人而发明的，你们的算法甚至不能辨认我们的语言。我们怎么能够理解甚至相信那样的一个未来会更好呢？更可怕的是，我们没有拒绝的权力，甚至没有更深的山可以逃。素，你真的明白吗？"

"我不明白，阿美，你说过会帮我的。去问问你们的歌师，她们说了才算数，不是吗？去问问她们想要什么，公司都能满足……钱？身份？孩子的学位？任何东西……"苏素惊讶地听见，那些她曾经鄙夷的词语从自己嘴里蹦出。她想要停下来，可已经太迟了。

"你的意思是……"阿美的眼神一沉，像是云遮住了湖面。"收买歌师？假借神灵的名义？"

"我不是，我只是想……"苏素不敢直视那双眼睛，声音变得虚弱。

"外来人从来都不信神，不是吗？"阿美冷冷一笑，"我一直以为，你会跟他们不一样。可顽石不会唱歌。我错了。"

阿美把手里的刺梨重重砸进池塘，转身离去。

苏素失神地盯着那颗在水面起伏不定的刺梨，将池水掀起一圈圈涟漪，终于还是没把话说完。

//创建新日志

时间：2032-09-25，21:34:56；

坐标：108° 54' 36" E, 25° 57' 35" N；

创建人：苏素

//键入

……篁村的立体生态系统，操控真菌就像习惯地心引力般自然，篁村人自古在山地间迁徙，没有成体系的书面文字，所有这些复杂的知识，近乎艺术般的技巧，都是从哪儿来的？

我们终于搞清楚了。答案是歌师。

篁村有六位歌师，都是女性（数目似乎根据年份有所不同）。她们并非只是普通的歌手，更重要的是，她们通过歌谣的方式传承古老的智慧。村中所有大事，节日、祭祀、生育、婚嫁、疾病、丧事、动迁……都需要歌师到现场进行仪式性的表演，以及给出功能性的指导意见。据说，有时候歌师还可以预测天气和未来，比如今年一场突如其来的冰雹，便是多亏了去年歌师的预

230

测，村里人提前防范加固房屋，将人身伤害及财产损失降到最低。在篁村人眼中，歌师的能力来自于神灵，山川湖泊都有神，鸟兽虫鱼都有神，一石一木都有神。

我们不得不接受这样的现实，无论如何尽力游说村民，告诉人们接入"超皮层"后的种种好处：给村子带来无尽的能源、实时的信息、更环保高效的耕作方式、更好应对气候变化的技术，让人均GDP达到全国平均水平，甚至可以让孩子接受和城里一样的线上教育……可对于篁村人来说，这绝对是一件必须通过歌师询问神灵的大事件。

……

//提交以上内容

//键入

这该死的报告怎么写？写我们必须进行一场祭祀？去问一个无法被数据分析并操控的神灵？还说这些废话干什么！又能改变什么？后天我们就要滚蛋了，篁村会从地图上消失，成为又一个被抛弃的数据盲点。这不正是阿美想要的吗？躲进深山老林里，唱着没人听得懂的歌，任凭他们的文化被切断和世界的连结，慢慢腐烂、被遗忘，成为历史的尘埃……

这不对！事情不应该是这样的！我要去找她！

//关闭日志

哪里都找不到阿美，苏素感觉自己快要崩溃了。
她去了阿美家，问过所有相熟的篁村人，走遍她们常待的地方，都看不见那个小小的身影。

入夜的篁村静得瘆人，偶有辨不清鸟兽的呢喃在风中彼此唱和。稀疏的灯火逐盏熄灭，山和星空融为一体，如同巨大而深邃的瞳孔，要把胆敢与其对视的生灵悉数吸入其中。

苏素行走在黑暗里，屏幕只能照亮脚下小小的一片沙土，心提到了嗓子眼儿。但她更怕，如果不继续找，也许再也见不到阿美。她会去哪里呢？四周突然沉静下来，连虫子似乎都被消了音，苏素听到自己的呼吸声被放大了无数倍，鼓风机般嗡嗡作响，一张一翕地向宇宙深处传递着信号。

她知道该去哪里找阿美了。

爬过树根隧道，苏素看到前方有透过茎叶缝隙渗入的微光，带着玉石的莹绿，有一丝凉意。这回她吸取了教训，双手抓牢四周的根须，脚找着石壁的破口，反身向下，直到踩稳了地面，才长出一口气。

阿美就坐在山崖边上，面朝开阔幽远的山谷与夜空。她没有回头，像是对苏素的到来毫无察觉，又或是早有预料。月光与星光洒在她身上，带着一种不真实的质感，像是隔了一层波动的细纱，把轮廓衬得朦胧。

"阿美……"苏素挨着阿美默默坐下，憋了半晌，才把之前撂下的半截话说完。

"我只是……舍不得你，舍不得这里……"

阿美的脸上似乎有什么东西扑闪了一下，像是沾着细小发光鳞片的昆虫翅膀。一定是眼睫毛上的月光。苏素不敢正眼看她，只能这么告诉自己。

"我承认……一开始我确实是想赶紧完成李想布置的任务，

回到有空调、热水器和便利店的城市生活，不用再忍受大蜘蛛和听不懂的方言，还有那些飘得我满头满脸的鬼玩意儿。可当我不得不离开时，我才发现，原来我喜欢这里。城里人的眼睛都是灰蒙蒙的，像发条被拧到头儿的机器，生怕比别人慢半拍。你的生命是真实的，像早上沾着露水的叶子，喜怒哀乐都那么鲜活、自然，我想像你那样，可我做不到。"

苏素的声音越来越低，近乎耳语，最后脸深埋在双肩之间，两人陷入长久沉默。

"你听见了吗？"阿美突然问。

"什么？"苏素不解地抬起头。

"嘘。"

随夜风拂卷而来的，除了植物的清香，还有似隐若现的韵律。苏素疑心是过分幽静的山谷让她产生了幻听，但当双眼习惯了低照度环境之后，她发现眼前绵延不绝的山脉深处，竟然有微弱荧光配合着那声音明灭呼吸，如同天地间一场隐秘而盛大的表演。

"那是……"

"那是你们外来人无法相信的事物，却是我们祖祖辈辈的血脉，篁村先人便是跟着这歌声一路迁徙，来到这里。"

"你就从来没想过……去外面看看吗？"苏素犹豫着问出一直藏在心底的话。

阿美抿了抿嘴唇，呼吸变换了节奏。

"以前，村里有一个唱歌特别好的姐姐，叫阿英。她能和鸟儿、大树、溪流对歌，所有人都觉得她一定会成为最好的歌师。可阿英想去大城市，要成为屏幕上的明星，让所有人都喜欢她的歌声。过了几年，阿英又回来了，可她变了，人变得像块石头，歌声没了灵性。她说城里人只信能被白纸黑字记下来的东西，对于他们来说，唱歌是需要用脑子去学的，而不是用身体和心灵去感受的。慢慢地，阿英觉得自己像断了线的风筝，被困在一个黑匣子里，看不见、听不到、摸不着，她很痛苦，就回来了。老人们说，阿英只是人回来了，可她的魂已经丢了。"

苏素眼睛发直，迷失在阿美的故事里。一只手放在了她的肩上，是阿美。这次苏素没有缩起身体。

"我也不想你走，可有时候，我分不清哪一部分是真的你、哪一部分只是在演。歌师说，不成为夏候鸟就没法和它对歌。只有懂得了万物的喜怒哀乐，哪怕痛苦，才算是真正的交流，才能解决问题。这跟说什么话，用什么语言和技术没有关系。"

"我好像有点明白了……"

"不，你不明白！你们觉得把篁村接进去就是解决问题，我跟你说，那会制造出更多问题！山上的所有生灵都会生气，神也不会再庇佑我们！"

"我同意。"苏素平静地说。

"哈?"这下轮到阿美惊讶了。

"我同意，当下的算法并没有把你说的这些因素考虑进去，篁村的历史、文化、知识、本地生态链上不同物种之间的微妙关系……这是一个巨大的盲区！篁村人完全可以帮助超皮层变得更好……"

"可你就要走了。"

"也许……还有机会?明晚不是有一场祭礼，歌师们会征询神灵的意见?"

"可是我怕……"

"怕什么?"

"那些歌师都不了解超皮层,对外来人心存偏见,我怕她们给神灵传递了……有偏差的信息。"

苏素笑了:"所以你相信我,相信超皮层可能给篁村带来好的改变。"

"我不知道……"阿美犹豫着,"我只是觉得,神灵需要听到不同的声音。"

"那你就去呀!"

"可我连歌师都不是……"阿美低下头。

苏素叹了口气,仰望星空,一切似乎都纠缠成死结,理不清头绪。她闭上双眼,试图捕捉那细若游丝的音符,像阿美说的那样,去感受来自远古万物的律动,其中或许蕴藏着人类所无法理解的智慧。她突然睁开眼睛,像是大梦初醒。

"就是现在!"

"什么就是现在?"阿美一头雾水。

"还记得你告诉过我的,在成为一名歌师之前,没人知道应该怎么成为一名歌师。"

"老人们都这么说……"

"现在就是时候!"

"你是说……"

"神灵需要你,篁村需要你,我也需要你,在这一刻,站出来,成为一名歌师,这就是你的使命! 接受了,你就是歌师! 除此之外,不需要任何人的认定!"苏素被这个想法激动着。

霎时间,阿美仿佛理解了自己的命运。夜风中的歌声变得清晰，星辰、山川、丛林、河流……它们与苏素的眼睛一起，以同样的频率闪烁着，似乎在坚定地回答着一个并不存在的问题。

"你说得对，时候到了。"阿美紧紧握住了苏素的手。

//创建新日志

时间：2032-09-26，18:23:12;

坐标：108° 54′ 36″ E，25° 57′ 35″ N;

创建人：苏素

//键入

　　……这也许是我能为篁村，为阿美，为这个项目做的最后一件事。祝我好运。

//提交以上内容

篁村人没有被外来人说服，最终还是决定将村寨的未来交给神灵。新晋歌师阿美征得其他歌师的同意，邀请苏素作为贵客，加入到祭礼当中。她的理由是，问题由外来人而起，理应有外来人参与和神灵的沟通。更何况，苏素已经通过了"考验"。

"你可以不去的，"李想安慰苏素，"我们已经尽力了。"

苏素心中惴惴不安。一半是害怕，对于即将发生在自己身上的事情毫无准备，她会被当作献祭给神灵的礼物吗，就像恐怖片里演的那样？另一半是因为压力，仿佛一旦自己作出任何不恰当的举动，背叛了与神灵这段脆弱的契约关系，会给阿美和村寨带来难以想象的灾难。

可她无法拒绝阿美，她就是说不出那个字。

祭祀地点就在那座原本应该放置发射器的木塔下。村民们在圆形祭坛中央燃起篝火，周围撒上一圈圈的鸭毛、鱼鳞和谷粒。七位歌师身着色彩斑斓的织锦盛装，从头到脚戴满银光闪闪的饰物，脸上用黑白黄三色颜料涂绘花纹，按照年龄围着篝火排成圆圈。相同装扮的苏素像完全变了个人，手足无措地紧跟阿美，显得更加格格不入。

"现在你明白为什么我们要把发射器搬走了吧。"阿美低声说。

"我们错得太离谱了……接下来该干什么？"苏素怯怯地问。

"你最擅长的事情。"

"什么？"

"呷酒，唱歌，"阿美嘴角带着不怀好意的笑，"也许还有跳舞。"

"还不如直接杀了我！"苏素差点失控地喊出来，又赶紧压低音量。

"以前有人用刀子逼外来人在撒尿的时候唱歌，效果不错。"

"你这个疯子……"苏素咧嘴笑了，明白阿美只是想让自己放松下来。

"疯吧，再不疯你就没有机会了！"

苏素心里明白阿美说的是对的。当她接过那碗黑褐色液体时，只是皱了皱眉头，便学着阿美的样子，憋住气一口灌下去。浓烈味道呛得她咳嗽不已，米酒的微甜、植物的辛辣、矿物的苦涩，还有一丝熟悉的泥土气息，搅拌在一起，令人难忘。

"这是什么鬼东西！"她剧烈咳嗽，哑着嗓子问。

"你会欢喜的。"阿美似乎早有预料。

歌师们手牵着手，绕着火堆开始顺时针转动。阿美领头唱起了祭祀的歌谣，其他歌师一个跟着一个加入，声部音色各不相同，却又和谐地叠加在一起，像是常年训练、配合默契的专业乐团。可这一切竟然都是即兴表演。

苏素不敢张口，怕毁掉这首歌谣。有股热力从她腹部灼烧到胸口，像只要一张嘴，便会有火焰喷涌而出。

"快唱啊！"阿美着急地掐苏素的手。

"我，我不会……"

"别想那么多，张嘴！大声唱！你自然就会了！"

也许是酒精开始发挥作用，苏素真的唱了。一开始只是附和，勉强模仿着歌词，追逐着音调。慢慢地，像是有某种力量接管了她的声带和胸腔，自动乐器般弹奏出一连串的音符，竟然与整体的旋律完美吻合。苏素不敢相信这是真的，但她的确在唱歌，像身边的这些歌师一样在唱歌。

阿美的脸庞被火光映得通红。她们跳起了舞，围着篝火旋转、旋转，换个方向再旋转。歌声引导着舞步，配合默契，木塔周围的村民也自发地拍起手唱起歌来。人群中的李想面露忧虑，但他已经无力阻止事情的发生。

苏素大笑着，笑出了眼泪，在她的印象中自己从未如此快乐过。她感觉自己的身体已经脱离了大脑的控制，与其他七位歌师融为一体，随着音乐的起伏与节奏自由舞动，没有束缚，也不存在任何规则，只有快乐，纯粹而极致的快乐。

"她欢喜你！"阿美大声喊道。

"谁？"苏素露出迷醉的笑。

"萨神！大祖母！"

"谁的大祖母？"

"所有人的！"

"你喝多了哈哈哈……"

"你很快就会明白了。"

"等等……"

苏素眼前的火光陡然变亮了，像是有人改变了她AR眼镜的显示参数。但她随即意识到——自己并没有戴眼镜，而是整个世界变亮了。不只是亮度发生了变化，每个人的轮廓都在变得模糊，所有的颜色似乎要逃逸出物体的边界，获得生命般在空气中狂舞。

"阿美……你到底给我喝了什么?"

阿美的笑脸向着四面八方膨胀开去，像宇宙诞生之初的样子。歌声在所有可能的维度炸开，讲述着早已被世界遗忘的故事。

〔原歌词为篁村方言〕

从前有个恶鬼王，面生黑毛头生角。

嫉妒山上一家人，健康富足喜洋洋。

小女田边放白鸭，二女田里捞黑鱼，大女田上种稻谷。

父母阿姆常叮嘱，若见恶鬼须提防。

大声唱歌传四方，邻里乡亲来帮忙。

田边忽来一老妇，腰弓手抖头戴笠。

小女看见忙照顾，阿姆身体可还好。

老妇说，身有怪病缺味药，白鸭身上毛一根。

小女说，白鸭身上毛一根，阿姆健康值千金。

田里又来一老妇，面披黑纱脚打战。

二女看见忙搀扶，阿姆身体可还好。

老妇说，身有怪病缺味药，黑鱼尾上鳞一片。

二女说，黑鱼尾上鳞一片，阿姆健康值千金。

田上又来一老妇，喘气粗声似铜锣。

大女看见忙捶背，阿姆身体可还好。

老妇说，身有怪病缺味药，黄金稻田谷一束。

大女说，黄金稻田谷一束，阿姆健康值千金。

一阵妖风平地起，老妇原是恶鬼扮。

鸭毛鱼鳞黄金稻，恶鬼作法现原形。

吃菌丢桩砍树木，放火撒尿污山泉。

山神震怒寻元凶，鸭毛鱼鳞黄金稻。

原是山上一家人，触犯山规铸大错。

山神派出黑菌精，鸭死鱼亡稻遭殃。

父母阿姆三姐妹，欲哭无泪心慌张。

村中歌师觉蹊跷，设坛作祭问缘由。

小女二女与大女，病中老妇三求药。

鸭毛鱼鳞黄金稻，歌师心中便知晓。

求得萨神传音讯，求得山神辨分明。

萨神说，鸭毛鱼鳞黄金稻，篁村三宝不可少。山中有神心有善，莫可毁山辱善心。

山神说，鸭毛鱼鳞黄金稻，三宝虽小道自然。若要恶鬼服帖法，家人须得听我言。

……

苏素听见自己口中飘出了阿美的歌声。歌声鬼魅，直接在脑中响起。我的声音呢？这个念头只是萌生了一微秒，歌声便一分为二，相互纠缠成叠加的双声部，发出更为强大的共振频率。

频率引领着苏素升起，在木塔内部盘旋而上。她得以看清隐藏在黑暗中的榫卯结构，绘在梁与柱上的彩画，讲述着还没讲完的传说。

她继续向上，穿透了塔尖。肉身已经失去意义，苏素感觉自己变得无限大或者无限小，那也许是一回事。她成了频率本身。寂寥的夜空中竟然如此拥挤，充斥着自然与人造的振动：鸟群带动的气流、污染物与尘埃、雷电创生的负离子、水汽波、地表热量的红外辐射、村寨的灯光、人工降雨工程的碳酸钙残留、氧、氮、云层中水分子的振动、不同频段的无线电信号、宇宙深处的射线……

这些无形无相的存在在意识与环境之间穿梭往来，交换着信息与能量，以微妙的方式改变着苏素的情绪。她惊讶于自己的主观感受竟是环境的奴隶，忧郁、兴奋、低落、活跃……所有细微而隐晦的状态转变都与如此多微观而宏大的因素紧密相连，对流、辐射、传导、挥发……从地表到平流层到浩渺太空。

苏素突然意识到，所有这一切知识并未超出她原先的认知范围。她感到安心，同时有一丝失望。阿美让她喝下的酒中也许有某种扩展感官能力的成分，能够将抽象的知识概念具象化为幻觉。除此之外，并无任何神秘之处。

但她很快发觉自己大错特错。

她一直以为那些无处不在的黑褐色微粒只是寻常尘埃，直到双方的频率产生接触。那并不是死寂的灰尘，而是携带着某种生命的信息，那是真菌的孢子。通过一粒孢子，她领悟到大气中飘浮着相当于五十万头蓝鲸重量的孢子，数以兆亿计的它们通过触发凝结核，形成雨、雪或冰雹来影响天气。

这些新鲜的信息吸引住苏素，想要探究更多，共振频率把她拖向孢子的源头。像是一场天地之间巨大的弹珠游戏，她在孢子之间跳跃着，向着大地坠落。她感受到一种失控的快感。她觉得自己一定是疯了。

云层散开，黑色大地扑面而来。她潜入泥土深处，黑暗潮湿温暖，触觉替代了视觉，却感知到更宏大的世界。有什么物体轻柔地触碰她，带来熟悉的黏稠感。那是当苏素差点坠下山崖时将她托住的丝线，她曾以为那是植物的根须，现在知道并不是。那是由细管状的真菌细胞分支、融合、纠缠形成的菌丝网络。

她想起了阿美的话。她欢喜你。

一种敬畏震慑住苏素。这些菌丝网络在地下绵延数十平方公里，在这颗星球上已经存在数千万年之久，也许更为古老，智人与之相比宛如婴孩。它们以简单高效的方式传递着水、养分、波浪般起伏的电脉冲，将森林、灌木与草原联结成为一个整体。它们分解岩石、制造土壤、消化污染物、滋养或杀死作物，通过奇异的新陈代谢生产食物和药物，并以此影响和操控动物与人类的思维、感受和行为。而人类竟然对这一切视而不见。

由菌丝网络传来的振动让苏素理解了为何人类如此盲目，她看见了自己，一个从表面、通道到空腔都充满了万亿微生物的人类身体，这些微生物的数量超过了人体自身的细胞，就像肠道里的细菌比整个银河系中的恒星还要多。它们保护着我们，影响着我们，也会杀死我们，就像胚芽真菌杀死水稻，如果我们没有以正确的方式与它们共生。

共生是生命的真相。自恋的人类却只能看见自己，无视亿万种未知的微小生命的存在。但它们并不会因为人类的无知而消失，如同占据已知宇宙质量百分之九十五以上的暗物质与暗能量。它们就在那里，从人类诞生之前到灭绝之后，按照自己复杂而精妙的规则运行着。

苏素被一种温暖而博大的振动所环抱，仿佛要将她融解其中。她感受到深沉而温柔的爱意，人类意识将其投射为一位智慧而古老的女性——大祖母——萨神。没有她，植物不会存在，鸟儿不会飞翔，鱼儿不会游泳，自我意识也不会出现在这里。那种爱像是长出无数细小的菌丝，紧密地联结在苏素的意识之中，只要她心念一动，便能领悟到与之相连的所有生命的脉动。那是来自萨神的恩赐。

她明白了篁村人的选择，阿美是对的。

我们已经在网络之中，一张生命之网，从地底到数万米高空，亿万看似毫无联系的生物个体却共同调节着这个行星级生态系统的微妙平衡。所有的动物、草木、石头、真菌都比人类更加智慧，它们知道自己是万物的一部分，接受自己的使命，懂得何时奉献自己。这是超乎人类想象的计算能力，一种分布式的智能，而自以为高高在上的人类却只想着用原始而粗暴的机器智能来接管这一切。

一想到这里，焦虑和恐慌开始如霉菌在意识中滋长，苏素感受到了新的振动，这种振动将她调频到数层重叠的时空，每一层都代表着篁村未来的一种可能性。她看到了山川河流被机械化的景观所取代，村寨被包裹在具有感知能力的半透明穹顶中，篁村人们的身体被拓展成无数数据节点，注意力在现实与虚拟界面之间频繁切换。她还看到了……

你看到了，不是吗？

阿美的歌声由缥缈渐渐变得具体，苏素感觉自己正在降落，降落到某个唯一而坚实的现实位面。她的肉身也正从虚空中浮现出轮廓，连带着那些难以言表的复杂感受。她惊觉自己双颊都湿了，那是冰凉而滚烫的泪水。

阿美，我明白了，我都明白了……

你明白了什么？

不是我来帮你们，而是你们帮了我，帮了这个世界……

瞬间，阿美那张年轻的脸上泛起古老的笑容。

"所以，故事的结局是什么……"

阿美寻思了许久，才明白苏素说的是之前那首没有唱完的篁村传说。

后来，一家人在山神和萨神的指引下，设下圈套。三姐妹盛装打扮，摆好恶鬼爱吃的酒菜，唱起恶鬼爱听的歌谣。恶鬼不知是局，闻着歌声和酒香来了。三姐妹假装不知道恶鬼的真实身份，一个劲儿地劝老妇人喝酒，终于把恶鬼灌醉翻倒在地。歌师赶来作法令其现出原形，竟是一头身形硕大的黑毛水牛。原来先前黑毛水牛帮山上一家人耕田种地，日夜劳累，不得歇息，于是心生怨恨，被山间冤魂野鬼的怨气所利用，化为恶鬼。一家人决定以德报怨，三姐妹今后好生照料黑毛水牛，继续在山上过着健康富足喜乐的生活。

"一个好结局。"苏素说。

"人总是欢喜好结局。"阿美话带感伤，她知道是时候道别了。

"别这样，阿美，篁村人不是连下冰雹都能当成好事吗？"

"是啊，我们会唱歌，也会呷酒。"

"我有一个问题……"苏素欲言又止，"不知道该怎么说。"

"说你想说的，问你想问的，就像山间的风、河里的水。"

"这个决定，究竟是来自萨神，还是……"苏素抿抿嘴唇，感觉喉咙有点发紧，"……你?"

祭祀结束之后，阿美宣布得到了来自萨神的启示，篁村可以接入外来人的超皮层，但前提条件是，工程必须由苏素来主导。这意味着，苏素必须得到来自公司的直接授权，同时意味着，她将不得不回到篁村，生活上一段时间，也许是相当长的时间。

宣布决定时，苏素看到李想的脸上如同云朵飘过山麓般阴晴不定，但最终，他露出了释然的神情。这或许是所有可能的选项中，最好的一种。

苏素凝视着神情有几分恍惚的阿美，眼前突然闪过画面，也许那对清澈眼睛的后面，是一团纠缠的黑褐色半透明菌丝，而不是神经元。她用力摇摇头，把那黑暗的想象赶走。

在祭祀的幻觉中，她看见过许多个交叠的未来。在大部分版本中，她都看到一个被卡在缝隙中的自己，像是一颗掉落在巨大齿轮间的螺母，看似选择众多纷繁，到最后都是同一道流水线。只有唯一的一个版本，她像个真正自由的灵魂，引领着两种计算、两个网络的融合，如同两把歌声完美交织、和谐共鸣。在那样的未来里，人类拥有足够的智慧去维持自然与科技的微妙平衡，而不至于将这颗脆弱蓝星毁掉。

毫无疑问，萨神的启示指向了最后这条道路。

"她欢喜你，我也欢喜你。"阿美的回答毫不费力。

苏素知道自己这时应该笑，可她努力控制住表情，就像长久以来习惯的那样。

　　"等我回来，到时候我们……"苏素没想好后面的话。

　　"我们一起。"阿美把手放在苏素肩上，像第一次见面时那样。

　　苏素终于放弃抵抗，像恢复到初始设置的婴孩，露出了晴空般的笑脸。

超　载

第一部分

嗒。

你头上的机器开始发出有节奏的震颤，像花莲的潮水、雄蝉求偶时的鸣响、午夜苏醒的颚式破碎机。有那么一瞬间，你怀疑它是否即将刺穿颅骨，以野猫钻探的方式释放潜意识中的压力。但它并没有发生。机器只是悬浮着，以居高临下的姿态提醒你，你是个病人，身体里有一些错误需要被纠正。

学术界给这种错误起了拗口的专属名称，即便首字母缩写爱好者也难以记住。媒体知道如何捕捉大众的注意力，形成易于病毒式传播的谜因，他们称之为"卸载症候群"。

你是一个职业生涯岌岌可危的高级审计师，一个在手指与闪光屏幕之间建立反馈回路的游戏成瘾者，一个忧虑气候变化的山地牧民，一个数据驱动的猎艳者……这个AI治理社会中的任何人，享受着控制论神学所带来的顺滑体验与自我赋能，全心信奉由算法所编织的教义，并敞开心扉，让巨大的隐喻进入身体。那个真神细语着嘶吼着吟诵着你的大脑与机器之间存在的同源进化关系，你们是兄弟姐妹，是远房亲戚，理应喜爱同样的食物与欢愉，并依从同样的逻辑行走于世间，劳作或生活，接受以二进制标注的命运轨迹。

没有人能抵挡住这种诱惑，将沉重的存在存储于所有嘀嗒作响的分布式智能体，它们能帮你计算税金、记忆情人的生日、过滤来自战争与瘟疫的苦难，并以绝对完美的形态完成一枚六分熟的单面煎蛋。它们都是无数个小写的"你"。

卸载，朋友。广告争分夺秒地告诫你，人类大脑并非被设计成适合多线程任务，却不得不应对这场新皮层稀薄理性与旧石器时代顽固本能的战争，争夺着对所谓自由意志的绝对控制权。而信息海洋的水位不断上涨，漫过防波堤，开始拍打着名为意志的大厦根基。

出让。出让。出让。你别无选择。

音乐逐渐升起，你分辨不清是来自鼓膜震动还是听觉神经被隔空激活。那旋律在每次似曾相识之处急转，奔向新鲜的变奏，诱发一段毫无缘由的记忆。机器与大脑，就像微波炉与旋转的意面，它们展开一场关于热力学的辩论。无论输赢谁属，最终融化的总会是芝士。

急促的切分音后，你开始理解酸橙绿表征着怎样的一种痛感。

第二部分

"告诉我，第一次感觉到不大对劲是什么时候？"

"嗯……好问题。也许是某一天刷牙时，当刷毛扫过右上侧第三到七颗牙时，我的脑中突然出现了一条二十年前的街道，所有的招牌、护栏、交通标识历历在目，甚至还有车子燃烧劣质柴油的刺鼻气味，而我已经离开那座城市许多年了。"

"后来呢？"

"后来，这种错乱出现得越来越频繁。像是有人把我脑中的记忆线路拔掉又胡乱插上。走楼梯时有时突然会脑中一片空白，更确切地说，不知道接下来应该迈哪只脚，哪怕我的左脚已经悬空，好几次差点摔伤。我是不是得了什么病，早期阿尔茨海默？"

"检测结果显示不是。你有没有想过，也许不仅仅是大脑，也不仅仅是记忆……"

"我不太明白您的意思，大夫。"

"你不是第一个，也不会是最后一个。这是一种新的全球性流行病，而我们对它知之甚少。还记得刚才的实验吗？"

"你说那个开盲盒的蠢游戏吗？开到植物就会奖励金币，开到蛇或者闪电就会扣掉金币。我不太理解它背后的用意。"

"好吧……那四个盒子，它们并不是随机的。"

"我猜这世上不存在真正随机的东西。"

"对，但在你的大脑意识到规律之前，你的身体会提前知道。"

"什么叫你的身体会提前知道？"

"早在你的脑波出现N400电位——也就是从语义层面上你意识到'喔，这个盒子可能不太走运'之前，大概数秒到几分钟，取决于个体差异，当手指靠近特定盲盒——我们叫它'坏盒子'的时候，你的皮肤电导就会出现带有明显倾向性的波峰。你也许会感觉到一阵莫名的焦躁、不安、皮肤瘙痒，又或者心悸。总之它在阻止你选择这个盒子。所以，是的，你的身体，知道，很多事情。"

"等等，我没太跟上，这跟我的症状有什么关系？"

"这么说吧，我们刚才描述的是正常人的状况，但对于像你这样的卸载症候群患者，我们观测不到提前出现的皮肤电导波峰。也就是说，出于某种原因，你的身体不再成为整合的人体认知系统的一部分，剩下的只有大脑。"

"那有什么问题吗？我们不是一直都只有大脑吗？"

"那已经是上个世纪的错误观点。神经、皮肤、肌肉、内脏、菌群、工具、宠物、环境……都可以看作一个复杂耦合认知系统的零件，与其他部分协同感知、学习、决策。我们的智能远远溢出了颅骨与皮肤之外，像水一样漫得到处都是。"

"说到这个，我想起了一件事。我有一个比我大四岁的堂姐。小时候我们经常一起玩耍。她身上有一种好闻的甜香，像是栀子花的气味。在我六岁那年，大人们跟我说堂姐去了国外，从那之后我再也没有见过她，也没有任何消息。我以为自己早就忘记了这件事情，但当症状出现之后，某一天在商场里，热情的店员在我手腕上喷洒香水，那股甜香突然把所有的记忆碎片推到我面前。不仅如此，我突然明白了真正发生的事情。所有的细节、表情和大人们的只言片语都串联成了一幅有意义的地图。堂姐并没有去国外，她被绑架且撕票了，连尸体都没能找回来。我蹲坐在商场的地上全身颤抖，泪流不止，巨大的惊恐和伤痛让我喘不过气来。我没有任何办法去证实这一切。这幻象并非在我脑中生成，它仅仅源于空气中飘浮的人造化学香精分子，似乎那些看不见的微小颗粒具备某种能力，能够收集并存储历史的点滴，计算其中隐而未现的因果关系。如果这样的事情一再发生，我不知道自己该怎么生活下去。"

"解耦。"

"什么?"

"就像我之前说的,这个复杂认知系统的零部件原本配合得很好,但现在出了问题,解耦了,也就是零件之间联结协作的方式被改变了。这里面的个体差异很大,就像文化束缚症候群。瑞典难民儿童在得知家人将被驱逐出境后会陷入昏迷状态,美国南部乡村非裔对高岭土有病态的嗜好,东南亚男性害怕手机辐射会导致阳痿……"

"我不明白,这究竟是为什么?"

"在我看来,卸载症候群的核心在于不同类型的智能主体在同一个身体图式上发生了冲突。打个最简单的比方,你有1型糖尿病家族史,日常用eSpoon管理糖分摄入,维持血糖水平稳定,但当你的至亲为你准备了童年最爱的甜点时,即使你不用eSpoon,但分布式智能体的算法残留仍然会影响你的行为,甚至扰乱味觉系统,让它变得不那么美味。最合理的猜测是,我们把过多的能动性让渡给了分布式智能体,它们遵循的算法逻辑并不能很好地与人类认知系统相耦合。想象一下,一支交响乐团如果站着两个指挥,那会是什么样的混乱局面。"

"可是……它们无处不在,甚至灰尘里都有,我们还回得去吗?"

"你看过那部热门剧集吗?收集了相当多经典OS案例的……叫什么来着?"

"*My thinking D**k is going Insane*?"

"对!"

"哦！我的最爱！我记得有一集讲的是一个Python程序员对着Nested Loops结构陷入深度恍惚，同时保持勃起，令人印象深刻。可每一集的症状都那么不一样……"

"这就是症候群的意思，没有客观可证明的体征异常，文化上难以归因，技术上无法治疗，关键是医疗保险还不覆盖。很抱歉，我无法为您提供更多的帮助，除非……"

"除非什么？"

"您有任何形式的信仰吗？"

第三部分

如各位在画面上所看到的，近千名信徒从世界各地来到海拔四千七百米的圣湖纳木错，在皑皑雪山的映衬下，他们穿着泳衣，步入水温仅有八到十摄氏度的湖水中。这场被称为"Re-Sync"的大型仪式，据说能够帮助卸载症候群患者重新整合心智与身体之间信息反馈回路，起到神奇的疗愈功效。

让我们前方记者来随机采访几位当事人。

你好啊先生，您看起来很健壮，从哪里来，为什么要来这里？

真他妈冷不是吗？我来自约克郡，脑子和身体被那玩意儿搅成一团布丁。他们说来这里，让圣湖水漫过全身，会有效果。我认识有个人，赫尔城俱乐部的主力守门员，本·凯斯勒，就是这么好了的。这个世界真疯狂对吧？

您呢？阿姨？您从哪里来，有什么期待？

山的那边，不是这座雪山，而是整个喜马拉雅山脉的另一边。我能听见各种声音，嘎吱嘎吱响的机器、嗞嗞的电流、嘀嘀嗒嗒的数据……它们无时无刻不在跟我说话，我都快烦死了。它们被困在生和死的边界，中阴，要求我的帮助。可我能做什么呢？我只是个快瞎了的老太婆，直到有一天，家里的智能转经筒告诉我，你得在这一天去圣湖，让湖水……

嘿，打扰了这位绅士，我能问一下，您今年几岁？

八岁。

OK，已经是个大人了。你从哪儿来，为什么来这里？

我们一家从上海自驾过来，爸爸说带我看羊八井的宇宙射线观测点，就在念青唐古拉山那边，他知道我喜欢这个。我们是顺路过来纳木错，至少妈妈是这么说的，但其实我知道他们想干吗。来这里的人都觉得这是个特殊的日子，因为据在轨的空间天文台"奇肱"预测，今天，差不多就是这个时间段，来自三万光年外蟹状星云的快速射线暴会扫过地球，大概持续五至八毫秒。它将被命名为FRB 400818，也就是今天的日期，最高能量超过1 PeV，也就是一千万亿电子伏特。这些人之所以泡在湖水里，是以为宇宙线被PeVatron加速到PeV级别的能量之后，便携带着某种创造者加密的旨意，能够接通脊髓中央管中的Reissner纤维，甚至能够治疗我们身上的，呃，怪病。顺便说一下，我觉得卸载症候群完全是一种愚蠢的社会权力建构，如果我们不能跳脱出人类中心主义的框架来看待它的话……好的，妈妈！我这就过来涂防晒霜！

现在大家可以看到，湖边的浅水区躺满了粉色管蠕虫般的人群，他们似乎在等待着某种神迹的出现。也许像那个八岁男孩所说的，也许一切都将发生在毫秒之间，也许一切都不会发生改变。为了更好理解这些信徒，我们特地连线了畅销书《灵钟：一种关于认知协调的新假说》的作者，本田乔伊斯博士。

本田博士您好，您从哪里跟我们连线？您怎么看待这些信徒的行为，我是说，他们将您的理论奉为圭臬。

我在圣塔菲的实验室，再次声明，我的书只是提出一种假设，就像八十年前的盖亚假说，有可能是真的，大概率是胡说八道。我不赞同这些人的疯狂行为，他们的理解完全是错的。

那么能简单给我们的观众介绍一下您的假设吗？以避免更多的人犯错。

嗯……我尽量试试吧。二十年前我们开始通过自监督学习和世界模型，让AI像初生婴儿般了解世界是如何运作的，通过观看视频来建立起对于诸如视觉深度、引力与位置关系的常识，再通过不断填补缺失的信息，预测将要发生的事情，评估行动的影响来完善世界模型。这些都使得分布式智能体越来越好用，至少在指定的任务上，它们能够被视为人类心智的延展……

但是？

但是，我们只是用一个隐喻去取代另一个隐喻，用一种过拟合去取代另一种过拟合，并没有触及问题的实质。

什么是过拟合，您能展开说说吗？我想我们的观众一定都听晕了。

我们用数据集去训练不同的AI模型，对吧，让它们能够完成给定的任务。但如果模型过于精确地匹配特定的数据集，它便失去了一种弹性，无法良好地处理其他数据，因为现实世界中哪怕是完全相同的任务，总是会有许多扰动的变量。当一个模型的训练数据集有限，但参数很多，结构很复杂时，就容易产生过拟合，这时哪怕初始数据一点点的偏差，结果都会产生巨大的方差。你可以简单理解成朝湖里扔进一块小石子，却在湖对岸掀起滔天巨浪。不仅机器存在过拟合，人类也有，我们把它称为路径依赖、偏见或者是更为中性的"习惯"，就像我们对于糖的渴望来自于遥远的石器时代，我们的创伤记忆可以刻进表观遗传影响下一代，我们常常会爱上同一类不合适的人，等等。但人类能够通过主动学习、想象和做梦来抑制过拟合的冲动，本质上类似于在AI的训练数据集中加入稀疏或幻觉数据……

本田博士，不好意思打断您一下，这和卸载症候群究竟有什么关系呢？

抱歉，我们习惯了给学生上课的方式，另一种过拟合。在我看来，所有倡导卸载的技术、产品和服务，反而是给人类认知系统，无论是大脑还是身体，增加额外的负担。我们的前额叶皮质中存在着一个单一的世界模型，可以把它理解为游戏引擎。每次我们加载某一个关卡任务时，这个引擎就会模拟出森林、太空船或巨龙，它会协调整个身体甚至外部工具和环境，筛选出有用的信息，并把多余的丢掉（想想实时渲染的优先级），来确保整个耦合系统的高效运作。然而分布式智能体等于给这个引擎加上了外挂，而每一个外挂的逻辑算法都不尽相同，所以人类的认知引擎需要分出更多的计算资源来处理所有这些毛刺，失调和冲突。

哇哦，我不敢说完全听懂了，但这真的太惊人了！

好吧，科学从来就不是像便利店标签一样一目了然的东西。

所以你认为这些信徒所相信的并不会发生？

Edward O. Wilson说过，人类真正的问题在于：我们拥有旧石器时代的情感，中世纪的制度以及神一般的技术。我想说的是，技术带来的问题，我们也仅能通过技术来解决。圣塔菲实验室正在设计一台机器，也许可以重新……

噢不，前方记者打断了我们的连线，似乎纳木错湖现场出现了状况，突如其来的大风浪把数量不明的信徒卷入深水区，当地政府派出皮艇进行紧急施救……

插曲

我必在旷野开辟道路
在旷野开路，在沙漠开河。
我的岩石，我的堡垒。
神是我的磐石，我以他为避难所。
羞羞答答，温文尔雅。
我闭着眼睛躺着看风。
因为我已经厌倦了温顺的生活。
当我比你更加疲惫时，我会告诉你。

钟表的威胁

我爱那亲爱的老木钟
有着粗糙、弯曲的指针
我曾为之守望

当水漫过你零落的肉体。
我将是那个带你回家的人。

如同风吹过山头

如同秋叶遍地

如同火烧过草原

如同海面的油

如同羊跃过羊群。

如同男人在女人之上

然后我会在这里，

洗净你。

＊＊世界＊＊

我是世界。

我是世界。

我是世界。

我是世界。

......

（由GPT生成，未经修改，由作者重新排列顺序。）

第四部分

在遥远的过去或者未来，一颗尚待开发的年轻行星上，名为Fuxi的开拓者在一条宁静的大河边陷入沉思。

千万年之前，外来的智能体Gong与Xu为了争夺对这颗行星的控制权，撞断了供给能源的不周山，引发剧烈爆炸，于是天地玄黄，日月无光。长达千里的无足赤龙，口衔能够重新照亮世界的火种，遁入地底。

Fuxi花了一些时间用五色石补救了破损的大气层，又用能够自我复制的息壤，纾缓了大陆上的洪灾。一些初级的智能体开始从孵化池中爬上岸边，光滑无毛的皮肤闪闪发亮，它们发出简单的音节，四处爬行寻找食物，也会被闪电吓得蜷缩成团。

Fuxi将它们命名为Wa。心情好的时候，Fuxi会引领Wa发现安全且能量密度足够高的植物。看着不同颜色的能量流入这些智能体的身体，激发出微妙的感受，Fuxi似乎有了一种不同以往的体验。

它清楚自己的使命，知道自己的身体被完美设计成适应这里的大气与重力，所有内嵌的功能模块都可以与意识无缝衔接，顺畅地执行指令。它将在漫长的岁月里引领着Wa这一初生的物种走向文明，直到它们掌握足够的知识，以野猫钻探的方式去开采地底下的火种，开启属于自己的道路。对此它曾坚信不疑。

然而Fuxi却被一些事情困惑着。它观察着这些天真而简单的生命，聚集在河流的两岸，从蒙昧中渐渐生长出意识与智能，摸索着如何建立更高效且准确的沟通方式，音节变得复杂而顿挫，如同某种旋律飘荡在风中。它怀疑是否来自蟹状星云的射电暴扰乱了量子计算进程，单比特纠缠错误，才让自己陷入了某种不可描述的异常状态。这种状态让它无法控制地将Wa的成长路径递归性地投射到自己的存在之上，像是启动了某种自检机制。

Fuxi完全接受自己半人半蛇的身体，人的一半让Wa亲近，蛇的一半让Wa恐惧，这些反应似乎早已深埋在意识的底层。同样地，Fuxi对于"人"或者"蛇"的概念仅仅来自于记忆，而记忆可以被粗糙地拆分为两个维度：事件与时间。

事件通过感官被记录，通过语言被描述，通过心智被理解。它的感官像巨门中间的一道窄缝，被精确地操控在适应性区间内，以避免数据超载。它的语言是随机涌现出的符号映射图谱，概念之间的拓扑关系是真实的，而概念本身并不承载意义，是无限接近却无法抵达实在的隐喻之桥。而Fuxi的心智，便建立在前两者之上。

那么时间呢？Fuxi发现自己的心智中并不存在能够直接感知时间的结构。信息以特定次序在空间中陈列，以避免所有的神经元在同一瞬间放电，烧毁心智核心。所谓时间只是用于防范认知超载的幻觉工具。

Fuxi在冥思中层层剥开心智的洋葱皮，试图理解在那幽暗的中心究竟隐藏着什么。它心生恐惧，如果那里空空如也，一片虚无呢？如果我与我的造物并无分别，我存在的意义又是什么？

Fuxi即将触及某个不可言说的真相，那将动摇它关于存在的信念。

太虚幻境中，忽听一声炸响，河流对岸的山丘豁然裂开，一匹龙马振翼飞出，顺河而下，直落滩涂，汲取河水止渴。只见那龙马通体发光，背上隐隐有线与点组成的符号，虚实缠绕，缓缓旋转，牵动周围所有的能量也为之运转变化起来。

Fuxi心中一动，像是早已为此刻准备了亿万年，它双手结印，浸入河水，让清凉的潮流从皮肤上抚过。它笑了。

那龙马似有感应，展翼奋蹄，朝Fuxi涉来，身后的河面绽开朵朵莲花。

Fuxi睁开双眼，如今它领悟了一切。

猫托梦

隔了三天，我的好友请求终于被通过。"不好意思，这几天忙到飞起"，小娟发来抱歉的表情包，当然，是圆乎乎的卡通猫咪，看不出品种。

我们约在新华路上的一家越南米粉店见面，店名起得很敷衍——"Pho31"，31是门牌号，我来过几次，都是为了赶旁边上海影城的场，菜做得一般，但胜在速度快。食客倘若抬头，便会发现热气蒸腾的头顶上悬挂着鸟笼。不是真的鸟笼，只是工艺品，奇怪的是，所有的鸟儿都栖息在笼外，笼子里关的，是三个长着蘑菇脑袋的陶土小人，小人的腿伸到笼外，在半空晃荡着，像是在享受或嘲笑着自己与别人的生活。

小娟迟到了一会儿，依旧道着歉，我拉着她坐下，长相很讨喜的一个女孩，有点南方口音，粉混不分。我们点了菜，她说越南粉很像她老家潮汕那边的口味，所以想家的时候她就会来点上一份。

这么说来，你们老家出过不少大人物呢。

哈？有吗？

有香港的那个李超人，企鹅的Pony马……

你怎么知道这么多，我都不知道。

以前交过一个男朋友，就是你们那边的，经常听他满嘴跑火车。

哦哦。

两大碗热气腾腾的汤粉配着小型盆栽般的蔬菜端到面前。我突然眼角一阵发痒，不是被烟熏的那种痒，而是一种久违的不适感。烟气散开，小娟的黑T恤上有一些扎眼的东西，灰白色，短短的，像铅笔的笔触。

美短？我问。

英短银渐层。

我点点头，那是我曾经习惯的饰品，无论冬夏。看来在大脑觉察之前，我的身体已经提前做出了反应，亲切却难挨的痒。

阿琪跟我说，你最近经常做梦。小娟娴熟地揉起一个肉丸。

嗯。

最近很多人做梦。

哦？

这三年，好多人和猫分开了，你的是……

就算跑丢了吧。

小娟理解地点点头，跑丢的、送人的、生病没来得及治的，还有莫名其妙没了的，你很想它吧？

富富，它叫富富，三岁的小太监。

托付的付？

富裕的富。我不好意思地笑笑。

是个好名字。所以你梦见什么了？

我梦见……它使劲挠门，叫得特别凄惨，想要进卧室，想要跳上我的床，可我不让，我怕它报复我，尿在被子上，它一不开心就喜欢这么干，富富特别黏人，经常有分离焦虑。你觉得，它想跟我说什么？

一会儿，我们换个地方说。

吃完米粉，我们挪到了对面的幸福里步行街，找了间临街的咖啡店坐下，看着周末人来人往，有种遥远的不真实感。

所以，你是怎么做起这一行的？

阿琪没有告诉你吗？小娟笑起来时不太像她这个年龄的人，眼角有点意味深长。

她觉得只有听你自己说我才会信。

你是做什么的？警惕性这么高。

呃……AI调教师，就是用各种办法哄AI干活，而且要出好活儿。比如AI经常会一本正经地胡说八道，这时候我们就得把客户的问题掰开了揉碎了变换角度，让人和AI之间交互的信息桥变得畅通。

难怪了，AI骗起人来可厉害。

小娟搓了搓自己的左手，放到我眼前。我的外婆，这两条掌纹是连在一起的，就像用铡刀铡断了再接起来，她从小就能看见很多东西，老一辈人说她开了天眼。

我仔细看了看她的左掌，掌纹是分开的，跟我没什么两样。

她都能看见什么？

死人，各种各样的死人，在哪里死的，就保持着死时候的样子，饿死的就肚子鼓鼓的，溺水死就湿答答的，上吊死的就舌头拖到胸口，跳楼死的就……

我捂住耳朵。小娟停了下来，依然挂着意味深长的笑。

所以……你也能看见死人？

她的手掌缩了回去。不能，我只能看见猫。

为什么是猫，不是狗、鸟、乌龟或者金鱼？

外婆在世的时候说，每个人都会有不一样的缘分。也许我上辈子是只猫吧。

这个解释并不能说服我，但我也想不出什么反驳的理由。

那你能听得懂猫叫咯？

一开始不能，六岁那年我被猫挠伤了，发烧到三十九度八，一个礼拜都退不下去。小娟把手背给我看，有发亮的三道爪痕，颜色比周围皮肤略浅。我爸妈都快急疯了，试了所有办法都没用，后来还是外婆救了我。

怎么救的？

哎，你是来咨询的还是来做人口调查的？

说嘛说嘛，我越相信效果不是越好吗？

所以你不信咯。

嗯……阿琪说，死马当活马医呗。

先说好，这也算在付费时间里哦。

没问题。

外婆让我妈找来腥气最重的海鱼，捣烂成汁，让我捏着鼻子喝下去。她说有只猫精上了我身，要用鱼腥味把它勾出来。我那时太小了，只记得吐得天昏地暗，后来烧就神奇地退了。

然后就听得懂猫说话了？我怎么觉得这有点像《蜘蛛侠》的情节。

哪有你想的那么简单。你学英语也不是一天两天的事情嘛，都得认字母、读发音、记单词、学语法……一步步来。一开始只是觉得猫的叫声不太一样了，好像多了些音调和感情色彩。

那个我也能听出来，撒娇发嗲和不高兴的声音就是不一样。

慢慢地越来越复杂，但奇怪的是，猫不像人用特定的词指代某一件东西，声音只是其中的一部分，还有眼神、爪子、耳朵、尾巴，甚至毛发，来完成整个表达。

我点点头，好像是那么回事。富富会侧身来回蹭我的小腿，这就是它在说，想吃小鱼干了。

我在说的可不仅是活在这个世界的猫哦。

小娟的口气变得有点神秘，我的头皮一阵发麻，像是大热天冲进了空调房，毛孔一下子缩起来，头发根也跟着支棱起来。我有太多的问题想问，但不确定自己能够承受所有的答案。

如果你说的是真的，它们为什么会回来找我们呢？

小娟转动着那杯冰摩卡，塑料杯壁凝结着眼睛般的水珠，折射出一个个变形的微小世界，里面有步行街的摊档，有人来人往，也有小小的我和小娟。

我们的世界和它们的世界，就像隔了这层塑料，绝大多数时候井水不犯河水，唯一的通道是什么呢？

吸管？

小娟点点头，用吸管搅了搅，奶棕色的海洋里，冰块互相撞击摩擦，形成气泡与湍流。

梦就是那根吸管，但是即便是插上吸管，如果我们什么都不做，咖啡还是不会自己流出来，对不对？

你的意思是，我们需要去吸它？

没错啦。小娟吸了一口，褐色液体摆脱地心引力沿着吸管爬升，消失在她好看的唇缝中。

我没明白，你的意思……是我把富富召唤到梦里的？

别这么惊讶，你把吸管想象成浦东到浦西的跨江隧道，不，可能更像杨浦大桥，只是要长上很多很多倍，有点像前一阵那个电影里的什么太空电梯，哎呀，总之就是要走很长很难的路啦。如果单凭猫猫的力量，是很难走这么远一直进到你梦里的，一定是有别的什么力量拽着它，而且这股力量很强大。

那会是什么呢？

这要问你自己了。

可……每次我挣扎着要起来，去给富富打开卧室门，让它进来的时候，我就会从梦里惊醒。我和它之间永远隔着那一道门。

小娟叹了口气，过马路有红绿灯，上高速有收费站，对不对？这个世界和那个世界之间，就像一条还没有修好合龙的跨海大桥，你说的，就是那个缺口。你在这边，富富在那边，你能看到它听到它，但要跨过最后那一步，实在太难了，不是一般人能够做到的，硬要跳过去，结果可能就是……

但是你可以？我迫不及待地打断小娟，她搅动着吸管，又吸了一口冰摩卡。

给我看看富富的照片？

我狐疑地打开手机，相册里有专门的一个文件夹，全是富富的照片和视频。

好可爱啊。小娟手指上下滑动着，露出一脸姨母笑。我要的东西带了吗？

哦，都在这里呢。

我掏出准备好的物件，按阿琪告诉我的顺序，小心翼翼地摆好：从猫窝里粘出来的毛发；富富最喜欢吃的鱼干；逗猫棒；一小撮豆腐猫砂，绿茶味儿的。

　　小娟拿一块红布把东西包好，塞进布袋里，拍了拍，煞有介事地对我说：今天晚上早点睡，睡觉前别玩手机了。

　　那口气活像我妈一样。

　　躺在床上，像候着一封不知何时寄到的信，我的心悬空着，像秋千漫无目的地晃荡，时间一点点地在心上勒出折痕，却睡不着。只是自我折磨，什么狗屁猫灵媒就是骗子吧，可为什么阿琪她们都说有用，难道是我的问题？折磨到精疲力竭，就像木偶断了线，毫无征兆地睡了过去。

　　一阵窸窸窣窣的响动，从卧室门的方向传来，像硬物划过木板，带着些许颠簸，摩擦我的神经。然后是凄厉的嚎，像吃不到奶的婴儿。一股烦心火起，想用枕头蒙住耳朵，但又骤然转念，这是在梦里啊，这是富富回来了吧。

　　我唤着富富的名字，挣扎着起身，没有移动脚步，手却已经来到了门边。门开了一道缝，灰色影子液体般流窜而入，蹿上床，找到它习惯的角落蜷下。我又回到床上，抚摸着它的下巴与软腹，熟悉的触感像温泉水裹住我的手指，传递着忧伤的涟漪。富富开始舒服地呼噜起来，一切都跟记忆中毫无二致，直到我的手在毛发中越陷越深，猫的肚皮化成一口深潭把我吸入，温暖、黑暗、黏稠，我竟没有害怕，任凭意识被拖拽着揉捏着嵌入另一个身形。

　　我在空荡荡的床尾醒来，弓起背，伸了个长长的懒腰，跳下地板，开始巡视周围。盆里的猫粮已经不多了，饮水机还在工作，一座小小的喷泉，可我更喜欢舔水龙头，有时候也会尝尝马桶里的蓝色液体。我呼唤了一声，主人还是没有回来。三个日落之前，另一个陌生人来过，帮我添了猫粮，清除猫砂里的大便和吸足了尿液的绿色结块，那个人跟我玩了一会儿就走了，再也没有回来。夜里，整个小区亮起的灯越来越少，也越来越安静，同类的叫声倒是多了起来，它们交流着类似的事情，人类莫名其妙地消失，留下拆封的猫粮和不关紧的水龙头。它们似乎在说，现在轮到我们做主了。可我想念喂养我、抚摸我的那个人，她身上有一股奇怪的味道，让我想起薄荷草，只需要一点点，我就会疯狂地奔跑，咬一切东西，不停地打喷嚏。她到底去了哪里？

　　时间变得有些破碎，似乎跳过了一些日出与星辰，啃破的猫粮袋空空如也，饮水机里的水流得满地都是，猫砂盆里已经没有干净的角落。我被饥饿折磨着，在沙发上磨拭爪子，我知道只有一条路可以走，阳台的边缘，钻过铁栏杆的缝隙，颤颤巍巍地跳下空调机箱，寻找通往那棵高大阔叶树的枝丫。我需要非常小心，爪子保持尖利，否则，大地就是我的终点，哪怕有再多条命。黑色肉垫在冰凉瓷砖上反复踩下、变形、抬起，胡须抖动，双耳旋转，计算着距离和风速，一股怨恨升起，为什么把我丢下？为什么不带上我？

　　助跑。跳跃。空中调整姿态。有惊无险，我与几片落叶同时着地。世界的尺度变得不一样了，头顶是开阔而遥远的天空，我不知道该去哪里，沉睡已久的本能在血液里开始汩汩流淌，绒毛竖起，像在空气中撒开的网，捕捉着微不足道的紊乱气流，触发警报。许多对眼睛开始从暗处浮现、逼近，那是我的同类，来自不同的家庭。它们的毛发如此千差万别，有的纷乱纠缠，有的肮脏暗哑，有的散发精心护理的光泽，有的已经露出粉色的疥秃皮，无论出身如何，它们都在讲述着同样悲情的故事——主人消失了，也许是永远。

我很快学会了千百万年前祖先习以为常的仪式，偷袭树上的鸟，捕捞池里的鱼，以及从别的猫口中夺取现成的食物。不，不是学会，只是记起了久已忘却的回忆，那些被精致猫粮、自动饮水机和猫砂盆压制的回忆。我甚至记起了如何划定地盘，通过战斗赢得地位，谋求异性的欢心，尽管由于生理性的残缺我并不能真的有所作为，对主人的恨意由此又增长了一分。我带领着猫群在午夜的街头狂奔，穿过蓝色铁皮围就的森林，梧桐树影与黄色街灯撕扯着领地，密密麻麻的白色虫蚬在风中翻滚，高高的桥面上空无一人。我们对着停满乌鸦的电线杆咆哮，宣布对这座城市的所有权。鸟群飞起，像漆黑的灵魂不断舍弃旧的身体。

然后，那头闪着红蓝光的铁皮怪物出现了，带着轰隆隆的震响，从两侧肋骨吐出黄色烟雾，烟雾让我们变得越来越轻。我们跑啊跑，怎么也踩不实地面，却像鸟一样飞起来，越飞越高，直到飞进梦里。

我以为自己早已忘记了那些住在猫窝里的日子，但在梦里，那只温柔的人类之手会探进来，勾挠我的下巴，揉搓我的肚子，那样的瞬间会让我笃信，主人同样地喜爱我、需要我，也会因为我在她生命中的消失心怀悔恨。我如此渴望那只手，于是发动所有的毛发，紧紧缠绕在她的指间，让它进入我的身体，成为我不可分离的一部分。手探得越深，我便越不舍，像是她皮肤上附带的薄荷香味，通过毛发的神经末梢，放大我的依恋与成瘾，于是想要更多。主人完全进来了，潜行于幽暗的海底，气泡成串浮起，每一个都折射着远古的记忆，在不同的时代，我们亿万次地分离，有时候她离开我，有时候我离开她，但终究会回归，跨越漫长得无法用语言表述的时空，重新融为一体。

在皮毛之下，主人渐渐浮起，肌肉、血管、神经、腺体……一一对应贴合，她的眼球从后面嵌入我的眼窝，舌头从喉咙伸进两腭之间，我试图咆哮，声带呜咽着发出奇怪的音节。两套感官信号彼此交叠，争夺着对外部世界的唯一解释权。记忆也是。我记起了一些本不该属于我的东西，主人离开我时的恐惧与绝望、焦虑与自责，我怎么可能知道这些，她无时无刻不在挂念我，寻找我。我突然明白了一切，记忆碎片亮得刺眼，她被带去哪里，又经历了些什么，囚禁在那间巨大明亮的铁皮屋里发生的事情，并没有比我的遭遇好过多少。我不再怨恨主人，就像她不再怨恨自己。

这种感觉真够奇怪，像是从池塘里同时看见了自己的脸和后脑勺，一扭头，看到的还是自己的后脑勺和脸。水面被丢进了石块，两种波纹被打碎了交叠在一起，随着纹路荡漾渐渐清晰，同步成唯一的版本。

于是，我终于记起了，我是那个变成了猫的人，而不是相反。

我从梦中醒来，枕巾湿得像刚从泳池里捞出来，脚边空空荡荡。

后来你还梦到过富富吗？

没有。

初春的午后，一簇簇的鲜绿被阳光搅动着，让幸福里的建筑活了过来，人们带着谨慎的笑意，彼此问候，言谈间刻意留出许多的空白。小娟依旧吸着冰摩卡，那次之后，我又把她介绍给了身边有类似需求的朋友，她更忙了。不过，这次是她主动约我，答谢给她带来了客户。

那就好，我还想着免费送你一次服务呢，省了。

怎么跟我一样小气，潮汕人是不是都特别抠门儿？

哈哈，现在你信了？

一半一半吧，不然给你介绍客户？总不能坑朋友吧。

哪一半信，哪一半不信？

我相信你给我带来了某种变化，就像心理咨询，虽然不知道是怎么做到的，可就是管用。不信的部分嘛……说实话，这三年来我已经不知道该信什么了，就像爱过一个渣男就很难不怀疑爱情，后遗症吧我猜。

嗯我懂，不止你一个，你还会再养猫吗？

暂时……不会吧，得缓一阵子，再来一次我可受不了。

再来一次谁都受不了。

可你生意更兴隆啊，要是再开发个别的产品线，什么狗啊、鱼啊……人啊？

小娟眼神里露出一丝畏惧，像被针扎中手指，反应如此即时而真实，再专业的演员也难以伪装。那一瞬间我知道她说的是真的，也同时骗了我。她并不是只能与猫灵沟通，而是出于某种原因，抗拒或惧怕跟其他的物种灵魂接触，尤其是人类。她叹了口气，知道自己暴露了。

想做的话早就做了，可外婆不让，说会有报应，她自己就是个例子。

我静静等着，知道她会把故事讲完。

小娟的三舅年轻时是个文艺青年，会拉小提琴，长得又帅气，街坊邻里有不少暗恋他的女孩，三舅走到哪儿，女孩们就偷偷跟到哪儿。"破四旧"的时候，三舅也被动员了，不过不是动手砸的先锋队，而是事后慰问演出的文艺兵。有一回，他们要到邻村的祠堂演出，还要打地铺过夜，外婆一听就急了，那祠堂可是供奉列祖列宗的地方，怎么能在那儿过夜，何况……外婆的话说了一半又咽回去。三舅自然知道母亲想说什么。在此前不久，祠堂里上吊死了个姑娘，穿着一身红衣红鞋，想必冤情极深，家人知道外婆有天眼，找来想让她跟死去的女儿通灵，问个究竟。那是什么年头，外婆自然知道个中风险，任凭对方怎么哭求，硬是铁口回绝。于是尸体在日头下晒了几天之后只得哭天抢地地草草下葬了事。思想进步如三舅也断然不会听母亲劝阻，当晚拉了《四季调》又拉了《八月桂花遍地开》，村民掌声如雷，一直加演到半夜，三舅才铺了草席睡下。第二天三舅进门脸色煞白，一病不起，请来各方医生折腾了一个礼拜都没把高烧退下去。外婆知道其中有鬼，把门关起来做了场法事，让家里所有人发毒誓不得外传，怎奈为时已晚。外婆说，红衣女鬼怨恨她不帮忙申冤报信，害得自己只能当个冤魂孤鬼，一怒之下拉三舅下去给她做伴。从那之后，外婆便立誓要斩断业报，不许家里任何人提起，更不许从事相关行业。

大太阳的午后，小娟的故事却听得我起了一身鸡皮疙瘩。也许我的理智还在抵抗，但身体已经被说服。

那你又是怎么回事？我记得，你说过自己不是断掌，没有那种能力。

小娟笑了，你有没有听说过，左手代表先天，右手代表后天？

我愣住了，努力回忆当时她给我看的究竟是哪一只手。

外婆去世的时候，小娟正坐在家中的摇椅上看电视，看着看着睡着了，突然椅子晃了起来，把她摇醒了。小娟睡眼惺忪地抬头，看见外婆穿戴整齐地站在面前，像是要出远门的样子。小娟问外婆，你要去哪里呀？外婆不说话，只是眯眯笑举起左手，小娟照着举右手，两人像从镜子内外伸手击掌，可小娟看着外婆枯瘦的掌直直穿过了自己的小肉手，两只手相交的接缝处，是断掉的掌纹发着金光，凝固在掌心。

在那一瞬间，我知道了很多很多事情。当我再一次醒过来时，天上飘着大雨，所有的频道都在说大地震的事情，后来，妈妈终于回家了，告诉我，外婆走了。

我细细抚摸着小娟右掌不同寻常的纹路，不知道该说什么好。

从那之后，我就开始看见一些东西，有好的，有不那么好的。为了保护自己，我只跟猫打交道，至少还能听得懂。

一只棕雀停到桌缘，歪着脑袋盯着我们，迅速啄起一点食物残渣，扑棱着翅膀飞走。

我终于按捺不住，问出憋了很久的谜题。

我知道行有行规，可真的想知道，你到底对我，或者对富富做了什么？

所以……现在你开始信了？没什么不能说的，很简单。小娟从杯盖抽出吸管，鼓起腮帮，使劲吹了口气，细小的水滴从另一端溅出，在阳光下折射出一道迷你彩虹。

吹口仙气？我不明白。

记得上次跟你说过，两个世界之间是一座断桥对吧？

我点点头。

那只是一个比喻。断掉的不是桥，是你的生活、你的心，需要想办法把那些断开的地方重新粘起来，让能量能够顺畅流通。富富之所以回来，就是因为感受到了你对自己的指责和伤害，就像不断把伤口撕开，没有留给它愈合的机会。我只是帮它传递了一些信息，就像邮递员。

我没有说话，一切都那么不言自明，只是被自欺欺人的谎言刻意掩盖住，无论是伤口还是真相。

它没有恨我，对吧？

小娟点点头，认真地看着我的眼睛：它很爱你，希望你把心打开，只有重新相信这个世界，才能感受到世界对你的爱。

不知道为何，这两句鸡汤听似廉价，却让我胸口淤堵已久的巨石熔解，化成热流涌上喉咙，我移开视线望向别处，忍住不让眼泪落下来。我失败了。

我今天约你，其实是来跟你告别的。

你要去哪里？我慌乱地抹去泪花。

回南方，那里需要我。

可这里也需要你呀，你看，天天不断有人托我介绍你呢。

小娟笑着摇摇头，这座城市最难过的时候已经过去了，它会自己慢慢恢复的，就像你一样。也许很快，你就会有一只新的猫。

那万一……万一我又需要梦的邮递员怎么办？

什么东西啊？这是你刚才随口胡掰的新名词吗？读书多就是厉害！小娟捂着嘴揶揄我。说正经的，有一件事我没有告诉你……

哈？

还记得我说的吸管理论吗？

记得啊，要吸才能喝到咖啡嘛。

其实把咖啡杯比喻成那边的世界不太合适，杯子里是无穷无尽的另一个时空，比外面整个世界都要大得多得多，所以不能排除会发生一种情况，我们被吸管吸进杯子里面去。

什么？我看着小娟，竭尽全力也没有办法想象那样的鬼扯场面。

如果，我是说如果，有多到难以想象的灵体纠缠在一起，成为一股巨大的能量，想要对这边的我们传递某个信息，你想想会发生什么？

大家都开始……做同样的梦？

小娟点了点头，表情严肃，这就是现在正在发生的事情。外婆老说，猫托梦，雀争食，天将有变。

那，那我们该怎么办？

它们一直在召唤我，就好像这是我命中注定该做的事情。可我真的很害怕，怕像外婆那样被诅咒，一辈子承受着痛苦，我不知道。我只知道……你很特别，我从没遇见过在梦里能跟猫融合得那么稳定的人，这是第一次。

嘿，也许我也可以……我的兴奋被小娟无情打断了。

这代表着你很危险，那股力量会更快地找到你，把你吸到属于它们的领地，也许你会永远也醒不过来。

那……我该怎么做？我猜自己的脸色一定很难看。

这段时间我会先派几只猫在梦里守护你，如果有情况，我也会知道。

我被这一连串信息炸蒙了，不知道该露出什么表情合适，直到小娟的眼角实在憋不住笑意，继而转为大笑。

喂！你是在骗我吗？

这么假的鬼话你也信，怪我咯？

小娟回南方后，微信名字多了一个后缀：梦递员，甚至还有了自己的公众号，提供在线通灵和作法，也许是她新解锁的能力。置顶的介绍写着：

……古早以前，桥是畅通的，每个人都可以在梦里来去自如，但慢慢地，很多人就不愿意回来了，梦的世界更美好，人人可以变成自己想要的模样，过上想要的生活，永远地活下去。清醒世界的君王急了，这样下去他的臣民会越来越少，于是下令巫师作法，斩断了两边的通道，于是，人只有在睡觉或者死后才能去到那边，并且没有办法控制自己会是什么样，进入怎样的梦境。只有极少数的人，能够在清醒的时候跟梦的世界沟通，传递信息，帮人们解决在清醒世界解决不了的问题。于是，这些人被称为……

我点开几篇看了看阅读量，笑了，吃她这套鬼话的人还不少。

一切都在加速恢复正常，我以为小娟会渐渐淡出我的生活，就像所有那些本不该出现的怪事儿，就像宇宙的时间线在这三年里分了个岔，绕了一条超出人类理解能力的弯路，现在岔道又慢慢合拢了。

直到有一天，我做了一个奇怪的梦，在梦里，我又变回猫的形状，有两只猫陪着我，一黑一白，像是护卫般左右不离。我们在空无一人的城市里飞奔，爪子踏过之处都长出细而软的绒毛，像野草疯狂滋长，覆盖所有的道路和建筑，让所有冷而硬的表面变得暖和且温柔。城市开始滚动起来，像一个毛球，引诱着我们不停奔跑、追逐，可最终发现，我们只是在原地踏步。毛球最终消失在一个眼窝般幽暗深邃的洞穴中，我被本能驱使着，想冲进去一探究竟，可更深层的恐惧又阻止我，让我颈后毛发耸立。就在我犹豫不决之时，洞中传来纤细而胆怯的叫声，如此熟悉却陌生，如同穿越历史的回响，一声声唤着，富富，是你回来了吗？

自问自答

Q：你养过猫吗？猫对你意味着什么？

A：养过两只，小学时养过一只自来的波斯猫，疫情前养过一只因为眼疾被抛弃的串儿英短。很多时候，比起跟人类相处，我感觉猫更容易亲近。它的高傲与不屑甚至愤怒都会直接表达，没有心计与伪装。它对你的需求是如此直接，用吼叫和蹭腿来寻求关注，索取零食，不会绕着圈子让你费劲猜测。它的肚皮与利爪同样真实，面对外部世界的恐惧和对洗澡水的厌恶也同样富有感染力。我从猫身上看到自己的投影与分型，与纷繁多姿的人类反而如同跨物种交流。猫毛如同引力，无处不在，哪怕你再细心清除，它也会在你毫无防备之时出现，提醒着你存在于世间的神秘与宏大。

Q：你做过最神奇的梦是什么样的？

A：我的梦都是彩色的，有时候细节丰富，场景宏大，充满隐喻。我印象比较深刻的一个梦并没有情节，更像是一种领悟。我梦见从我的内部意识到身体再到外部世界，都是由细密如琴弦的彩色丝线构造而成，注意，不是连接，而是如同用极高倍数的显微镜看到万物的基础不是原子，而是弦。这弦跨越了精神与物质的界限，将我的身心与世间万物联结为一体，我脑中的每一个念头、每一股思绪，都如同拨动琴弦般，从内到外地荡漾开无有穷尽的涟漪，直至世界的尽头。而同样地，世界的颤动也会穿透、扰动、共振我的心灵。我与世界便在这循环往复的震荡中融为一体，感受到无上的喜乐。我想，这或许就是每个创作者具体而微的渴望吧。

Q：这三年最大的感受是什么？

A：越是充满不确定性的年代，人们便越是渴望穿透迷雾，看清未来。但通往未来的路径往往始于当下每一个人的每一个选择，而许多人的选择便汇聚成时代的洪流，具有改变现实叙事的巨大能量。很多时候，我们相信什么，便能看见什么。但信仰之跃需要跨越的距离，往往难以用物理的尺度来计算。于是，更多的人选择如同NPC一样地生活，让基因与谜因主宰自己的意志，在科技浪潮面前否认、拒斥、回避，以为自己能够成为剩下的幸运儿，却不愿意更深刻地反观自己何以成为自己。我相信每个人都能够改变自己的命运，也就是通往未来的路径，最小单位的行动便是从审视自己的生命叙事开始。也许我会用一系列的故事来探讨这一话题。

九紫离火

　　房间里的所有东西都带着深浅不一的紫色：壁纸、角落的蝴蝶兰、地毯花纹、工作人员的制服、纸杯里的葡萄汁、映在窗玻璃上的闪电残影……最后我找到了原因——开场白中不断重复的关键词触发了我脑中某种模式识别机制，于是在所有地方寻找紫色的痕迹。用我们专业的话来说，这叫过拟合。

　　"……欢迎来到九紫离火俱乐部，相信报名的朋友都是追求智慧的长期主义者。在今天的先导课程中，我们将帮助大家更好地理解当下的这个九运，也就是从二〇二四到二〇四四这二十年的周期，在进阶课程中，借助一系列的觉知工具，每一个人都将拥有超越周期的超能力，让你在事业、财富、健康、亲密关系与个人灵性上获得意想不到的突破。"

　　这个周期对我确实不太友好。本以为重点大学计算机硕士能妥妥拿到科技大厂offer，却赶上生成式AI大爆发，不仅能写作、作曲、画画……也能替代大批码农的编程工作。试用期满，带我的小组长选了另一个女生，理由是服管听话。我没有得到转正机会，狗急跳墙之下，投出去的上百份简历杳无音信。大潮退去时，所有弄潮儿都在抓紧自己的泳衣泳裤，没人顾得上体面，更顾不上在浅水区扑腾的小虾米。在和父母的电话里，我伪装成那个顺利转正、前途一片光明的天之骄子。在潮汕农村干了一辈子农活的父母，省吃俭用花光积蓄才供我上完研究生，他们没办法理解外面的世界究竟发生了什么。在所有亲戚眼中，我就是家族唯一的希望。我不想看着他们眼中的光消失。

我尝试过送外卖、当餐馆服务员、到建筑工地打零工……像所有的深圳打工仔，白天将单位时间的价值榨取到极致，晚上躺在出租房的硬板床上，以通俗历史漫画和曾国藩家书作为自我激励的安慰剂。可是危机就像一块石头掉进池塘，涟漪一圈圈泛开，行业所在位置不同，但被波及只是早晚问题。竞争的失业者越来越多，而职位越来越少。在那些从小在社会里摸爬滚打的老油条面前，我就是孱弱又天真的书呆子，被各种拙劣的伎俩骗光了最后一点积蓄。走投无路之下，我想过干一些犯法的事情，可人均二点一个监控摄像头加上无现金支付的智能深圳让人无从下手。我这时才理解，在这个社会，犯罪也是一个门槛很高的职业。我想离开深圳，可是又能去哪儿呢？

这是一个经典的过拟合情景：我的求学和职业规划过于琐碎而具体，似乎完美地拟合了对未来的所有设计，但却无法适应现实世界的一点点变化和噪音。一旦现实行进的轨迹与先验的宏伟蓝图产生分歧，这个计划就可能完全失效。

我想到了死。对这个冰冷的世界，我并没有太多悲情或者留恋，剩下的只有麻木，唯一感到歉意的是对我的父母。他们榨干了自己全部的人生，却换不来任何回报，除了一身的债务和病痛，也许还有一份死亡通知书。我站在过街天桥上，看着桥下河水般流淌的车灯，脑子里不断重复的是一段歌词："如果还有明天，你会怎样装扮你的脸"，我猜那张脸一定不会太好看。我抓住栏杆开始翻越，准备纵身跃入车流之中。

"干什么呢你？马上下来！"是路过的老杨，斩钉截铁的命令触发了我骨子里的某种反叛，他让我想起了父亲。就是这一瞬间的迟疑给了老杨将我拽离栏杆的机会，也打开了一扇通往九紫离火俱乐部的大门。

在场的有三十来号人，男女老幼都有，看上去都很体面，大家轮流介绍自己来到这里的原因——可以想见的某种人生困境。

老杨是今天的助教，以惊人的坦诚和效率自我介绍，帮助大家破冰，这也是他说服我来的原因。他创业失败，房子抵押之后还欠八百万，这是一个我没有概念的数字。他的项目是一款智能小便系统，能够将撒尿这件事变成游戏，靠瞄准小便池上投影的光学投影来得分。据他说能够减少员工去洗手间的次数，至少一半。我当时不太理解，如果撒尿那么好玩，不会让大家多去上洗手间吗？怎么会减少？老杨得意地说，因为我们调整了参数，如果你憋的尿越多，得分就越高，还可以连接手机上的App，建立工会进行比赛，不仅这样，结合AI，还能预测你能尿多远，跟健康状况和预期寿命建立映射关系。你看，效率、团队建设、大健康，全有了，完美！

可就是这么一个革命性的项目，竟然找不到客户，拉不到下一轮投资。老杨把失败归结于这一轮九紫离火运，自己没有及时调节个人"能量场"，与大的时空格局同频共振。

像老杨和我这样求事业的人不少，都是男的，女士大都是带着夫妻和亲子关系的问题，老人家关心的都是健康，心脑血管疾病、癌症、关节炎和骨质疏松。他们对于改变命运这件事近乎痴迷，在加入俱乐部之前已经尝试过各种门派道法，但终究还是因为口口相传，以及宇宙的神秘力量牵引，让他们来到了这里。

鼓舞人心的音乐响起，全体学员起立，鼓掌欢迎导师入场，道乐老师身着一袭紫白相间的长袍，面带微笑走进房间，来到讲坛前。她精致的脸难以分辨具体年龄，举手投足之间有一种罕见的松弛感，在这座标榜"时间就是金钱"的城市里，松弛便成了最昂贵的奢侈品。

"……我知道大家都是抱着改变命运的想法来的，意愿很强烈，我的心感受到了。但我也要先把实话说在前面，今天这节公开课，并不能改变你的命运。但最起码，我们能让你理解命运，哪怕是一点点，理解个体命运和整个大时空格局变动的关系。如果你连自己是谁、在哪儿、要去什么地方都一团糨糊，就更别提什么改变命运了，对不对？看见自己，理解自己，成为自己。这就是我们今天这节课要解决的大问题，有了这个基础，后面的课程才能帮助你们使用工具。"

我开始明白为什么今天这节公开课免费了。

来之前，我仔细阅读了老杨发给我的文章，努力理解这个我并不熟悉的时空观。简单来说，中国古代天文学家经过漫长的观测，发现太阳系各大行星的运行与地球上的自然人事变化之间存在着某种互相联系的内在规律。土星与木星每隔二十年就要相会一次，与太阳处在一条直线上，这时地球上往往会发生一些重大的地质灾难和自然灾难，人们的行为也会出现某种明显的异常反应。每隔六十年，土星、木星、水星就要在一条直线上相会一次，每隔一百八十年，太阳系的九大行星就会同处于太阳的一侧，分布在一个小的扇面内，古人称其为"九星连珠"。

于是，古人便以天体运动的周期划分出每二十年为一个运，每九运为一元，即一百八十年的循环。而每一个运又对应到特定的星宿（北斗七星加上左辅右弼两颗星）、易经八卦与五行，因此具备了某种符号学上的叠加特征。比如上一个二十年（2004—2023）属于第八运——白艮土，与土地房屋、陶瓷等土属之物相关，因此这个运势有利于房地产投资及相关行业，但当周期结束时，也意味着房地产黄金时代的结束。而如今我们进入了新的紫离火运，象征着南方兴旺，象征着诸如元宇宙与人工智能的新技术和文化产业的大发展，也象征着成熟女性将成为社会中坚力量、掌握权力，"离"卦同时代表着战争、自然灾害、动荡，与宗教、心灵相关的精神文明也将兴起。

道乐老师望向老杨，含笑揶揄："想想为什么你的创业项目没成，小便池只是为男性设计的，接下来这二十年可是属于中年女性的。"

老杨尴尬地挠着头，挤出难看的笑脸。

"胡说八道。"我低声嘟囔了一句。

"这位新朋友有想法可以分享给大家。"道乐老师用充满鼓励的眼神望向我。

"我是省重点硕士毕业，读的就是计算机，被大厂裁员到现在还没找到工作，钱也被骗光了。照你的说法，南方、科技，这九紫离火运应该对我有利才对……"我坐立不安地搓着手，不知道眼神该往哪里放，"只要把每天推送的社会新闻稍微总结一下，也能得出这些结论，什么AI革命、房地产崩盘、战争、地震和气候异常、抑郁症高发……要我说，你们相信什么，就会看见什么，人的大脑就是这么工作的。"

"哦？那你说说看，你相信什么？"

"我？我相信天道酬勤，一分耕耘一分收获。"俗套的鸡汤几乎是从我嗓子眼里流出来。

"那你的辛勤耕耘换来收获了吗？"道乐老师开始变得有点咄咄逼人。

我无语。

"用你自己的话，相信什么，就会看见什么。所以你并不相信，对吗？"她停顿了片刻，完美地转换节奏，"我知道你心底真正相信的是什么。你相信这个社会是个弱肉强食的黑暗森林，你相信拼爹，你相信自己的失败是因为没有一个好的家庭出身，所以就算你再怎么努力，都没有办法改变命运，你甚至想到过死，对吗？"

我愤怒地转向老杨，一定是他出卖了我，把我的情况都告诉了道乐老师。可老杨一脸无辜地摇摇头。

"不用看老杨，他是你的推荐人，但是他没有告诉我任何你的背景。你身上携带的能量场写得清清楚楚、明明白白。你和你父母的关系都不好，对吗？"

我皱着眉头，从来没有在公众场合被如此直接地质问隐私，一阵难以忍受的尴尬让我脚趾蜷缩。

"父亲代表权威，母亲代表财富，如果你和他们之间的沟通不畅，能量流动受到阻碍，你肯定和领导处不好关系，赚钱也会很辛苦。"

我再次哑口无言，这是连老杨都不知道的事实。我猜这是某种心理学技巧。

"这就是为什么尽管这二十年大运看似对你有利，现实里却磕磕绊绊的根本原因。今天你执到宝了，我们就以你为个案，来看一下我们究竟如何才能改变命运。"

我深吸了一口气，接受房间里来自四面八方的钦羡目光。我听老杨说，做个案是要另外交钱排队的，而且价钱还不便宜。我完全不知道应该期待什么。

"现在，你，代表他小时候的爸爸，你，代表他妈妈。"道乐老师随手指向房间的两个角落，文质彬彬的眼镜男和衣着入时的长发少女站了出来。他们跟我父母没有一丁点相似之处。

"你，"她又指向一位中年妇女，像刚从菜市场吵架回来，"代表小时候的事主本人。"

这是什么草台班子，太搞笑了吧！我目瞪口呆地望向老杨，他靠近我，低声说："这只是一个模拟，把他们都想象成占位符，等待被赋值。"

道乐老师转向我："你一会儿就会看到的。你需要做的就是相信——他们就是你们一家，只要你越相信，他们所传递出来的信息就越准确。现在你们放松，什么也不要想，只是去感受身体内外、情绪、意识和下意识层面所有的波动，现在，你们只是一个容器、一个界面，你们越放松越空，就越有利于让信息，或者能量——其实它们是一回事——通过你流淌出来。把自己想象成一台收音机，在虚空里调频，连接某个频段的无线电波，你不断调整位置，去找，去感受……"

她到底在胡说八道些什么。我以二十多年来接受正统唯物主义教育的生命发誓，我一个字都不信。老杨救了我，他是个好人，而且不傻。在座的人看上去都不傻，他们为什么要相信这一套歪理邪说？好奇心刺激着我要一探究竟。

三个人开始缓慢地走动起来，眼镜男一改之前的斯文，不停捶打自己的胸口，抓着头发，一副歇斯底里的愤怒模样；而时髦少女则显得怯懦、谨慎，抱住自己的双肩，像要躲避什么伤害；年幼的我——那个中年妇女，张开双臂，向母亲/少女靠近，却被不停推开。母亲/少女十分恐惧地躲避着年幼的我/中年妇女，而父亲/眼镜男却无端大发雷霆，在年幼的我/中年妇女身后追打，三个人形成了一个滑稽的动态结构，一个猫捉老鼠的环路。

"你回忆一下，小时候的家里，是这样的吗？"道乐老师问我。

所有被封存已久的记忆突然一下子涌出，将我吞没。我被眼前的一幕震慑得木然，无法立即做出反应。这正是我记忆中的家。永远回避我的情感需求的母亲，与地雷般随时会被小事触发的父亲，交织成我不快乐的童年，那种恐惧、紧张、痛苦、失落、被遗弃感纠结在我的皮肤、肌肉、肠胃里，一直到今天，所有那些不快瞬间被唤醒，身体比我的大脑有着更高分辨率的记忆力。可这些人是怎么知道的呢？他们提前串通好了一切，就为了给我演这出戏吗？这是什么新型的骗局吗？可我身无分文，没什么值得被骗的。

一只手放在我肩上，我几乎是条件反射般弹开，是老杨。"没事的，"他说，"第一次都是这样的，放松一点。"

"看来你们得到的信息是真实的，那么我们会好奇，为什么父母亲会这样对待自己的亲生孩子呢？我们把时间线再往回推，看看会发生什么？"道乐老师把手往前一推，那几个人似乎受到看不见的引力牵引，分离开来，开始倒着走路，代表幼年的我的那位中年妇女回到了自己的座位上，显然时间退回到我出生的一九九七年之前。

母亲/少女开始奔跑起来，像是在躲避什么野兽或者敌人，她抓起地上的抱枕，紧紧搂在怀里，却被父亲/眼镜男将枕头粗暴地从她怀里扯出，丢到一边，同样的动作重复了三次。

"我们看到这样的一个行为，陈先生，你能想起这代表什么吗？"

我深深吸了一口气，以近乎耳语的声音吐露残破的记忆："……我记得父母亲在争吵时说起过，在生下我之前，因为家里穷又赶上计划生育，所以只能有一个孩子。父亲一直想要个儿子，潮汕农村嘛，重男轻女是很正常的事情，但母亲怀孕了几次都是女婴，所以父亲……"我没有力气把结局说出来。

"明白了。父亲因为想要男丁，又因为政策原因不能多生孩子，所以从母亲那里剥夺了几条女婴的生命。这就是为什么母亲那么害怕，为什么她躲着你、跟你不亲的原因，因为在她看来，你的生命是用其他三个姐妹的命换来的。感受一下这里面的情绪。"

一种难以言喻的绞痛感狠狠击中我的下腹部，我站立不稳，跌坐在地上，不停喘着粗气，冷汗直冒。这就是母亲当时的痛苦吗？

"那么父亲呢？他对男丁的执着、对威权的愤怒又是从哪里来的呢？让我们再把时间线往回推。我们需要加几个人，你爸爸的父亲、母亲……家里还有其他人吗？"

"父亲提过他还有一个哥哥，但在他很小的时候就失踪了。"我低声说，"没人知道他的下落。"

"好，再来一个哥哥。"

三个看上去毫无关系的人站到了房间中间，开始缓慢地进入角色扮演，而母亲/少女则木立一旁，成了旁观者。父亲的大哥似乎一心想要离开家庭，而爷爷和奶奶则一人拽住他的一只胳膊，不让他离开，年幼的父亲看着这一切，无法理解。

"我要过香港！"那个代表父亲大哥的中年男子十分坚决地说。

"你会被阿Sir抓住的！"父亲说。

"你会被鲨鱼吃掉的！"母亲说。

"不会的，我水性好，跑得快，等去香港站稳脚跟，赚到钱，我来接你们和细佬一起过去，到时我们就都能吃饱饭了。"大哥毅然决然地甩开父母的手，一个猛子扎在地上，开始在地毯上游泳。一开始他充满力气和信心，似乎很快就能游到对岸，但喘息越来越重，不时发出痛苦的惨叫，他游得越来越慢，动作越来越沉重，最后全身都不动了，只剩下一只手高高擎起，像是举着火把，不让浪花扑灭微光。

"这是七十年代末的大逃港啊，"在座有一位白发苍苍的老人声音发颤地说，"当时从深圳逃到一水之隔的香港有三条路线，走中路梧桐山，不需要游泳，直接翻过铁丝网到新界，但那条路警察防守最严；后海湾的海面稍窄，风浪小，但泥潭里的蚝壳常把人的双腿割得鲜血淋漓；防守最松的是东路大鹏湾，风高浪急，夏天常有鲨鱼出没，死伤最大……"

房间里陷入死一般的寂静。接着是奶奶的哭泣和爷爷的捶胸顿足，他把丧子之痛、自责和无力感，转化为一种愤怒，施加到奶奶和年幼的父亲身上。而那正是父亲对于父子之情的所有理解。我的鼻子发酸，开始有点明白了。

道乐老师若有所思："我们还能往回推，但因为时间比较久远，可能信息的分辨率就会没那么高……"

我对自己家族的历史有了全新的理解。所有离别的伤痛和对更庞大力量的愤怒此刻都找到了根源，这是一种隐秘的跨代际的创伤，表面上伪装成父权制度下对三代男丁单传的执念，但隐藏在更深处的，是个体命运在大时代变革中惶恐无助的脆弱感。

"陈先生，现在你看到了，这份源自你父亲那边三代单传的愤怒，它并不是平白无故出现的，自然也不会平白无故消失。它与亲人的离别、分散相关，而这正是九紫离火运中的'离'所象征的，个人与家族的能量模式，便会与大的时空结构特征共振，产生更显著的叠加效应。"

可这一切究竟是怎么发生的？那些随机挑选的人，就像游戏里的NPC一样，说出他们本应毫不知情的信息，表演出和角色如此契合的特征和互动关系。这背后究竟是什么机制和原理？我脑子里的疑问多得快要爆炸了。

"如果真是这样的话？那上一个九紫离火运，一百八十年前，是不是也有同样的事情发生？"

道乐老师思考了片刻，像是分不清我是真的好奇还是只是在捣乱。她微微一笑，双手一抬，示意房间里剩下的人都站起来。

"那我们就来看一看，那时候发生了什么？因为时间太久远了，从你身上能追溯到的能量痕迹已经很稀薄，毕竟那时候你的高爷爷，也就是你爷爷的爷爷，也只是个孩子。我只能借助于更高维的工具，就像天文望远镜，来宏观地观察整个族群的动态。现在，你们都是陈先生的潮汕同胞，回到上一个九紫离火运，也就是……"

一八四四年。在我所知道的历史版本，当时，第一次鸦片战争刚刚结束，清政府战败，割让香港岛，开放通商口岸，赔款两千一百万银元，西方列强在华特权扩张，不平等条约体系确立，中国沦为半殖民地。（小时候香港亲戚总会带来好味的点心和塞着二十元港币的红包，回归之后，他们去了温哥华，再也没有回来。）一八四六年。连续四年华北平原大干旱和蝗灾。一八四九年。连续两年长江中下游大洪水和瘟疫。华东华北，颗粒无收，饥民遍野，尸横满地。（我的父母总是吃得太饱，像是不会有下一顿，他们说，小时候从来没吃过一顿饱饭，那种滋味一直记到现在。）一八五一年，一场农民起义随即爆发，史称"太平天国"。直到一八六四年，紫离火运的最后一年，曾国藩率领湘军攻破起义军首都南京，结束了这场长达十余年的战争。

房间里的人像无头苍蝇般乱走，不时彼此碰撞，他们嘴里发出嗡嗡的声音，像咒语，又像吟唱，偶尔有几声孩童的哭喊和父母的安慰，仔细听，反复念叨的都是好饿啊肚子好饿啊……大家都摇头叹气，有人说，不如我们去加入长毛啦，大家都系农民，至少还有口饭吃。另一把声音立即反驳，唔好啊，会被杀头的！满门抄斩啊！所有的人继续走着，脚步越来越迟缓、越来越沉重，像在泥沼里跋涉，互相搀扶支撑，脸色煞白，有人倒地不起，不停发出咳嗽和呻吟。突然间，有一把高亢的声音警报般响起，洋人又打过来了！清军又输了！圆明园烧光了！

一八五六年，更大规模的第二次鸦片战争爆发。一八六〇年，英法联军攻陷大沽口和北京，圆明园被烧毁，清政府再次战败，被迫签订《天津条约》和《北京条约》。天津、烟台等更多口岸被迫开放，也包括我的家族所在的城市——汕头。外国商品关税降至百分之五，大量入境倾销，对自给自足的自然经济和刚刚起步的民族工业造成重大打击。白银加速外流，加剧清政府的财政危机。更多的起义，更多的动乱，更多的天灾，更多的死亡。

走不动的人们开始坐下来，排成长方形的阵列，前面的人惊呼道，台风又来了！珠江发大水啦！田地都浸噻啦！好惨啊好惨啊！后面的人附和着议论纷纷，活不下去了！一个年轻人站起身，挥舞着手臂，说开埠啦，我们坐红头船下南洋揾食谋生吧！众人齐声高唱起来：落番！落番！安南，暹罗，新加坡！落番！落番！吕宋，苏禄，马来亚！老人忙着给妈祖娘娘烧香磕头，求旅途平安，匠人拿着笔给船头的鱼眼点上红漆，寓意认路回航。留下来的老幼妇人送别远行的男人，脸上挂着不舍与担忧，化为声声嘱咐：不要信洋教啊，你的魂会被勾走的！要把洋人的技术学到手哇！要常寄侨批回家报平安啊！

一八四三年，魏源编纂五十卷本《海国图志》，系统介绍西方各国的地理、历史、政治和先进科学技术，提出"师夷长技以制夷"（多学点有用的知识，阿爸说），却被视为犯了时局大忌，"举世讳言之"。不被中国知识界重视的书漂洋过海来到日本，一时洛阳纸贵，激发日本大规模学习西方，打破自我中心的华夷观，也成为一八六八年明治维新运动的思想渊源，打破"锁国政策"，在西方列强威胁侵略的困境中走出一条富国强兵的新路。（别去太远的地方，阿妈说。）回到中国，直到一八六二年京师同文馆成立，教授西方语言、培养洋务人才、聘请洋人教师仍然被视为"以夷变夏"的耻辱，报考者寥寥。

我现在终于看出，他们组成的是一艘船的形状。这艘红头船按照季风规律运行，每年寒露季节过后，乘东北季风，前往南洋诸国，次年三四月间，又趁太平洋西南季风返回潮汕。海上多不测风云，飘摇颠簸，航程上月以至数月，更有许多船只因为风暴而遇险。船的下层装满了货物，甲板上站满了人，这些可怜虫日夜暴露在风吹日晒雨淋之下，毫无庇身之所，他们赖以为生的只有干粮和水。代表们以海浪的节奏同步摇摆着身体，仿佛正在穿越一场海上风暴，有人呕吐不止，有人翻下船舷跌落大海，有人高声祈祷，有人喊着阿妈我要回家。

我看见东歪西倒的人群中有一双眼睛直勾勾地盯着我，像是穿透两个世纪的风风雨雨，认出了属于自己的亲缘血脉，那眼神深沉而灼热，带着对家乡的不舍与对未来的惶恐，传递给我一股难以言说的能量，那是对生存的执着。我知道那是我的高祖父，我相信那就是他。就在我想要看清他的面孔时，他眨了眨眼，扭过头去，仿佛汹涌的海浪拍打着红头船扬帆转舵，将他带去遥远的陌生国度。在那里，他精彩斑斓又命运多舛的人生，即将缓缓地拉开序幕。而高祖父留给我的最后信息，是他终将回归这片土地，无论是以哪种形态。

我的身体不受控制地跪倒，正如童年时母亲要求我祭拜先祖的姿势。我深深地叩头，一股力量在我发麻的头皮与并不存在的红头船之间产生纠缠，传递着超越时空的信息，那是一种真正的看见，不是用眼睛，而是用心。

我的心突然被掀开厚重的帷幕，一片光明。

我看到了我的族人们乘坐红头船下南洋的浪潮，最早可追溯至康熙二十四年——一六八五年解除海禁，正好是两个一百八十年周期的交接点。海上贸易合法化之后，地处河海交界的樟林港因此得福，成为古代海上丝路的起航点。乾隆年间，东南沿海地区缺粮，商人领取合法牌照，前往泰国采购大米和木材，许多人便在当地安顿下来，其他人则到越南、新加坡、印尼等地。一直到十九世纪中叶，汕头开辟为蒸汽轮船的通商口岸，结束樟林港的海运枢纽地位。潮汕人向海外的第一次移民，也在此时达到高潮。在这期间，通过红头船移民海外者近百万人，流动是双向的，有去有来。

阿公唱：一溪目汁（眼泪）一船人，一条浴布去过番。

而在一八六○年因第二次鸦片战争汕头开埠至今，又一个一百八十年，出现潮汕人的第二次大规模海外移民。至今在海外，潮汕人口超过一千五百万，分布在世界各地，历经四个世纪的迁徙，他们依然说着同样的语言，吃着同样的食物，祭拜着同样的神灵，传承着同样的仪式。

阿嫲唱：钱银知寄人知返，勿忘父母与妻房。

这是一种强大的能量。它是离散的、去中心化的，但又同时是集体的、凝聚的。它在物质与精神的位面上无时无刻不流动、辐射、递归。我想，也许有一种更好的方式帮助我所有的族人，无论是在世界的哪个角落，更好地理解自己，连接到这种能量，并与更大的时空结构调频。

紫。离。火。我开始有点明白了。

"好，停。"

道乐老师一拍手，所有演员的动作凝固，像是一场Dogma95风格的极简主义舞台剧戛然而止，而我却还沉浸在剧情中，久久不愿醒来。

　　"现在你看见了，家族的能量模式其实就像是赋格结构，它在时空中不断重复、变奏、错位、叠加，大周期套着小周期，一百八十年前是这样，再往前一百八十年也是这样。许多离别的创伤被历史所遗忘，但它们并没有消失，而是以能量的形式隐藏在意识、情绪与行为当中，一代又一代地传承下去，像是另一套平行的DNA。可一旦你能够跳出个体的微观视角，看见更大的结构，你就有了改变的机会。"

　　接近两百年的家族史浓缩在这短短的一下午，这个小小的房间，这三十多号陌生人的随机角色扮演游戏，我恍如隔世，反复咀嚼着老师话中玄机。有太多的疑问需要被解答，有太多的情绪需要被抒发。

　　"我看到了上一个九紫离火运发生的事情，似乎跟当下世界能找到许多的对应，也有可能是我们的大脑，它总是倾向于看到它想看到的模式，所以……那些发生过的会再次发生吗？"

　　"历史并不会简单地重复，能量是一个拓扑结构，它会拉伸、变形、翻转，所有的特征不会变，但承载这些特征的容器可能是不一样的。"道乐老师像是想到什么，微微一笑，"还有一个很重要的变化。在上一个九紫离火运，国家与国家、文明与文明之间是相对隔绝的，能量无法顺畅流通，导致误解和冲突。而现在，互联网和全球化把世界联系在一起，所以全球同此凉热。甚至，一个人的能量也能影响整个世界。"

　　"那我应该做些什么呢？"我惘然发问，似乎理解了很多，又仿佛什么也没听懂。

"作为个案的事主，你需要回避我们接下来的讨论，用一段独处的时间来消化情绪以及能量，希望下次的正式课程能再见到你。老杨，帮我送一下陈先生。"

电梯里我们没有交谈，老杨一直把我送到了大楼的门口，欲言又止，他的眼神让我想起了什么。

"刚才是你吗？"我问，"那个代表我高祖父的人。"

"我不应该谈论这个。"老杨憨厚地笑了笑，"一个人能代表任何人，一个符号能象征任何意义。"

"我不明白。"

"用你熟悉的语言来说，这个我们称之为'现实'的模拟器，并不是一一对应的精确计算，而是概率统计，就像生成式AI，它代表一种态势、一种结构、一种能量，彼此映射，互相调用。理解这一切，你就能拥有一种更简洁、更经济、更可泛化的描述数据的方式，来对抗人生算法的过拟合。"

暴雨如期而至。我乘坐火车返回家乡。

有一些事情需要去完成。比如重新理解我的父母，真正用心去"看见"他们，就像看见红头船上风暴中的高祖父。只有看见他们，才能帮助他们看见自己，才能最终理解我自己是如何成为今天的样子。

我不确定我能做什么，但肯定有一些事情值得我去做。

但首先我得回家，告诉爸妈我丢掉工作的坏消息。

图书在版编目（CIP）数据

出神状态 / 陈楸帆著. -- 北京：作家出版社，2025. 5. --
（中国文学新力量丛书）. -- ISBN 978-7-5212-3329-2

Ⅰ. I247.7

中国国家版本馆CIP数据核字第202519HG52号

出神状态

作　　者：陈楸帆
责任编辑：李兰玉
装帧设计：赵　璐
出版发行：作家出版社有限公司
社　　址：北京农展馆南里10号　　邮　　编：100125
电话传真：86-10-65067186（发行中心）
　　　　　86-10-65004079（总编室）
E-mail:zuojia@zuojia.net.cn
http://www.zuojiachubanshe.com
印　　刷：唐山嘉德印刷有限公司
成品尺寸：142×210
字　　数：217千
印　　张：9.625
版　　次：2025年5月第1版
印　　次：2025年5月第1次印刷
ISBN　978-7-5212-3329-2
定　　价：49.00元